Jean Anglade est né en 1915 à Thiers, en Auvergne, d'une mère domestique et d'un père ouvrier maçon. Formé à l'École normale d'instituteurs de Clermont-Ferrand, il enseigne et devient professeur de lettres, puis agrégé d'italien.

Il a trente-sept ans lorsqu'il publie son premier roman, *Le chien du Seigneur*. À partir de son dixième roman, *La pomme oubliée* (1969), il consacre la plus grande part de son œuvre à son pays natal, ce qui lui vaudra d'être surnommé le « Pagnol auvergnat ». Romancier – il a plus de trente-cinq romans à son actif –, mais aussi essayiste, traducteur (de Boccace et de Machiavel), il est l'auteur de plus de quatre-vingts ouvrages, et explore tous les genres : biographies (Blaise Pascal, Hervé Bazin), albums, poésie, théâtre, scénarios de films.

Jean Anglade a beaucoup voyagé et habite aujourd'hui près de Clermont-Ferrand.

Retrouvez l'actualité de Jean Anglade sur www.jeananglade.net

UNE ÉTRANGE ENTREPRISE

DU MÊME AUTEUR
CHEZ POCKET

UNE POMME OUBLIÉE
LE VOLEUR DE COLOQUINTES
LE TILLEUL DU SOIR
LA BONNE ROSÉE
LES PERMISSIONS DE MAI
LE PARRAIN DE CENDRE
Y'A PAS DE BON DIEU
LA SOUPE À LA FOURCHETTE
UN LIT D'AUBÉPINE
LA MAÎTRESSE AU PIQUET
LE GRILLON VERT
LA FILLE AUX ORAGES
UN SOUPER DE NEIGE
LES PUYSATIERS
DANS LE SECRET DES ROSEAUX
LA ROSE ET LE LILAS
AVEC LE TEMPS…
L'ÉCUREUIL DES VIGNES

JEAN ANGLADE

UNE ÉTRANGE ENTREPRISE

PRESSES DE LA CITÉ

Le Code de la propriété intellectuelle n'autorisant, aux termes de l'article L. 122-5, 2ᵉ et 3ᵉ al., d'une part, que les « copies ou reproductions strictement réservées à l'usage privé du copiste et non destinées à une utilisation collective » et, d'autre part, que les analyses et les courtes citations dans un but d'exemple et d'illustration, « toute représentation ou reproduction intégrale ou partielle faite sans le consentement de l'auteur ou de ses ayants droit ou ayants cause est illicite » (art. L. 122-4).
Cette représentation ou reproduction, par quelque procédé que ce soit, constituerait donc une contrefaçon, sanctionnée par les articles L. 335-2 et suivants du Code de la propriété intellectuelle.

© Presses de la Cité, un département de place des éditeurs, 2005.
ISBN 978-2-266-16309-5

*Merci à Poil de Carotte,
à Titi et Titinette
qui m'ont inspiré
cette clownerie.*

O Dieu, absent bien-aimé, montre
Ta puissance et ta Bonté, convertis-moi
et fais que je puisse croire
à une vie après la mort. Fais que
mon Marcel enfoui ne soit pas venu en
vain sur cette terre et en ce traquenard.
                                   Albert Cohen

Deux n'est pas le double
mais le contraire de un,
de sa solitude,
Deux est alliance, fil double
qui n'est pas rompu.
                                   Erri De Luca

Réflexion faite, rien au monde
ne vaut le ragoût de mouton.
                                   Pablo Picasso

PREMIÈRE PARTIE

1

A Thiers, le puy Seigneur sur lequel est bâtie la chapelle Saint-Roch était, à la belle saison, tout illuminé par la poussée des crocus. Petites plantes bulbeuses dont les fleurs ressemblent à des doigts levés, demi-réunis. Ma mère Joséphie trouvait que ma tête crépue ressemblait à ces fleurs jaunes. Quand je rentrais de l'école, elle avait coutume de s'écrier :

— Voilà notre Crocus qui revient !

On ne peut prononcer des paroles plus tendres. Etre comparé à une fleur, quel privilège ! C'est pourquoi, beaucoup plus tard, quand je devins père de famille à mon tour, je donnai à ma fille le prénom de Violette. Le secrétaire de mairie fit des difficultés, consulta la liste des prénoms admis, déclara :

— Violette, ça n'existe pas. Y a pas de sainte Violette.

En échange, il me proposa Marguerite, Rose, Véronique. Mais je préférais Violette à cause du parfum. Je menaçai, s'il ne l'acceptait pas, de m'adresser à la maison d'en face, qui était le commissariat de police. Ce qui le fit bien rire. Après marchandage, il finit par céder, parce que j'avais déjà quelque célébrité sous le nom de Crocus. En réalité, je m'appelle Henri, né en 1940. L'institutrice de la Vidalie, quartier où nous résidions, madame Michaulet, nous faisait chanter *Colchiques dans les prés…* Sur ma langue, la chanson devenait :

> *Crocusses dans les prés*
> *Fleurissent, fleurissent.*
> *Crocusses dans les prés,*
> *Qui annoncent l'été.*

Ma voix se mêlait à celle des autres gamins, madame Michaulet ne s'apercevait pas du changement de couleur.

Je ne sais d'où me vient ce jaune sur la tête. Celle de mon père Ahmed est couleur de châtaigne ; celle de ma mère Joséphie couleur de charbon. Quel ancêtre inconnu m'en a fait cadeau ? Il faut dire que j'ai des origines compliquées : fils d'un immigré kabyle, officiellement Ahmed, mais devenu Albert à force d'usure ; musulman, mais consommateur de saucisson et de vin rouge. Fils aussi d'une Auvergnate, Joséphie, fille d'une paysanne qui la détestait de tout son cœur pour des raisons que je n'ai jamais voulu accepter. Me voici donc pourvu d'un prénom plus ou moins chrétien, Henri, et d'un pseudonyme floral, Crocus. Rien à voir avec Croquemitaine.

La Kabylie, paraît-il, est une région montagneuse que domine le Djurdjura. Les Auvergnats, s'ils allaient le voir, pourraient lui trouver une ressemblance de profil avec le puy de Dôme à cause de sa cime arrondie ; mais il monte bien plus haut dans le ciel. Aussi la neige le blanchit-elle tout l'hiver et jusqu'au mois de juin. Sur ses pentes que broutent des chèvres et des moutons, poussent des forêts de cèdres et de chênes-lièges. Les figuiers, les oliviers occupent les vallées. Avec, çà et là, un champ d'alfa dont les tiges servent à faire du papier, des cordes, des tapis, des couffins. Les feuilles en sont minces et longues comme des lianes. On ne moissonne pas cette graminée en la fauchant. On enroule une poignée de feuilles autour d'un bâton, on tire fort, on arrache. La feuille se brise, la tige résiste et se prépare à produire des feuilles nouvelles. Les arrachées sont réunies en bottes et transportées à dos d'âne jusqu'à la papeterie. Mon père m'a raconté tout cela que je n'ai jamais visité qu'en rêve.

Lorsqu'il vit le jour, aux environs de 1900, la population kabyle était excessive. Les villages grouillaient de marmaille ; et de chiens aux nez pointus, aux oreilles dressées ; nourris à coups de pied sous la queue, ils devaient chercher leurs aliments parmi les immondices. La moindre parcelle de terre était cultivée. L'araire, tiré par une mule, était aussi rudimentaire, je suppose, que celui qui grattait la terre sur la demi-montagne auvergnate de mon grand-père maternel, Antonin Néron. Formé de deux tiges de bois liées ensemble, une droite et une courbe. A la droite sont fixées deux courtes ailes et une règle de fer. La mule tire la courbe au moyen d'un anneau. Il est difficile d'imaginer un instrument de labour plus simple, plus léger, moins coûteux à construire, avec moins de fer. Dans les sols légers, l'araire permet cependant un travail convenable. Le laboureur tient le long mancheron de sa seule main droite, pendant qu'il guide la mule de l'aiguillon dans sa main gauche, et de la voix, car elle comprend son patois. Mon grand-père

Antonin possédait un peu de terre au lieu-dit Membrun, au-dessus de la ville aux couteaux. Il la retournait au moyen de cet instrument en bois de chêne qu'il avait fabriqué lui-même, avec la hache, la scie et l'herminette. La dureté des ailes était accrue par de petits cailloux ronds logés dans leur épaisseur. Ainsi pourvu, l'homme et la bête égratignaient ensemble le sol des Margerides.

Or la mule et lui, contrairement à la tradition, besognaient en mauvaise intelligence. Au terme de chaque sillon, au lieu de la commander de l'aiguillon et de la voix, il lâchait le mancheron, faisait six pas en avant, allait la saisir par la bride et l'obligeait à tourner en sens contraire. A la muette. Il faut dire que ce grand-père n'était guère porté sur la parole. Or voici qu'un jour, vient à passer par là un de ces colporteurs qui, eux, n'avaient pas leur langue dans leur poche. Il trouve Antonin occupé à son labour. Il essaie de lui vendre quelque chose, un blaireau à barbe, une bobine de fil, une pelote de laine, une pipe.

— J'ai besoin de rien.
— Pas même d'une plume ?
— Je sais pas écrire.
— Pas même d'une aiguille ?
— Ma femme en a déjà une.

Dépité, l'homme aux pieds poudreux, comme on désigne cette profession, cherche à se revancher en faisant la leçon au grand-père :

— Elle est sourde, votre mule ?
— Sourde ? Elle est pas rien sourde. Qu'est-ce qui vous fait croire… ?

— Je vois qu'au lieu de la commander pour qu'elle tourne d'elle-même, vous allez la prendre par la figure, ce qui me semble bizarre.

— C'est que l'an passé, sans m'avertir, cette carne m'a donné un coup de pied dans le genou. Et depuis, elle et moi, on se parle plus.

Je vois très bien mon ancêtre kabyle derrière son araire à lui, pas plus bavard que mon grand-père auvergnat, tous deux acharnés à féconder un lopin de terre ingrate. Quand je demande à mon père Ahmed-Albert de me parler du sien, il répond :

— Que veux-tu que je t'en dise ? Je l'ai oublié, sauf qu'il s'appelait Aïssa.

— On n'oublie pas un père avec qui on a vécu jusqu'à vingt ans ou davantage.

— Moi, jusqu'à seize.

— Pourquoi seize ?

— J'ai été recruté en 1916, à l'âge de seize ans, pour aller délivrer la Saliraine, comme on disait autour de nous. Capitale, Strasbourg. Par la volonté de monsieur Vuillaume, notre brigadier de gendarmerie.

J'ai compris qu'il s'agissait de l'Alsace-Lorraine. Quand on entreprend de se raconter, que de mots il faut dire ! Ma tête à moi, Crocus, est remplie de choses vues et de choses pas vues, seulement entendues. Une chatte n'y retrouverait pas ses chatons. Laissez-moi le temps de respirer.

— Comment était fait ton père Aïssa ?

— Petit. Avec une grosse moustache, à cause de Mokrani. Dans notre maison, un portrait moustachu de

Mokrani était cloué au mur. Tous les matins, Aïssa avait coutume de le saluer en portant une main sur son front, sur sa bouche, sur son cœur.

— Qui était ce Mokrani ?

— Un cheik qui avait réuni une armée très nombreuse en 1871 pour combattre les Français qui venaient de perdre une guerre. En trois mois, la révolte a été écrasée, le cheik fusillé. Les Français ont confisqué toutes nos bonnes terres qu'ils se sont distribuées entre eux. Aïssa a pu sauver la sienne parce qu'elle ne valait pas grand-chose. Entourée par une ligne de figuiers de Barbarie, elle produisait un peu d'orge. Pour gagner quelques sous, mon père travaillait aussi au service de la gendarmerie de Sarzay. Il pelait les chênes-lièges. Il en restait des troncs rougeâtres, on aurait dit des hommes écorchés vifs.

Malgré leur pauvreté, le grand-père kabyle et sa femme avaient mis au monde huit enfants, dont quatre étaient morts en bas âge. Restaient trois filles et un garçon, Ahmed. Depuis 1880, une école existait dans le village, confiée aux soins de monsieur Cuvelier, un ancien militaire que l'enseignement avait civilisé. Il vint un jour trouver Aïssa, s'étonna qu'Ahmed ne parût jamais dans sa classe.

— C'est que j'ai besoin de lui pour travailler.

— Il travaille en illettré et ne gagnera presque rien. Quand il saura lire et écrire, il deviendra peut-être gendarme lui aussi. Ou chef cantonnier. Ou garde champêtre. Il touchera un bon salaire.

— Je veux bien te le confier. Mais alors, qu'il soit le premier de la classe !

— Cela dépendra de sa tête. Et de son application. Je ferai de mon mieux.

Un drapeau tricolore flottait sur la façade de l'école ; d'autres pavoisaient les mairies, les fermes des colons, les gendarmeries. Dans la classe de monsieur Cuvelier, quelques jeunes adultes suivaient aussi les cours. Ce mélange d'enfants et de moustachus avait quelque chose de fascinant. Sur le tableau noir, tracée à la craie, une phrase figurait en permanence : *Aimez la France, votre nouvelle patrie.*

Rentré dans son douar, Ahmed faisait la démonstration de ses capacités de lecture et d'écriture. Il rapporta un jour le bulletin de son classement : *Très bon élève, sauf en orthographe, 4ᵉ sur 19.* Aïssa prit une grande colère et courut chez monsieur Cuvelier pour lui faire des reproches.

— Prends patience, dit le maître d'école. Il faut du temps.

— Il faut surtout que tu lui tapes dessus. Avec un bâton. Sur la tête, sur l'échine, sur les mains. Je le veux premier.

— D'accord, je taperai.

Quand le soir Ahmed rentrait à la maison, son vieux demandait :

— Est-ce que l'instituteur t'a tapé ?

— Hier, oui. Aujourd'hui, non. Il a oublié.

— Alors, c'est moi qui tape.

Mon futur père recevait la raclée nécessaire à son progrès.

Les choses allèrent ainsi tranquillement, sous le drapeau tricolore, jusqu'en 1914, année où Ahmed faillit avoir le certificat d'études. Il échoua à cause de cette maudite orthographe, dix fautes, zéro éliminatoire ; il reçut la volée de bois vert qu'il méritait. Il dut accepter de cueillir les feuilles d'alfa pour la gendarmerie. Mais quelque chose se préparait à quoi la population berbère ne comprenait rien. Des tracts imprimés circulaient de douar en douar, montrant Guillaume II, l'empereur d'Allemagne, en visite à Istanbul en compagnie du sultan. Et dessous, ce commentaire : *L'empereur Hadj Guioum s'est converti à la religion musulmane. Engagez-vous dans les troupes turques.* Personne n'avait envie de s'engager, les Berbères ne gardaient pas un bon souvenir de l'occupation ottomane. D'autre part, grâce aux Français et au phylloxéra, l'Algérie connaissait une certaine prospérité, son vin volait au secours des viticulteurs continentaux. Naturellement, cette prospérité n'atteignait que les colons, les paysans n'en recevaient que des miettes.

Et puis la guerre éclata pour délivrer la Saliraine. Elle commença même par frapper l'Algérie avant la métropole : Philippeville et Bône (qui s'appellent aujourd'hui Skikda et Annaba) furent bombardées le 4 août par deux navires allemands. Dans ce conflit, les chômeurs, les *fellahin*[1] virent une occasion non seulement de manifester à la France leur nouvelle patrie leurs sentiments de fidélité, mais aussi d'échapper à leur misère. Ils furent si nombreux à vouloir s'engager dans le 19ᵉ corps d'armée qu'on ne put en retenir qu'une partie. Les heureux élus reçurent une chéchia, un dolman bleu, un pantalon rouge, des bandes molletières et on les envoya se faire tuer sous le nom de tirailleurs algériens. L'adjudant Pépéroni leur expliquait scientifiquement l'étymologie de leur titre :

1. Paysans pauvres.

— Tu tires devant, tu tires à gauche, tu tires à droite, tu tires ailleurs.

Entre deux attaques, ils jouaient aux cartes ou aux dominos. Beaucoup tombèrent sur les rives de la Marne, de la Meuse, de la Somme. Après deux ans de tir, ils revenaient en Algérie, permissionnaires, pour apporter leur solde à leur famille. Mais beaucoup ne revenaient pas, parce qu'ils étaient morts. Si bien que le recrutement finit par se tarir. Un jour, le brigadier Vuillaume fit appeler Ahmed :

— Ton père Aïssa est trop vieux pour partir. Mais toi, tu me parais bon. Quel âge as-tu ?

Ahmed hésita avant de répondre :

— Peut-être quinze ans. Peut-être seize.

— Quelle est ta date de naissance ?

— Je ne sais pas. Il faut demander à mes parents.

— Tu as la taille et la force d'un garçon de dix-huit. Faut pas me raconter des histoires.

— Je raconte pas... je raconte pas.

— Tu as donc l'âge d'être recruté. Par conséquent, je te recrute comme « volontaire désigné ».

— Qu'est-ce que c'est, un « volontaire désigné » ?

— Un garçon qui accepte d'aller combattre. Tu recevras une solde de dix sous par jour. Tu n'as pas le choix : je te désigne.

C'est ainsi que mon père fut enrôlé à l'âge de dix-huit ans, alors qu'il en avait sans doute à peine seize. Lui aussi fut coiffé d'une chéchia, chaussé de godillots et de bandes molletières. Le plus difficile dans le métier militaire de cette époque n'était pas de tirer à droite ni à gauche, mais d'enrouler ces fameuses bandes, de les croiser comme les lacets d'un soulier, de façon qu'elles tiennent exactement à la jambe, ni trop lâches sinon elles s'écroulaient, ni trop serrées sinon elles te faisaient venir des varices. Chaque jour, Ahmed devait s'y reprendre à deux ou trois fois, lui qui avait sur la terre kabyle l'habitude de courir pieds nus, au mépris des épines. Il arrivait qu'au cours d'une attaque, on vît un tirailleur s'affaisser entre les lignes, non point frappé d'une balle, mais parce que ses bandes s'étaient défaites. Quand c'était possible, les brancardiers le ramassaient et le ramenaient à la tranchée, les molletières lui avaient sauvé la vie. Provisoirement.

Grâce à elles ou à d'autres chances, Ahmed termina la guerre presque intact, avec une oreille en moins seulement. Ce qui lui avait valu la médaille militaire. Il eut même le grand honneur de défiler dans Strasbourg, au milieu d'un fabuleux enthousiasme tricolore. Ce jour-là, lui qui, en bon musulman, ne buvait jamais plus d'un quart de vin par repas, engloutit sans mesure le délicieux vin d'Alsace. Des enfants de dix ans le tiraient par son dolman, disant :

— Che feux m'engacher.

— Trop tard, répondait-il. La Saliraine est délivrée !

Il fut promu ordonnance d'un capitaine nommé Greliche, à la solde de quinze sous. Un matin, cet officier lui tint un étrange discours :

— Mon cher Ahmed, j'apprécie les soins que tu donnes à mon cheval. Je te fais la proposition de te garder à mon service dans le civil. Je suis le patron d'une entreprise qui fabrique des fourchettes, des cuillères, des lames de couteau. Et j'ai besoin de quelqu'un qui assure le transport de l'acier brut et de mes produits, entre mon usine et la gare. J'habite à

Thiers, dans le département du Puy-de-Dôme, une ville fameuse pour sa coutellerie. L'endroit s'appelle le Bout-du-Monde, parce qu'une rivière le traverse, la Durolle, mais la route qui la suit ne va pas plus loin et se termine en cul-de-sac. Si tu acceptes, tu gagneras cent francs par mois, plus le droit de coucher dans une chambre qui touche l'écurie de mes chevaux. Réfléchis un peu et, dans trois jours, donne-moi ta réponse.

Je vois d'ici mon père futur se prendre la chéchia, secouer sa tête comme un grelot, dans laquelle les idées font tintin. Depuis qu'il a été enrôlé comme « volontaire désigné », il n'a plus aucune nouvelle de sa famille, qui ne sait d'ailleurs pas écrire. Que sont devenus son père, sa mère, ses sœurs ? Il leur a envoyé plusieurs fois des billets de dix francs, n'a jamais reçu ni réponse ni remerciement. Ses sœurs, à présent, sont sans doute mariées. Son père égratigne toujours de son araire la terre caillouteuse. Sa mère tisse des tapis de prière. Personne n'a le temps de penser à lui. Dieu le veut ainsi.

S'il accepte la proposition du capitaine Greliche, les cent francs mensuels assureront son avenir et sa tranquillité. Il n'aura plus à se soumettre aux exigences de la gendarmerie et du brigadier Vuillaume. Il vivra en la compagnie aimable de deux chevaux et sous la protection de son capitaine. Cent francs mensuels étaient alors un salaire honorable. Il pourrait thésauriser, s'acheter des vêtements civils, retourner un jour en Kabylie habillé à la française, sa médaille militaire épinglée à la poitrine, montrer à ses parents et à ses anciens camarades qu'en dépit de son échec au certificat d'études, il était devenu quelqu'un.

Thiers était alors une curieuse agglomération pleine d'odeurs et de musiques. Odeurs chevalines, celle des sueurs blanches des percherons remontant les rues escarpées, celle des ferrages, de la corne brûlée au fond des antres noirs des maréchaux. Odeurs coutelières des huiles de trempe, des meules polisseuses, des colles qui retiennent les soies dans les manches des couteaux de table. Odeurs du pain frais des boulangeries, du café grillé dans la rue par les épiciers, de la vinasse au temps des vendanges, de la volaille et des cochons dans l'attente de la saignée. Car Thiers n'était pas une cité, mais un village de dix-huit mille habitants, la plupart en sabots, tous parlant le patois, travaillant quand il leur plaisait, festoyant à tout moment de l'année, dansant la bourrée aux carrefours, se consolant de leurs chagrins par la chopine ou par des chansons :

> *Je suis cornard le dimanche,*
> *Mon voisin, c'est le lundi.*
> *Nous ferons voyage ensemble*
> *Vendre nos cornes à Paris.*
> *En ferons des tabatières,*
> *Des manches de couteaux aussi.*

Pour bien rire, bien boire et bien chanter, les couteliers célébraient la fête d'Eloi, leur saint patron, protecteur aussi des forgerons, des orfèvres et de tous les travailleurs du métal. Mais ces joyeux drilles, trouvant qu'une seule occasion de chômer saintement était insuffisante, en avaient inventé trois. L'une, le 25 juin, *lo sint Alho de la moufa*, la Saint-Eloi des fraises ;

l'autre le 1ᵉʳ décembre, date anniversaire de sa mort, *lo sint Alho de la goga*, la Saint-Eloi des boudins, période traditionnelle où l'on sacrifiait le « Monsieur », le cochon ; la troisième, purement profane de nos jours, la Foire au Pré, attirait le 14 septembre, dans un vaste terrain le long de la Durolle, tous les camelots d'Auvergne et du Bourbonnais, des acrobates, des diseuses de bonne aventure, des cirques et une foule de paysans venus acheter ou vendre. Les clowns, paillasses ou bouffons que j'eus le bonheur d'y admirer eurent une grande influence sur ma philosophie et mon avenir, j'en reparlerai. Les chevaux de bois, les loteries distributrices de nougats, les Espagnols marchands d'oublies, les Arabes marchands de tapis donnaient à cette foire un caractère moyenâgeux auquel manquaient seulement les arracheurs de dents et les vendeurs de poudres magiques.

J'ai dit cette ville pleine aussi de musiques, même les jours ouvrables. Percussions des martinets qui transformaient en tagliatelles les ronds d'acier venus de Saint-Chamond. « Cinq-Chameaux », comme disait mon père kabyle. Des marteaux-pilons qui estampaient les lames. Des roues à aubes que la Durolle faisait tourner. Des marteaux simples sur les enclumes. Ajoutez le braiment des ânes, l'aboi des chiens, le hennissement des chevaux, le clap-clap de leurs fers sur les pavés. Ajoutez encore les angélus des trois clochers, Saint-Jean, Saint-Genès, Saint-Symphorien. Auxquels la chapelle des sœurs de Nevers mêlait son modeste tintin. Les grelots des troupeaux de chèvres qui souvent descendaient la rue Conchette et dont le chevrier débitait le lait mousseux à raison de cinq sous le verre, sous les yeux ébahis de la clientèle. Les appels du raccommodeur d'horloges, qui soufflait dans sa corne de vache pis que Roland à Roncevaux.

Voilà un rapide portrait de la ville où mon père accepta de vivre en 1920, au service du capitaine Greliche et de ses deux chevaux, Lenoir et Legris, deux percherons entiers. Le passage occasionnel d'une jument plongeait ces animaux dans une surexcitation dangereuse : ils cognaient des quatre fers, tiraient sur le licou qui les retenait, ouvraient des naseaux effroyables, émettaient des rugissements ; tandis que sous leur ventre poussait soudain une trompe d'éléphant. Ahmed l'arrosait d'une seillée d'eau froide. Les canassons finissaient par s'apaiser. Hors ces circonstances, c'étaient de bons compagnons et de vaillants travailleurs. Attelés au fardier, ils allaient à la gare chercher l'acier des Cinq-Chameaux, les cornes bovines qui arrivaient d'Argentine puantes et couvertes de mouches ; les bois des îles, ébène, acajou, palissandre, okoumé, kevazingo. Et tout le nécessaire à l'usine Greliche où besognaient une quinzaine de personnes.

Le dimanche, Ahmed descendait à pied par la route de la Vallée jusqu'au Moutier, le quartier bas. Il faisait provision de pain, de raves, de sardines en boîte, de saucisson. Par bonheur, sa religion – puisqu'il n'en avait plus, il l'avait perdue dans les tranchées – ne lui interdisait point de consommer la viande de porc. Il ne faisait aucune cuisine et mangeait froid. Une de ses nourritures préférées consistait à partager une rave en deux, à racler chaque moitié avec une lame ; il obtenait une sorte d'écume douceâtre, pleine de vitamines, qu'il tartinait sur une tranche de pain gris. Une rave lui faisait bien trois repas.

Il buvait ordinairement de l'eau claire ; mais il acceptait le vin lorsqu'il rencontrait d'autres Sidis (nom que les Thiernois donnaient aux Algériens ; il signifie « seigneurs » et ne pouvait leur déplaire). Ils fréquentaient une cantine pour jouer aux cartes ou aux dominos. Tous célibataires ou privés de leur famille, restée en Algérie. Certains lui envoyaient de l'argent. D'autres faisaient des économies pour aller au bordel de la rue Traversière. Mon père ne m'a jamais fait de confidence à ce sujet. Il se contentait de me raconter la Kabylie parfumée d'anis sauvage. Au milieu de son douar, un magnifique eucalyptus. Les gamins se plaisaient à grimper dedans, de branche en branche. Si bien que l'arbre avait l'air de produire des enfants, de même que le figuier produit des figues. De là-haut, ils voyaient toute la Kabylie et ses montagnes ; au loin, Tizi Ouzou ; plus loin encore, le scintillement de la mer. En redescendant, ils arrachaient des feuilles d'eucalyptus. Ils les faisaient sécher au soleil, les émiettaient, les roulaient dans des carrés de papier journal, en faisaient des cigarettes dont la fumée est un délice. Elle avait aussi réputation de faire pousser la moustache.

Le 11 novembre, Thiers célébrait l'armistice de 1918. Les membres de la Philar (l'Union philharmonique) coiffaient leur casquette blanche et défilaient derrière les drapeaux tricolores des anciens combattants. Les Sidis qui avaient droit à ce titre revêtaient leurs meilleures fringues, s'accrochaient sur la poitrine leurs décorations et s'en allaient, suivis par les enfants des écoles, au square de Verdun, devant le monument aux morts. Les écoliers chantaient la *Marseillaise* :

> *Contre nous de la tirelire*
> *L'étendoir sanglant est lavé…*

Se demandant les raisons de cette tirelire et de cet étendoir malpropre. C'est un des privilèges de la poésie de dire des choses que l'on ne comprend pas.

Ahmed ne manquait jamais cette cérémonie patriotique, mêlé aux autres anciens poilus. Cinq cent soixante-dix héros étaient gravés dans le marbre du monument. Il avait beau chercher des yeux parmi cette longue liste, jamais il ne trouva de nom à consonance musulmane. Il se posait cette question : aucun Sidi thiernois n'avait-il été mobilisé entre 14 et 18 ? Il se répondait que, vraisemblablement, les héros algériens comptaient pour du beurre, ils n'avaient pas leur place sur les monuments aux morts. Ils étaient tombés en Champagne ou en Picardie. Leurs dépouilles étaient restées sur place, enfouies dans la terre glaiseuse. Devenues maintenant betteraves à sucre. Dans le meilleur des cas, rassemblées dans les ossuaires[1].

Ses compagnons préférés étaient à présent les chevaux Lenoir et Legris. Souvent, il dormait entre leurs pattes, eux tenaient leurs gros sabots loin de ses côtes, pour ne pas l'écraser. Il leur racontait son pays, sachant qu'ils comprenaient parfaitement la langue kabyle. Ou bien, quand il avait un peu forcé sur le vin rouge, il leur fredonnait une chanson berbère :

---

1. La Grande Guerre mobilisa 173 000 Algériens, dont 13 000 tombèrent pour la France.

*Fleur de coquelicot, parmi les labours
tu meurs d'une soif d'amour
parce que la source est lointaine...*

Les chevaux voyaient en lui, tout seul parmi les couteliers, mourant d'amour et d'amitié, une copie du coquelicot assoiffé.

2

Ahmed-Albert donnait entièrement satisfaction à l'entreprise Greliche, à son patron, à ses camarades ouvriers, à la Durolle qui était l'âme et le sang de la ville. Par temps de sécheresse, quand elle se réduisait à quelques serpents d'eau, les roues, les meules, les turbines s'arrêtaient de ronfler, les martinets de claqueter, toute l'usine tombait en chômage. Par bonheur, cela n'arrivait que rarement.

La fabrication des couteaux de table, des cuillères, des louches, des fourchettes, déjà prospère, connut un élan de plus grâce à une invention venue d'Angleterre : celle d'un acier nouveau dans la substance duquel entrait une certaine proportion de chrome. Il s'appelait *stainless*, ce qui en langage compréhensible signifie « inoxydable ». En conséquence, on pouvait le mouiller dans du jus de citron, du vinaigre, de l'esprit de sel sans qu'il se laissât le moins du monde ternir. Seul le perchlorure de fer, liqueur chirurgicale, pouvait lui régler son compte. Peu utile aux couteaux de poche et aux rasoirs que l'usager devait garder propres et secs par hygiène et par amitié. En revanche, les lames inoxydables prenaient mal le tranchant et le gardaient plus mal encore. On trouva remède à cet inconvénient par l'invention des dentelures.

Mon futur père travaillait comme un nègre, toujours disposé à toutes les corvées. Si bien que le capitaine augmentait régulièrement son salaire. Il était sans doute le seul Sidi thiernois à déposer ses économies à la Caisse d'épargne, dont la façade somptueuse semblait une annexe de l'église Saint-Genès, en considération de la parabole des talents. Curieuse histoire que j'ai apprise à l'école laïque parce que l'instituteur s'en servait pour nous enseigner la signification de « talent » et de « parabole », et qu'Ahmed appliquait sans la connaître, lui qui ne pratiquait ni Mahomet ni Jésus-Christ. Un homme donc avait trois serviteurs. Partant en voyage, il confia au premier cinq talents, une somme considérable à cette époque ; au second, deux talents ; au troisième, un seul. A son retour, il leur demanda des comptes :

— Comment avez-vous employé les talents que j'ai déposés entre vos mains ?

Le premier expliqua qu'il les avait fait fructifier par la Caisse d'épargne : les cinq talents étaient devenus dix. Pareillement, les deux seconds étaient devenus quatre. Le maître complimenta ces serviteurs. Le troisième, dépourvu d'esprit, s'était contenté d'enterrer son talent unique ; il le rendit tel quel. Le maître le traita de bon à rien et le congédia.

L'instituteur de la Vidalie, monsieur Poirier, nous apprenait que chacun de nous reçoit à la naissance un ou plusieurs talents : pour la lecture, pour l'écriture, pour le calcul, pour le dessin, pour la musique. Il doit en tirer profit, sinon il n'est bon à rien. C'est à présent ce que je m'efforce d'appliquer. Mon talent principal est de faire rire le monde par mes imbécillités ; mes autres talents ne sont que menue monnaie.

Mon père futur, par bon instinct paysan, tâchait aussi de faire fructifier les siens : sa capacité à conduire le fardier, à soigner les chevaux, à porter cinquante kilos sur chaque épaule, à se nourrir trois jours avec une seule rave, à déboucher les égouts, à monter sur les toits pour remplacer les tuiles que la grêle avait brisées. La Caisse d'épargne lui versait un intérêt composé de trois pour cent, un fruit insignifiant si l'on tenait compte de l'augmentation constante des prix et de la dévaluation de la monnaie. Aussi instable que les gouvernements successifs de la République, le franc sautait comme un cabri sur les cotes boursières. Alors qu'avant 1914, la livre anglaise valait 25 francs-or, elle était montée à 63 francs-papier en 1922, pour atteindre ensuite 82, puis 117, retomber à 65, regrimper à 250. Afin de retenir le franc dans ses cabrioles, en 1928, un certain Raymond Poincaré lui attacha un poids d'or à la patte : 65 milligrammes. Le cinquième de ce qu'il valait avant 14. On le baptisa donc le « franc à quatre sous ».

Albert-Ahmed possédait cet autre talent de bien réfléchir avec sa tête. Comprenant que le salaire versé par le capitaine ne lui permettrait pas de retourner un jour tout glorieux en Kabylie, il se mit à rêver. Il rêva pendant des années de quitter un jour le Bout-du-Monde et de devenir son propre patron. Par quel moyen ? En tenant un commerce où les Sidis de la ville trouveraient des nourritures algériennes, semoule de couscous, figues, dattes, huile d'olive, piments, pois chiches, oranges, citrons, vin Sidi-Brahim, miel, amandes, pistaches. Peut-être même des articles vestimentaires, babouches, foulards. La clientèle ne manquerait pas, les Sidis se faisaient de plus en plus nombreux pour remplacer les hommes que la guerre avait pris. Ahmed prévoyait un comptoir, quelques tables où l'on pourrait boire du thé chaud et même du vin, que le Coran n'interdit pas, recommandant seulement d'en user avec modération. Une gargoulette servirait de l'eau fraîche gratuite.

Lorsqu'il passait devant les boutiques thiernoises, il bavait d'envie à contempler leurs étalages, la variété des fruits et légumes. Il humait le parfum du cacao, du café grillé, des melons, des eaux de Cologne. Il remarqua rue Lasteyras, derrière le château du Pirou, un très vieux petit commerce, à peine éclairé, tenu par une très vieille petite grand-mère. Elle débitait mille articles sans intérêt, pelotes de laine décolorées, bouquins mangés aux mites, bonbons dans des bocaux, bonnets de nuit, chapelets ; et même des lunettes que le client essayait sur son nez sans passer par un ophtalmo. Pendant des semaines, Ahmed se persuada que la vie de cette petite femme était attachée au fonctionnement de son commerce ; que tant que celui-ci fonctionnerait, même s'il ne recevait qu'une ou deux personnes par jour, elle s'obstinerait à vivoter, à ouvrir ses volets à huit heures du matin, à les fermer à la nuit noire, à balayer devant sa porte des crottes de chien, sans se soucier de faire des additions. Il regardait à l'intérieur, promenait ses yeux sur les rayons à demi vides. Quel âge pouvait-elle avoir ? Cent ans ? Cent dix ? Cent vingt ?

Un matin d'hiver, il osa pousser la porte, qui déclencha un carillon. La pièce sans chauffage était glaciale. La grand-mère parut, enveloppée dans des châles, les doigts dans des mitaines. Elle leva vers lui ses yeux bordés de rouge.

— Vous désirez quelque chose ?

— Je m'appelle Albert. Est-ce que je pourrais vous parler ?

— Parlez-moi.

— Puis-je m'asseoir ?

Ils se firent face, sur deux chaises de paille. Comme s'ils allaient jouer aux dés. Il se présenta davantage :

— Je travaille chez monsieur Greliche au Bout-du-Monde. Les transports, avec les chevaux. Mais je voudrais faire autre chose. Tenir un petit commerce. Alors, j'ai remarqué le vôtre.

— Le mien ? Pour quoi faire ?

— Si vous étiez d'accord, je louerais votre boutique. Chaque mois, je vous payerais un loyer. C'est de l'argent qui vous tomberait tout seul, sans que vous ayez besoin de vous en occuper. Vous pourriez vous reposer. Je ferais le commerce à votre place.

— Et moi, qu'est-ce que je ferais ?

— Je vous l'ai dit : vous vous reposeriez.

— Vous voulez me chasser de mon magasin ?

— Non, non. Vous viendriez me voir. Vous habitez au-dessus, n'est-ce pas ?

— Vous êtes bien renseigné.

— Vous avez des enfants ?

— Oui. Une fille et un garçon. Ils m'attendent tous les deux au cimetière des Limandons.

— C'est bien triste.

— Je m'y suis habituée.

— Je serai votre fils... si vous voulez. J'aurai soin de vous. J'ai la médaille militaire.

— Pourquoi vous me parlez de votre médaille ?

— Pour vous donner confiance. J'ai donné à la France la moitié de mon oreille.

Il ôta sa casquette, montra sa blessure. La vieille parut impressionnée.

— Et vous avez de l'argent ?

— Oui, des économies, placées à la Caisse d'épargne.

— Combien vous me donneriez par mois ?

Il proposa cent francs. Elle haussa les épaules. Il monta jusqu'à deux cents. Elle eut un sourire édenté, avec une phrase qui était presque une acceptation :

— Vous en êtes un drôle, vous ! Vous valez le jus !

Puis elle redevint méfiante :

— Nous signerions un bail ? Avec tous les chiffres ?

— Naturellement.

— Devant notaire ?

— Devant notaire.

Elle réfléchit encore et, d'un geste circulaire, désigna son comptoir, sa balance, ses rayons :

— Et vous feriez le commerce de toutes mes étartuelles ?

« Etartuelles » est un vocable purement thiernois. En bon français, on dit bidules, machins, trucmuches. Ahmed comprit parfaitement :

— Non point, précisa-t-il. Je veux vendre d'autres produits. Des dattes, des figues, des citrons.

— Mais qui va vous acheter ça ?

— Des personnes de chez moi. Y en a déjà pas mal à Thiers.

— Vous n'êtes pas de la région ?

— Non. Je suis kabyle. Algérien si vous préférez.

Une main devant sa bouche, elle en eut le souffle coupé.

— Alors... vous êtes un Sidi ?

A Thiers, tout le monde avait peur des Sidis, non seulement parce qu'ils ne mangeaient pas du cochon, ce qui est déjà un gros péché, mais parce qu'ils avaient coutume de se chamailler, de se poignarder, de s'égorger. On trouvait souvent le matin sur le trottoir tel ou tel d'entre eux vidé de son sang par un autre, un inconnu, si bien qu'il ne savait pas qui remercier. La police ne le cherchait d'ailleurs pas trop, on l'enterrait aux Limandons sans cérémonie, dans un carré réservé aux musulmans, orné d'une planchette portant la date de son décès et un croissant.

— Vous m'avez dit que vous vous appeliez Albert ! s'écria la vieille.

— Je m'appelais Ahmed. Mais à présent, chez Greliche, tout le monde me dit Albert. C'est la même chose.

— Vous n'avez pas les cheveux noirs comme les autres Sidis.

— Mon père est kabyle. Les Kabyles sont même blonds quelquefois, avec des yeux verts. Chez nous, on raconte que les hommes sont pareils aux tuiles. Tous faits de la même argile. Plus ou moins cuite. Ce qui explique la différence de couleurs.

— Vous causez bien le français.

— Je suis allé à l'école en Algérie. J'ai presque eu le certificat d'études. Voulez-vous que je vous récite quelque chose ?

— Qu'est-ce que vous pouvez bien me réciter ? Une prière ?

Et lui, sans une hésitation :

Une grenouille vit un bœuf
Qui lui sembla de belle taille.
Elle qui n'était pas grosse en tout comme un œuf,
Envieuse, s'étend, et s'enfle, et se travaille,
Pour égaler l'animal en grosseur...

Et elle, de nouveau suffoquée :

— Arrêtez ! Qu'est-ce que vous me chantez là ?

— L'histoire de *La grenouille qui se veut faire aussi grosse que le bœuf*. C'est de La Fontaine.

— Peut-être bien. Je connais pas. Mais je vois que vous êtes allé à l'école plus que moi. J'allais uniquement chez les sœurs, qui m'apprenaient le *Je vous salue*.

— Voulez-vous que je vous chante une chanson ?

— Non, ça suffit.

Ils restèrent un moment silencieux, se considérant l'un l'autre. Albert sourit le premier. Elle finit aussi par sourire un peu. Ses regards se firent plus doux. Il songea qu'elle aurait pu être sa grand-mère. Elle se dit qu'il aurait pu être son petit-fils ; que tous les Sidis ne devaient pas passer leur temps à s'égorger. Elle avança la main. Au lieu de la serrer, il la baisa. Il y eut encore un long silence.

— Eh bien ?... commença-t-elle enfin.

Elle ne trouvait rien à ajouter. Il compléta :

— Je crois que nous ferons affaire.

Elle approuva de la tête. Elle posa quand même une autre question :

— Vous ne pouvez pas tenir ce commerce tout seul. Pour moi, les chapelets, ça allait bien. Je vendais mes étartuelles, mes fonds de tiroir. Mais vous, faudra renouveler, aller chercher d'autre marchandise. Vous êtes marié ?

— Pas encore.

— Suivez mon conseil. Si vous voulez que votre commerce marche bien, trouvez-vous une femme. Quel âge avez-vous ?

— Trente-six ans. Peut-être trente-sept.

— Vous ne savez pas exactement ?

— Chez nous, en Kabylie, personne ne sait exactement.

— Vous trouverez sans peine une fiancée. Vous êtes plutôt bel homme.

Voilà comment mon futur père fut amené à faire la connaissance de celle qui devait être ma mère.

Plusieurs femmes travaillaient chez Greliche. Dans la fonction de « plieuses », parce qu'à Thiers « plier » veut dire « envelopper ». On raconte l'histoire de cet étranger de passage qui achète un pain dans une boulangerie de la rue de Lyon.

— Faut-il vous le plier ? demande la boulangère.

— Non, laissez-le tout droit.

Les plieuses recevaient les articles nus, les essuyaient dans des peaux de chamois, les enfilaient dans des gaines, enveloppaient ces gaines de papier kraft, collaient dessus une étiquette. L'ensemble de leur travail était partagé en quatre « rangs ». L'essuyeuse commençait, l'étiqueteuse terminait. Depuis longtemps, bien avant Taylor, Thiers pratiquait la division du travail. Ces dames opéraient assises, côte à côte, la tête enveloppée d'un foulard. Quand elles avaient supporté des heures, des jours, des années cette tâche répétitive, la position leur avait conféré des derrières larges et plats, on les reconnaissait dans la rue à ces sortes de potirons. Si vous n'avez pas bien compris l'ensemble du système, regardez le film *Les Temps modernes* où l'on voit Charlot transformé en organe mécanique.

Joséphie était donc plieuse. Tous les matins, elle descendait de Membrun par des raccourcis vertigineux jusqu'au fond de la gorge où la Durolle écumait. Le soir, elle regagnait la demeure de ses parents. Quinze minutes pour dévaler en s'accrochant aux genêts ; une demi-heure pour remonter. Aînée de quatre enfants, elle avait pour parents Antonin Néron, le meneur d'araire dont j'ai parlé, et sa femme Mélina.

Le sommet de ces montagnes appelées Margerides, qui servent de liaison entre les Bois Noirs et les monts du Forez, était couvert de bois et de broussailles, avec, çà et là, un champ gris et caillouteux ; il acceptait à regret de produire un peu de seigle, un peu d'avoine et ce tubercule que le français nomme pomme de terre, mais que les Auvergnats, par une confusion de forme et de couleur, appellent *truffo*. Si bien qu'un carré de *truffa* est une *truffeyro*. Infiniment plus précieuse que la truffe véritable. Celle-ci ne convient qu'aux fines bouches. Louis XIV en consommait une livre par jour pour ses prétendues qualités aphrodisiaques. Il ne connaissait pas, pauvre Roi-Soleil, les innombrables accommodements de la pomme de terre. Le plus grand mérite de ce tubercule est d'avoir mis un terme aux famines qui accablaient l'Europe avant Parmentier. Les Néron de Membrun avaient grande chance d'elle pour nourrir leurs six bouches ; sans compter celles du cochon et du chien. La mule mangeait du foin et un peu d'avoine ; les poules se nourrissaient de leurs propres fientes, des insectes et des vers qu'elles trouvaient en grattant le sol. Qui bien gratte un peu attrape.

Antonin aurait pu gagner un peu d'argent comme faisaient tous les paysans à une lieue autour de Thiers en montant des couteaux. Ce qui ne demande pas un long apprentissage. Les fabricants fournissent les pièces, il suffit de les assembler. Dès l'âge de dix ans, les gamins s'y emploient. Mais Néron souffrait d'une très mauvaise vue, de la kératite, que les couteliers appelaient la « maille ». C'était pitié de le voir dans la force de la soixantaine avec des espèces d'oignons rouges au fond des orbites. Il ne pouvait monter. Heureusement, Joséphie rapportait chaque samedi soir sa paie de plieuse. Ses deux frères, Florent et Francis, faisaient de même. Ils travaillaient dans la coutellerie à Bellevue. Sa sœur Sidonie restait à la maison dans l'espérance d'un mari ; en attendant, elle filait la laine, tricotait des bas et des chaussettes. Tous ces gains permettaient d'acheter du vin, des épiceries, de la farine. La mère cuisait le pain tous les quinze jours.

Lorsqu'il eut la pensée de se pourvoir d'une femme, Albert ne chercha pas bien loin. Tout naturellement, il examina les ouvrières de chez Greliche. S'étant renseigné, il apprit qu'elles étaient toutes mariées, quelques-unes même mères de famille, excepté trois. Il sut leurs âges : dix-sept, dix-neuf et vingt-neuf ans. Lorsqu'elles sortaient de l'usine, les deux plus jeunes ressemblaient à des sœurs, permanentées, vêtues d'une jupe qui leur descendait à mi-mollet, chaussées de souliers plats. Les yeux soulignés d'un trait noir. Les lèvres élargies de rouge, selon la mode lancée par Suzy Solidor. Il les jugea trop jeunes pour lui, s'intéressa à la troisième, à la laissée-pour-compte, comme on chuchotait autour d'elle. Elle n'était pas la plus jolie, avec son nez un peu bossu. Maigrichonne, il lui manquait quelques kilos par-ci, par-là. Mais quand il lui arrivait – rarement – de sourire, tout son visage s'illuminait. Il se demanda pourquoi un tel sourire n'avait pas encore trouvé preneur. Sans doute à cause du sérieux excessif qui le dissimulait en temps ordinaire, on ne le soupçonnait pas sous ce voile. Toutes les filles riaient autour d'elle, il fallait la chatouiller pour qu'elle consentît à changer de mine. Elle s'appelait non pas Joséphine, mais Joséphie, ce qui n'arrangeait rien, son prénom semblait avoir perdu une dent. A midi, lorsque ces dames tiraient de leurs cabas les belles nourritures de leur repas, Joséphie se contentait d'une soupe réchauffée, d'un quignon de pain, d'une tranche de fromage. Albert se dit que les jeunettes ne s'intéresseraient pas à un vieux qui puait le cheval, qu'elles ne sentiraient pas l'odeur de ses économies, qu'il aurait plus de chances auprès de la laissée-pour-compte.

Mais comment l'aborder, lui exposer ses intentions sentimentales et commerciales ? Lorsqu'elles arrivaient ensemble le matin, lorsqu'elles repartaient le soir, lui se trouvait généralement ailleurs. Les Margerides l'y aidèrent.

Ce dimanche-là, ayant abreuvé Lenoir et Legris, il avait pris son *esparty*[1] de rave, de pain, de saucisse. La saison était belle, le jour interminable. Albert contempla la montagne qui dominait le Bout-du-Monde. Elle était toute fleurie de jaune, elle aurait mérité aussi le nom de Tizi Ouzou, qui veut dire col

1. Repas de midi, en patois de Thiers.

des Genêts. Mais elle s'appelait Margerides, qui veut peut-être dire Yeux-de-Chat. L'idée lui vint de gravir la pente escarpée pour aller cueillir un bouquet afin d'en orner et d'en parfumer sa chambre qui n'était qu'un cagibi sans fenêtre, guère plus grand qu'un placard.

Il traverse la Durolle sur une passerelle de bois. Et le voilà qui s'agrippe et qui grimpe comme à une échelle. Il casse des branches de genêt, il en forme une brassée, toutes ces fleurs ont un parfum de réglisse. Il se retourne, s'assied sur une pierre, contemple la ville aux couteaux que ne secouent plus les marteaux-pilons en ce jour de repos. Quelle ville curieuse ! Accrochées à l'escarpement des Bois Noirs, ses maisons montent les rues comme des gradins, si bien qu'elles présentent parfois six étages sur leur devant et trois sur leur derrière. Les heures sonnent à ses diverses horloges publiques sans jamais réussir à s'accorder, entre la première et la dernière peut s'écouler une entière minute.

— A quoi serviraient, demandent les couteliers, d'avoir sept horloges si toutes chantaient la même heure ?

Chacun choisit celle qui lui convient le mieux. Dans les trois églises, les curés attendent d'avoir assez de monde pour commencer la messe. La plupart des hommes n'y mettent jamais les pieds, sauf pour s'enterrer les uns les autres. Le bon Dieu a beaucoup de patience. Il sait qu'à la fin il les rattrapera.

Les yeux d'Ahmed s'abaissèrent. Et que virent-ils ? La laissée-pour-compte, qui, comme lui, gravissait la sente. Lorsqu'elle fut assez près, il lui lança le bonjour. Elle s'arrêta, lui rendit son salut.

— Je m'appelle Albert, dit-il. Je travaille comme vous chez Greliche.

— Je vous reconnais. C'est vous qui conduisez les chevaux. Moi, je m'appelle Joséphie et je reviens de la messe au Moutier. A présent, je rentre chez moi à Membrun. Ça me fait une belle trotte.

— Vous avez de la religion ?

— De temps en temps.

— Voulez-vous me faire plaisir ? Acceptez cette brassée de genêts.

— Pourquoi ?

— A la vérité, je l'avais cueillie pour mettre dans ma chambre. Elle sera mieux chez vous.

— Non, non. Je ne veux pas vous en priver.

— J'en cueillerai d'autres en redescendant.

Elle le regarda. Il avait les cheveux blonds, les yeux verts, il ne sentait pas le cheval par un effet des fleurs jaunes. Elle accompagna son merci d'un sourire. De ce sourire qu'elle ne gaspillait point, qui aurait désarmé Bournillas, le suisse de Saint-Genès, dont les moustaches et la hallebarde terrorisaient les enfants. La brassée était si volumineuse qu'on ne voyait presque plus son visage. Elle dit au revoir et reprit son ascension. Elle disparut au milieu des arbres.

Ce fut une rencontre fortuite. La seconde ne le fut pas. En fin de journée, le lendemain, après le travail, remontant la même pente, Joséphie retrouva l'homme aux chevaux assis sur la même pierre, tenant à la main un bouquet de fleurs rosâtres, très parfumées.

— Je crois, dit-il, que c'est des marguerites.

— Pas du tout. Ce sont des œillets de montagne.

— Ils sont à vous.

— Mais non ! Vous n'allez pas… ?

— Chez moi, on dit qu'une fleur proposée ne peut être refusée.

— Chez vous ? Où c'est, chez vous ?

— En Algérie. Mais je suis français. J'ai fait la guerre. Il me manque la moitié d'une oreille. Une balle m'a manqué de peu. J'ai la médaille militaire.

Il ôta sa casquette, montra le pavillon ratatiné. Il sortit la décoration de sa poche, il pensait qu'elle devait lui gagner tous les respects. Joséphie voulut bien la prendre, admirer le ruban moiré jaune, le liséré vert, l'étoile de vermeil, le profil de la République.

Lors de la troisième rencontre, il offrit un bouquet d'anémones blanches, que les Thiernois appellent « jalousies » parce que, le soir, elles referment leurs pétales, de même que les femmes de bonne vie referment leurs volets.

A la quatrième, il voulut lui donner des réglisses violacées, mais elle refusa absolument :

— Il n'y a pas de raison que vous me présentiez chaque jour un nouveau bouquet. Ou alors, expliquez-moi pourquoi.

— Pour nous faire plaisir à tous deux.

— Et pour quelle raison cherchez-vous à me faire plaisir ?

— Parce que, rien qu'à vous regarder, j'éprouve beaucoup de sentiment.

— Quelle espèce de sentiment ?

— Pareil au coquelicot qui meurt d'une soif d'amour parce que la source est lointaine. C'est une chanson de chez moi.

— Je comprends rien à ce que vous me chantez.

— C'est pour dire que je meurs de sentiment. Accepteriez-vous d'être ma femme ?

En entendant ces mots, elle resta un moment la bouche ouverte. Puis elle retrouva la parole :

— Vous vous moquez de moi ?

— Croyez-vous que j'aurais cueilli tous ces bouquets si je m'étais moqué ?

— Et pourquoi voulez-vous que je sois votre femme ?

— A cause de ce sentiment que je vous porte.

— Et ça vous a pris comme ça, tout par un coup, pour m'avoir parlé quatre fois ?

— Une seule fois m'a suffi.

Elle éclata enfin de rire. Elle n'imaginait pas que les choses pussent aller si vite. Elle se rappela cependant qu'elle était une laissée-pour-compte ; que ses parents étaient assez pauvres ; que tout ce qu'elle gagnait chez Greliche tombait entre leurs mains ; que son père souffrait de la maille ; que sa mère la détestait. Elle pensa qu'il eût été sans doute stupide de repousser une occasion d'échapper à cette famille. Elle considéra Albert, le trouva plutôt bel homme malgré son oreille cassée. Elle écouta ses propos.

Il exposa ses projets : quitter le Bout-du-Monde, établir à Thiers un commerce de produits orientaux. Celle qu'il épouserait n'aurait qu'à servir la clientèle. Il prévoyait que, dans les années à venir, les Algériens viendraient à Thiers en grand nombre à cause de la misère qui sévissait là-bas. La prospérité de leur commerce était certaine.

— En somme, vous souhaitez ce mariage pour que je vous serve de femme de boutique !

Il protesta. En Kabylie, les mariages étaient arrangés par les familles, après de grands calculs sur la dot que le fiancé devait verser à ses futurs beaux-parents, suivant le cours des chèvres ou des dromadaires. De sorte qu'il découvrait le visage de sa femme le soir de leurs noces, quand elle enlevait son voile, la surprise était bonne ou mauvaise. Pas trace de sentiment dans les unions kabyles. Mais le sentiment venait après, les époux apprenaient à s'aimer en se découvrant. En toute franchise, Joséphie dut reconnaître qu'en Auvergne les mariages avaient été longtemps pareillement arrangés ; qu'on unissait des vaches et des moutons ; que son père et sa mère, vers 1909, avaient dit oui quasiment sans se connaître. Les garçons faisaient le choix d'une future en considérant le volume du tas de fumier devant sa porte, ce qui permettait d'évaluer l'importance du cheptel.

— Autre chose, ajouta-t-elle. J'ai entendu dire que les Sidis, quand leur première femme a vieilli, en prennent une deuxième. Parfois une troisième. Vous suivrez cette habitude ?

— Pas question ! Je le jure sur ma médaille.

Il la tira de sa poche, posa une main dessus.

— Racontez-moi un peu plus d'où vous venez.

Pour l'encourager, elle lui prit des mains le bouquet de réglisses bleues. Il parla de son village au pied du mont Djurdjura ; des oliviers et des figuiers de Barbarie ; de son père qui l'avait obligé de fréquenter l'école, des coups de bâton que l'instituteur lui mettait sur le crâne pour y faire entrer l'orthographe ; de ses sœurs dont il avait maintenant oublié la figure parce qu'il ne les avait plus vues depuis 1916. Il se tenait pour orphelin. Il aurait pu retourner là-bas ; mais pour quoi faire ? Pour se mettre au service de la gendarmerie ou d'un colon qui auraient payé chaque jour de peine avec une poignée d'olives ? Sa famille ne lui avait jamais donné signe de vie, pas même pour le remercier de l'argent qu'il lui envoyait. Un proverbe dit : « Le chien seul ravale ce qu'il a vomi. » Il avait pendant dix-huit ans fait les transports de monsieur Greliche, il était devenu thiernois, il comprenait le patois des couteliers.

— Et vous, poursuivit-il, dites-moi qui vous êtes.

Elle se raconta pareillement. Son enfance à Membrun. Pas d'école dans ce village. Elle devait monter jusqu'à Vernières, en face d'un sommet qui ne s'appelait pas Djurdjura, mais le Grün. On ne sait pourquoi les autorités avaient bâti l'école dans ce hameau de douze paysans et de vingt-six vaches ; mais les enfants venaient des environs, la classe était bien pleine. Joséphie n'était pas une bonne élève parce qu'après sa longue marche elle se sentait fatiguée. Il lui arrivait de s'assoupir sur son pupitre. Elle recommandait à sa voisine : « Réveille-moi, donne-moi un coup de coude si tu vois que je vais m'endormir. » Elle avait quand même obtenu le certificat d'études.

— Pas moi, dit Albert. A cause de l'orthographe. Mais je suis très fort en calcul. Par exemple, dites-moi combien font 13 fois 14.

— ...

— 182. Et 17 fois 15 ?

— ...

— 255.

— Comment faites-vous pour trouver ça ?

— Je sais pas. Ça me tombe dans la tête. C'est pourquoi je réussirai dans le commerce, où il faut beaucoup calculer.

Il l'interrogea sur sa parenté.

— Avec ma mère, ça ne va pas bien. Elle ne m'aime pas. C'est pourtant elle qui m'a faite et qui m'a élevée. Elle mignarde mes deux frères et ma sœur. Moi, elle me traite de chien maigre, de chat crevé. Je ne sais pas pourquoi. Un jour que j'ai voulu lui demander des explications, j'ai reçu une gifle pour toute réponse. Je suis allée me cacher sous le foin. On m'a cherchée jusqu'à la nuit. La faim m'a obligée de sortir. Mon père, lui, fait le sourd, il détourne la tête, comme s'il trouvait naturelles ces méchancetés.

Albert la rassura, disant qu'elle n'aurait jamais à se plaindre de lui quand elle serait sa femme.

— Il faut que j'examine, conclut-elle.

A Thiers, examiner veut dire réfléchir.

— Prenez votre temps.

En attendant le résultat de l'examination, Albert ne renonça point à leurs rencontres. Ne trouvant plus de fleurs à sa convenance, il lui apportait de menus cadeaux : un peigne de corne, un éventail, une écharpe de dentelle, un bracelet de cuivre. Un soir, ce fut un Yo-Yo. Petit jouet formé de deux disques d'ébonite réunis par un axe autour duquel s'enroule un fil quand le Yo-Yo monte, il se déroule quand le Yo-Yo descend. Les historiens nous révèlent qu'il était connu des anciens Grecs ; qu'il vint chez nous d'Allemagne après la Révolution sous le nom d'émigrette ou de coblence ; qu'il disparut ensuite pendant un siècle et demi, pour rejaillir soudain dans les années trente. Ce fut une véritable épidémie qui atteignit toutes les couches de la société, pire que la grippe espagnole. Les couteliers thiernois en fabriquèrent des panerées qu'ils distribuaient à leurs amis et connaissances. Bientôt, toute personne normalement constituée eut dans sa poche ou dans son sac à main un Yo-Yo. Non seulement les enfants, mais aussi les adultes : les policiers, les maires, les sous-préfets. Les écoliers en jouaient pendant la récréation et même en classe sitôt que le maître leur tournait le dos. (En réalité, il avait aussi le sien dans son gousset.) Le curé, derrière le parapet de sa chaire, s'en offrait une partie de la main gauche tandis que la droite tenait les feuilles de son homélie. Des mourants exigèrent d'avoir leur Yo-Yo dans leur cercueil ; et plusieurs de ceux qui les accompagnaient aux Limandons se plaçaient en queue de cortège pour yoyoter discrètement.

Albert en commanda deux à un camarade spécialiste des manches dans les matières les plus précieuses, l'ambre et l'ivoire. Joséphie n'osa les refuser. Ils jouèrent souvent ensemble sur les pentes des Margerides, riant de leurs succès et de leurs insuccès. Albert était devenu un vituose de l'émigrette, il la lançait devant lui, derrière, sous la jambe, en bon tire-ailleurs. De temps en temps, il demandait :

— Avez-vous fini d'examiner ?

— Laissez-moi encore quelques jours.

Le Yo-Yo fut pour quelque chose dans sa décision définitive. Elle se dit qu'un garçon qui jouait du Yo-Yo avec tant d'adresse ne pouvait être un méchant homme. Imaginait-on d'horribles individus comme le Kaiser Guillaume, ou le sanglant Staline, ou le monstrueux Hauptmann, ravisseur et assassin du petit Lindbergh, en train de jouer de l'émigrette ?

Aussi, lorsqu'un soir Albert renouvela sa question, répondit-elle qu'elle acceptait de devenir sa femme.

3

Il fallut rencontrer la famille Néron. Ensemble, se tenant par la main, ils remontèrent la vallée de la Durolle qu'on aurait pu appeler la « vallée des Rouets ». En langue thiernoise, le mot se dit *rodë*, qui vient de *rodo*, « roue ». Il s'agissait de petits ateliers dans lesquels les émouleurs donnaient du fil à leurs lames. Couchés ventre en bas sur une planche, ils tendaient la lame au-dessous d'eux, la pressaient fort contre la meule de grès au moyen du *tenalhon*. A leurs cuisses et à leurs mollets, un brave chien servait de chaufferette ; ami, compagnon de travail, il n'était pas question de l'écarter durant la canicule. A l'étage, les femmes dans la même posture, y compris quand elles se trouvaient en « situation intéressante » jusqu'au huitième mois, s'adonnaient au polissage, une besogne qui exigeait moins d'effort. Les meules tournaient grâce à la force motrice d'une roue à aubes, entraînée par les eaux de la Durolle. Dans les années 37-38, nombre de ces rouets fonctionnaient encore. Ils portaient le nom de leurs propriétaires : chez Picot, chez Marty, chez Dumas, chez Chazeaux, chez Douris, chez Tarrérias, chez Loyer, chez Guélon... Ou des sobriquets expressifs : chez l'Ane, chez la Chèvre et le Rat, chez Paillasson, chez l'Ambulant, chez l'Haricot... Mais plusieurs, déjà abandonnés, tombaient en ruine. Les meules de corindon n'avaient plus besoin de la Durolle et préféraient s'établir, électrifiées, en des lieux plus accessibles.

Longeant ces baraques vides ou habitées, Albert et Joséphie remontèrent la vallée des Rouets jusqu'au raccourci qui conduisait à Membrun. Ils parlaient peu, essoufflés par la marche et par l'émotion.

— Je n'ai rien dit à personne, avoua-t-elle. C'est à vous de parler.

— Ne vous inquiétez pas. Tout ira bien. Aussi bien que ce Yo-Yo.

Il le sortit de sa poche et en fit quelques passes. Il avait endossé ses meilleurs vêtements, accroché à la poitrine sa médaille militaire et il apportait des cadeaux dans une musette : un kilo de riz, un fromage saint-nectaire tout entier, une bouteille de champagne, il ne la déboucherait que s'il était accepté.

Ils arrivèrent au milieu de Membrun. Un modeste village enrichi de deux curiosités : un grand lavoir et une fontaine en pierre de Volvic datée de 1899, montrant un enfant joufflu qui vomit l'eau par un tube. Alentour, excepté quelques fonds herbeux, tout était montagnes et forêts.

La demeure Néron, en belles pierres jaunâtres, regardait l'orient et les villages couteliers, Granetias, Lombard, Bellevue, les Martinets. Devant sa porte, Antonin, le père, fendait des bûches sur un billot. Près de lui, la mère et la seconde fille effilaient des haricots. Les deux fils n'étaient pas encore rentrés du travail. Albert et Joséphie s'arrêtèrent à quatre pas. Les regards des uns et des autres se croisèrent, les doigts cessèrent de filer, la hache de fendre. Il était convenu que Joséphie n'ouvrirait la bouche que pour la présentation :

— Je vous amène quelqu'un qui demande à vous connaître.

— Et qui c'est donc, ce quelqu'un ? fit le vieux, appuyé sur le manche de son outil.

Il appartenait au garçon de répondre :

— Je m'appelle Albert. Je travaille depuis des années chez Greliche, au Bout-du-Monde, où votre fille est plieuse. Je gagne quatre cents francs par mois. J'ai neuf mille francs à la Caisse d'épargne. Si vous voulez connaître mon âge, je dirai trente-sept ans.

— Et alors ?

— Je suis monté avec votre fille pour vous dire que je vous la demande en mariage. Elle est d'accord.

— D'accord ? Elle nous en a jamais causé.

— Vous vous rappelez son âge à elle ? Vingt-neuf ans. Elle n'a plus besoin de permission pour dire oui.

— Dans ce cas, pourquoi que vous venez ?

— Pour que nous fassions connaissance et pour vous apporter quelques petits cadeaux.

En même temps, il déposa sur le billot le riz, le fromage, la bouteille. La mère et la fille s'approchèrent, croyant rêver. Antonin demanda, la bouche amère, si c'était là le prix de sa fille. Albert répondit qu'elle n'avait pas de prix, qu'il voulait seulement qu'on bût à leur bonne entente. Il développa son programme, le commerce d'épicerie qu'il voulait ouvrir à Thiers, Joséphie en serait la patronne.

— Elle nous manquerait, dit le vieux.

— On viendra vous voir souvent, maintenant que je connais le chemin, par la vallée des Rouets.

Sidonie se mit à pleurer. Mélina, la mère, ne versa pas une larme, une sorte de sourire lui tordit même la bouche, ses yeux disaient : « Bon débarras ! » Joséphie embrassa sa sœur pour la consoler. Albert reprit la parole :

— Entre elle et moi, il y a quelque chose qui complique. Je sais pas si vous l'avez remarqué, mais je suis pas vraiment auvergnat. Je suis un Sidi.

— Un Sidi ? fit le père, ouvrant des yeux comme des culs de bol. Qu'est-ce que c'est faire ?

— J'ai fait la guerre, j'ai la médaille militaire, mais je suis pas né en France. Je suis né en Algérie.

— Je vois ce que c'est. Une colonie, comme Madagascar. Moi, j'ai fait mon service à Madagascar. Là-bas, les gens sont chrétiens, même s'ils déterrent leurs morts de temps en temps pour leur faire prendre l'air.

— Seulement, les Sidis sont pas des chrétiens. Ils se font pas baptiser et tout ça. Par conséquent, notre mariage pourra pas passer par l'église.

— Ça sera un mariage de chiens ! ricana la mère qui nourrissait parfois des sentiments dévots.

— Joséphie, qu'est-ce qu'elle en pense ? demanda le vieux.

— Elle aimerait que je me convertisse. Mais je peux pas. Chez nous, si quelqu'un change de religion, il est maudit de Dieu.

— Moi, je m'en fous. Vous serez pas les premiers à vous marier sans curé. Le mariage tient quand même autant.

Au cours de cette négociation, la promise n'avait pour ainsi dire pas desserré les dents, se contentant d'approuver de la tête quand il le fallait. Tout semblait réglé pour le mieux. On pouvait ouvrir la bouteille de champagne. Les autres cadeaux furent transportés à l'intérieur de la maison. Le sol était pavé de larges dalles qui sonnaient comme des cloches sous les sabots de la famille. De belles choses garnissaient la pièce : une horloge à balancier, un poêle à quatre trous, une longue table couverte d'une toile cirée, un vaisselier plein d'assiettes ; le fond de chacune représentait la tête d'un président de la République ; en y puisant le bouillon, on devait avoir l'impression de manger la soupe avec monsieur Sadi Carnot ou monsieur Félix Faure ; une lampe à pétrole pendait du plafond.

— Mélina, commanda Antonin, sors-nous des verres.

Ce n'étaient pas des coupes à champagne, mais d'anciens verres à moutarde nervurés. Tout le monde prit place sur les bancs. Albert saisit la bouteille, avertit la compagnie qu'elle allait faire poum. Chacun serra les fesses. Elle fit poum en effet, les femmes crièrent, la mousse jaillit, remplit les verres à moutarde d'une moitié. Habilement, mon futur père refit la tournée, et les verres, bon gré mal gré, se trouvèrent remplis jusqu'en haut.

— On aurait dû attendre le retour des garçons, dit Mélina.

— Je reviendrai avec une autre bouteille, promit Albert.

Le vieux leva son verre à la hauteur de ses yeux, disant :

— Buvons à notre accord, pour que le mariage réussisse.

— C'est délicieux, dit Sidonie en faisant une grimace.

— Elle a pas l'habitude du champagne, l'excusa Antonin, comme si lui, cette habitude, il l'avait.

Les deux hommes burent leur troisième verre. Il en restait un peu au fond de la bouteille, on le garda pour Francis et Florent, qui devaient arriver une heure après, à bicyclette.

— Vous nous avez apporté aussi du riz et du fromage. Qu'est-ce qu'on pourrait bien vous donner de notre côté ?

— Rien du tout. Je sais qu'en Auvergne on n'a pas coutume d'arriver chez quelqu'un les mains vides. Rien du tout.

— Qu'est-ce qu'on pourrait bien ? répétait le père en regardant sa femme, attendant une suggestion qui ne vint pas.

Sous son chapeau, il se gratta la tête. Il y trouva une idée qui y attendait entre les cheveux :

— Le livre !
— Quel livre ?
— Un livre que j'ai ramassé un jour à la décharge, sur un tas d'ordures. Avec un dos de cuir et des lettres en or. Des livres comme ça, on n'en fait plus. Vous savez lire ?

— J'ai étudié jusqu'au certificat d'études.

— Nous, on sait pas trop. Alors, ce livre, Mélina, va le chercher.

Elle monta à l'étage. On entendit ses sabots sonner sur les marches de pierre. Elle reparut. Le livre était magnifique en effet. Albert en lut le titre : *L'Autre*

Monde ou Les Etats et Empires de la Lune, par monsieur Savinien de Cyrano de Bergerac, publié à Paris chez Charles de Sercy en MDCLVII.

— On vous le donne, confirma la mère.

— Il a l'air très intéressant. Je le lirai. Merci mille fois.

Mon père futur emporta le vieux petit bouquin. Il n'avait rien lu, sauf quelques journaux, depuis qu'il avait quitté la classe de monsieur Cuvelier en Kabylie et raté le certificat d'études. Redescendu à Thiers, il mit le nez dedans et eut grand peine à déchiffrer ces lignes pleines de fautes d'orthographe où les *f* et les *s* se confondaient ; criblées de subjonctifs et d'esperluettes, ces signes étranges qui ressemblent à des 8 munis de deux petites queues. *Percez, ô mon Dieu, percez ma chair, percez mon ame, pénétrez mon cœur d'une crainte falutaire & d'un amour pénitens ; je n'ai que trop de fujet de craindre votre juftice parce que je fuis pécheur ; & quelque rigoureufe qu'elle foit, je ne pourroif que l'en remercier*... L'auteur en question aurait pareillement raté son certif.

Se cramponnant très fort à cet ouvrage, Albert réussit à comprendre que le héros de l'histoire, désireux de se rendre sur la Lune, s'est fabriqué une ceinture composée de fioles remplies de rosée. La chaleur du Soleil les attire et les fait s'élever dans les airs. L'aéronaute se trouve bientôt au-dessus des nuages. Mon futur père considéra très vite que cette entreprise était abracadabrante et il n'alla pas plus loin. Il déposa le bouquin sur un rayon de son cagibi, à côté de son pot de tabac à chiquer.

Le mariage est une autre sorte de Yo-Yo, avec des hauts et des bas. Pour commencer, Albert se mit en quête d'un logement convenable. Les propriétaires le refusaient souvent lorsqu'ils comprenaient qu'ils avaient affaire à un Sidi. Deux venaient précisément de s'égorger sur la place de l'Hôtel-de-Ville pour des motifs dérisoires. Ahmed avait beau proposer trois mois de loyer d'avance, cela ne rassurait point les proprios. Il mit donc des semaines à trouver ce qu'il désirait. Et ce fut dans le quartier de la Vidalie, non loin du puy Seigneur que fleurissent les crocus à leur saison, comme j'ai déjà dit. Une rue honorable le traverse et monte vers les Margerides. Elle atteint des hameaux que les enfants ont réunis en une comptine :

Pont-Haut, Pont-Bas,
Margerides, Dégoulat,
Le Breuil, les Pins,
Bergerettes, les Belins.

Une autre, portant le nom énigmatique de la Paillette, dévale abruptement vers la Durolle, traverse le pont de Seychalles, remonte en face, atteint la place du Pirou et la rue Lasteyras. Cette ville n'est pas faite pour les asthmatiques. Encore faut-il considérer qu'en hiver elle compte plus de descentes que de montées, en été plus de montées que de descentes. L'une de celles-ci porte le nom de rue d'Ecorche parce qu'on risque, si l'on n'y prend garde, de s'y écorcher le derrière.

Je n'en finirais pas de raconter la ville aux couteaux, elle est inracontable. D'où qu'on regarde Thiers, on n'en voit jamais qu'un tiers. Vu de la Vidalie, ce tiers semble en grand danger de s'écrouler dans la Durolle. Je pense que beaucoup d'habitants du cimetière Saint-Jean vont y nourrir les truites. Mais tout bien considéré, aucun lieu au monde ne paraissait plus propre à recevoir un ouvrier kabyle marié à une Auvergnate et désireux de faire fortune dans cet amoncellement de maisons, d'ateliers, d'escaliers, de treilles, de tours, de murailles, de clochers. Le compliqué aime la complication.

C'est dans la rue de la Paillette qu'il dénicha un logement convenant à sa famille future. Sur la façade, bleuie par maints sulfatages, une vigne faisait de son mieux pour dissimuler les craquelures du crépi. Au rez-de-chaussée, une « boutique » de coutelier, inoccupée depuis le décès de son ancien titulaire. Derrière, une sorte de grotte creusée dans la roche, qu'on pouvait appeler cave. Au premier étage, une cuisine avec cheminée à crémaillère et une salle à manger. Au second, deux chambres. Au troisième, une autre chambre précédée d'un grenier. En retrait, un cabinet à la turque, c'est-à-dire un trou dans une dalle ouvrant sur des profondeurs puantes et mystérieuses.

Tout cela appartenait à un couple d'âge moyen, elle la quarantaine accomplie, lui son aîné de cinq ans, agent de police municipal, monsieur et madame Rouel. Ils habitaient une maison voisine. Elle s'occupait de son ménage. Lui assurait, avec deux collègues en uniforme, la sécurité de la ville. Une sécurité rarement troublée, sauf, de loin en loin, par quelque égorgement de Sidi. Sa mission principale consistait à accompagner chaque matin le tombereau d'un éboueur. En ce temps-là, Thiers produisait si peu d'ordures que deux tombereaux, un dans la ville haute, un autre dans la basse, suffisaient à les ramasser. Ils naviguaient d'une rive à l'autre de la rue sous la surveillance de l'agent, de son bâton blanc et de son képi. Le flic et l'éboueur conversaient, parlant du temps qu'il faisait, de la pêche, des prochaines vendanges. De loin en loin, une automobile paraissait, dans un sens ou dans l'autre. Rouel se précipitait, son bâton levé, pour éloigner les chiens et les enfants, pour régler la circulation comme un chef d'orchestre règle la musique. On se demande comment, sans lui, les deux véhicules auraient pu se croiser ou se dépasser.

Albert signa le bail et versa le montant du loyer. Pendant le mois suivant, il s'employa à meubler sa résidence. A la rendre non seulement habitable, mais confortable. Chaque pièce eut son nécessaire, lit, armoires, buffet, cuisinière, vaisselle, tapis sur les planchers, rideaux aux fenêtres. Quand tout fut en place, vu et approuvé par Joséphie, ils se rendirent tous deux à la mairie. Albert montra son livret militaire attestant que, né en Algérie, département de Constantine, il était de nationalité française.

— Pas de problème, fit le secrétaire en l'observant par-dessus son lorgnon.

Il examina ensuite les papiers de Joséphie. Les confronta avec ses propres documents.

— Où êtes-vous née ? demanda-t-il enfin.

— A Membrun, en 1910.

— Ce n'est pas ce que je vois sur mon registre. Je vous trouve née à Lombard en 1909. Vous êtes bien Joséphie Etiennette Néron ?

— Il me semble.

— Montrez-moi le livret de famille de vos parents.

L'homme fourra le nez dans ce vieux calepin aux couvertures enfumées. Il s'écria enfin :

— J'y suis. J'ai trouvé l'explication. Sur mon registre, vous êtes née à Lombard, pas à Membrun, de

Mélina Citerne, mais de père inconnu. Ensuite, après le mariage de ladite Mélina et d'Antonin Néron, vous avez été reconnue par ce dernier.

— Qu'est-ce que ça signifie ?

— Qu'Antonin n'est pas votre père véritable, qu'il vous a pour ainsi dire adoptée et considérée comme sa vraie fille.

— Mon père n'est pas mon père ?

— Regardez vous-même. Mon prédécesseur a omis de noter cette reconnaissance sur votre livret.

— Et mon vrai père, qui est-ce ?

— Je n'en sais rien. Demandez-le à votre mère si elle veut bien vous en faire la confidence.

Un long moment, Joséphie resta bouche bée, comme si elle avait reçu un coup de maillet sur la tête. En un instant, elle corrigea toute sa vie : née à Lombard et non pas à Membrun, fille de Mélina et d'on ne sait qui, étrangère à Antonin, demi-sœur de Florent, de Francis et de Sidonie. Un vocable honteux lui convenait : bâtarde. Elle était une bâtarde, comme on disait dans la région pour désigner les fillettes placées dans certaines familles de la campagne. Elevées aux côtés des enfants légitimes, ces petites abandonnées s'en trouvaient bien ou s'en trouvaient mal. Elles contribuaient du moins à nourrir les familles d'accueil grâce à l'allocation versée par la Sistance. Mélina avait coutume d'en menacer Joséphie gamine :

— Si tu continues de faire ta forte tête, je finirai, sale graine que tu es, par te donner à la Sistance.

En même temps, la giroflée claquait sur sa joue droite ou sur sa gauche.

Au début, Joséphie se représentait cette Sistance comme une sorte d'ogresse qui emportait dans sa hotte les mioches désobéissants et les confiait à des éleveurs-éleveuses pour les engraisser en attendant de les faire cuire en pot-au-feu. Par la suite, elle eut l'occasion de fréquenter quelques-uns de ces malheureux à l'école de Vernières ; de constater qu'ils étaient parfois plus intelligents que les autres ; que l'inspectrice de la Sistance ne les récupérait point pour les manger.

— Alors, s'écria le secrétaire de mairie, ce mariage, vous le faites ou vous le faites pas ?

— On le fait, naturellement, dit Albert.

Joséphie d'abord ne répondit pas, devint toute rouge et secoua la tête.

— Il se fera, finit-elle par lâcher. Dans quelque temps. Mais d'abord, je veux savoir qui je suis.

— Dans quelque temps ?

— On reviendra.

Il y eut entre les promis une discussion. Elle voulait absolument tirer au clair l'origine de sa bâtardise. Par la même occasion, elle découvrirait sans doute pourquoi Mélina lui avait toujours manifesté de l'aversion. Les noces pouvaient attendre quelque peu.

Albert continua donc d'assurer les transports de monsieur Greliche et d'ajouter à ses anciennes économies.

Pour en venir au Crocus qui raconte cette histoire, au Crocus que je suis avec mes cheveux jaunes et mon nez rouge, il reste un sacré bout de chemin à parcourir. Presque aussi long que pour atteindre Tipperary, comme chantaient, paraît-il, les soldats anglais dans les belles années 14-18 sur le sol français. J'ai réuni les détails de mon voyage en interrogeant l'un, l'autre, ceux qui ont bien voulu me les raconter. Dans ce monceau de confidences, j'ai dû recueillir du vrai et du faux. Je le livre comme je l'ai reçu. A l'état brut. Qui m'aime me suive.

Joséphie aurait pu s'adresser à sa mère en tête à tête. Ou à son père adoptif. Elle préféra parler devant la famille entière puisque, de toute façon, il fallait bien que tous les membres en fussent informés. Elle choisit un dimanche qui réunit parents, frères et sœur. Après le dessert, car elle ne voulait pas leur couper l'appétit, lorsque chacun eut retourné son assiette présidentielle pour consommer la confiture d'airelles, elle se leva, resta debout un moment, immobile et muette. Peu à peu, tous les yeux se tournèrent vers elle. Elle attendit que le dernier tintin de cuillère eût cessé. Un silence d'église s'établit.

— J'ai quelque chose à vous dire.

L'horloge sonna trois coups.

— Eh bien, voilà. A la mairie de Thiers, j'en ai appris une grosse.

Une grosse, chez les couteliers, c'est treize douzaines, cent cinquante-six unités. On comprit tout de suite qu'il ne s'agissait pas de couteaux.

— Ecoutez-moi. Je croyais être la fille de monsieur Antonin Néron ici présent et de sa femme Mélina Citerne. Pas du tout. Je suis bien la fille de Mélina, mais pas celle d'Antonin. Je n'ai pas de père.

Elle ne put aller plus loin, elle couvrit sa figure de ses deux mains, éclata en sanglots. En même temps, de ses ongles, elle se labourait les joues. Elle eut bientôt le visage en sang. Autour d'elle, concert de clameurs :

— Qu'est-ce qu'elle raconte ?... Elle rebuse[1] !... Ce qu'il faut pas entendre !... Oh par exemple ! Oh par exemple !

Seuls Mélina et Antonin demeuraient silencieux, l'une toute blanche, les lèvres serrées, lui tout vert sous ses moustaches grises.

— La vérité ! La vérité ! hoquetait Joséphie. J'ai rien dit que la vérité ! Si vous ne me croyez pas, allez voir à l'état civil de Thiers !

Elle se laissa tomber sur une chaise, tandis que les hululements se poursuivaient. Tout par un coup, Florent, l'aîné des garçons, fit un tambourinement de fourchette contre son verre à moutarde :

— Explique-toi ! commanda-t-il. Tu en as trop dit ou pas assez !

— Demandez aux parents ! Eux, ils savent !

Mélina s'était affaissée sur la table, la figure enfouie entre ses bras. Pas évanouie, mais presque. Antonin comprit qu'à son tour il devait parler. Les mots lui manquaient. Il se contentait de faire oui de la tête. Oui... oui... oui...

A la fin, la parole lui revint. Il commença par foutre sur la table un coup de poing qui fit sauter les verres et les assiettes.

— C'est vrai, nom de Dieu ! C'est bien vrai ! Quand nous nous sommes mariés, en 1909, j'ai pris la vache et son veau.

Tout le monde connaissait cette expression abominable qui désignait une promise suitée. Occasion de

---

1. Elle délire.

moquerie pour les gars qui préféraient la leur en état de virginité réelle ou prétendue. Car on sait qu'il existe des arrangements :

« Hou la la, que tu me fais mal ! » gémit l'épousée, la nuit de noces.

Le vieux poursuivit :

— Ensuite, j'ai reconnu la petite. Elle est devenue ma fille aussi bien que si je l'avais faite moi-même. Et si quelqu'un prétend le contraire, je lui casse la gueule !

— Personne ne prétend le contraire, dit Florent radouci. C'est seulement pour savoir.

Joséphie n'avait pas son compte. Elle aussi voulait savoir le nom du vrai père, du salaud qui l'avait engendrée. Ce jour-là, cependant, elle n'alla pas plus loin dans son enquête et se réfugia dans sa chambre. Mais elle y revint la semaine suivante, alors qu'elle se trouvait seule avec Mélina en train d'écharpiller la laine de vieux bas pour en tricoter des bas nouveaux. Leurs doigts travaillaient, leurs yeux se fuyaient. Joséphie osa lever les siens vers sa mère. Quoiqu'elle eût à peine atteint la soixantaine, ses joues étaient marquées de rides profondes. S'il lui arrivait d'en parler, elle les appelait « le chemin des larmes », bien qu'on ne la vît pas souvent pleurer. Et quand elle le faisait, c'était de rage plus que de chagrin.

— Mère, il faut que vous me disiez qui était mon vrai père.

— Ton vrai père est Antonin Néron, répondit la vieille sans sourciller. L'autre ne compte pas.

— Qui était cet autre ? Je vous supplie de me le dire. Toujours je pense à lui. Il m'empêche de vivre.

— A quoi ça t'avancera ? Tu comptes aller lui parler ?

— Il est donc toujours vivant !

— Jamais je ne te dirai son nom. Il ne mérite pas que tu le rencontres, que tu le connaisses. Jamais il ne s'est soucié de toi. C'est une guenille [1].

— Ça ne fait rien. Dites-le-moi quand même. J'ai le droit de savoir.

— J'étais alors servante dans une bonne famille aux environs de Lombard. Douze vaches à l'étable, deux paires de bœufs. Un troupeau de moutons et de chèvres.

Grignotement de la laine écharpillée. Tic-tac de l'horloge. Joséphie s'arrêta de respirer, pour laisser croire qu'elle n'était plus là, que Mélina pouvait parler, qu'aucune oreille ne l'entendait.

— Les moutons, c'était mon affaire. Je les gardais en filant la quenouille. En compagnie du chien Toupi. Soudainement, Toupi remue la queue, il se lève, il s'élance. Il a reconnu le fils du maître. Appelons-le Jacot. « Salut ma belle ! » qu'il me dit. En ce temps-là, je méritais ce mot. Et le voilà qui se met à me tenir des discours. « Est-ce que ça te plairait de devenir ma femme ? Dans ma maison, tu ne manquerais de rien… » Patati, patata.

Tic-tac de l'horloge.

— Tout par un coup, il se jette sur moi, toujours me tenant les mêmes discours. « Si tu te laisses faire, tu seras ma femme. Sinon, rien du tout. » Moi, je résiste. Mais il est plus lourd et plus fort que moi. Il me pose une main sur la bouche. A la fin, il a ce qu'il voulait.

---

1. Injure très forte en Auvergne.

Mélina se couvre la figure. Joséphie voit en effet deux larmes suivre le chemin des rides. La fille se lève et commence un geste inouï, elle veut prendre sa mère dans ses bras. Mais celle-ci la repousse en gémissant :

— Tu es ma honte ! À présent, toute la famille est au courant de ta bâtardise !

— Y a pas de honte ! Il t'a forcée !

Mélina refuse toute consolation, elle ne va pas mignoter sa bâtarde après l'avoir détestée un quart de siècle !

— Il est revenu à la charge plusieurs autres fois. Je l'ai toujours repoussé, même avec la quenouille. Il m'injuriait, me traitait de ganipe. En me menaçant : « Si tu racontes à quelqu'un ce que tu m'as poussé à faire, je t'étranglerai. » Et il mettait ses gros doigts autour de mon cou. Si bien qu'à la fin, j'ai eu peur, j'ai quitté Lombard, je suis retournée dans ma famille. Un peu plus tard, mes parents ont vu que j'étais grosse. Ils ont eu honte de moi. Je t'ai mise au monde. Je n'osais plus sortir de la maison. Un jour, il s'est trouvé Antonin, que je connaissais depuis l'enfance. Il nous a prises toutes deux à sa charge, la vache et le veau.

— J'ai autant d'affection pour lui que s'il était mon père par le sang.

— Mais moi... mais moi... j'ai pas pu t'aimer comme une mère aime sa fille. Impossible. Impossible.

— Pourquoi ? Il n'est pas trop tard.

— Tu es ma honte.

Elles essayèrent une seconde fois de s'embrasser. Les cœurs n'y étaient pas.

— Et Jacot ? souffla Joséphie.

— Je le voudrais à cent pieds sous terre.

4

Elle vécut longtemps dans les hésitations : devait-elle raconter à son promis ce qu'elle venait d'apprendre ? Ayant balancé plusieurs jours entre le oui et le non, elle finit par choisir le oui. Par honnêteté. Quand il sut qu'elle était une bâtarde, il sourit :

— Qu'est-ce que ça me fait ? Si je cueille une fleur au bord d'un chemin – mettons un coquelicot –, est-ce que je demande quelle graine l'a semée ?

Certains jours, il n'aurait pas fallu pousser beaucoup Albert-Ahmed pour qu'il tombât dans la poésie. En Kabylie, le maître d'école lui en apprenait des quantités : *Salut, bois couronnés d'un reste de verdure... Mon père ce héros... Adieu plaisant pays de France, O ma patrie la plus chérie...* C'est beaucoup grâce à l'enseignement de monsieur Cuvelier qu'il avait accepté d'aller délivrer la Saliraine comme « volontaire désigné ». Bref, il accepta sans peine qu'Antonin n'eût été qu'un père de nourriture pour Joséphie.

— Pourquoi ce prénom ?

— Parce que le secrétaire de mairie, à Thiers, oublia une lettre. Je devais m'appeler Joséphine.

Le jour de leur mariage fut définitivement fixé au samedi 14 mai 1938. Le promis aurait trente-huit ans, la promise vingt-neuf. Ils s'installeraient rue de la Paillette juste après la noce. Tout s'annonçait pour le mieux. Cependant, la célébration faillit commencer par un enterrement.

Le 30 avril au soir, les jeunes de Membrun et des environs, garçons et filles, firent la tournée du mois de mai. Elle consistait à s'en aller en bande, la nuit venue, chanter devant chaque maison, en s'accompagnant d'un accordéon ou d'une vielle :

> *Voici le printemps des merveilles,*
> *Voici le joli mois de mai.*
> *Oh qu'il est beau ! Oh qu'il est gai !*
> *Il est rempli de violettes.*
> *Oh qu'il est beau ! Oh qu'il est gai !*
> *Il est rempli de vi-o-lés !*

D'autres couplets suivaient. Connaissant la coutume, les habitants ouvraient leur porte et accordaient quelques œufs de leurs poules. La quête donnait lieu, le lendemain, à une grandiose omelette, cuite et consommée en plein air, bien arrosée au vin rosé de Vollore ou bien au rouge d'Escoutoux. Francis et Sidonie participaient à l'événement. Joséphie prêtait la main au service, coupant le pain, tranchant le fromage, lavant la vaisselle.

Florent, l'aîné des garçons, se présente tout à coup, le visage inquiet :

— Je cherche notre mère. Est-ce qu'elle est par ici ?

— Non, nous ne l'avons pas vue.

Il retourne sur ses pas, questionnant l'un, questionnant l'autre. Une femme de cinquante ans ne disparaît pas comme une souris. A l'heure présente, elle devrait se trouver près du fourneau, en train de préparer l'omelette. Antonin ne sait pas davantage en donner des nouvelles. Il ne reste plus qu'à battre la campagne environnante. Les voilà tous partis et criant :

— Mélina ! Mélina ! Où es-tu, nom de foutre ! En voilà des façons de disparaître !

Et tout à coup, vers le haut, en direction de Brugheat, ils la découvrent. Dans une position impossible à croire. J'ose à peine moi-même la décrire. Dévorée par cette honte qu'elle ne se pardonnait pas, à la veille du mariage de sa fille, Mélina était partie munie d'une pelle. Arrivée au milieu du bois, elle avait craché dans ses mains et commencé de creuser une fosse large d'une coudée. Elle y avait travaillé des heures, mettant soigneusement le déblai de côté. Empilant des mottes herbues. Une honte, un secret qu'on enfouit n'ont pas besoin d'un grand trou. Dedans, elle avait trouvé des silex, des lombrics, des coquilles d'escargots. Mais plus elle s'enfonçait, plus sa honte devenait immense. Ne pouvant se séparer d'elle comme on se débarrasse d'un fichu, c'est elle-même qu'elle avait décidé d'ensevelir. Vivante, elle voulait s'enterrer vivante. Pour obtenir les justes mesures, elle s'était couchée au fond.

Le père et le fils aîné la découvrirent dans cette situation. Ils n'en crurent d'abord ni leurs yeux ni leurs oreilles. Après un moment de stupeur, ils s'avancèrent :

— Qu'est-ce que tu fabriques ?

— Vous le voyez bien, je creuse une fosse.
— Pour quoi faire ?
— Pour m'y enfoncer.
— Ma pauvre femme ! dit Antonin.
— Je peux plus vivre avec cette honte que tout le monde connaît à présent. Faut que je l'enterre.
— Si vraiment tu veux te détruire, t'as pas choisi le bon moyen. Y en a de meilleurs. Je te fournirai une corde à joug pour te pendre, en un moment tu feras couic. Si tu préfères, je te prêterai mon fusil de chasse.

En se forçant beaucoup, les deux hommes éclatèrent de rire. Voyant qu'ils ne la prenaient pas au sérieux, Mélina devint toute rouge et se prit à les injurier, les traitant de vièdazes, d'estropiés d'esprit, de bêtes habillées. Ce qui les fit rire encore plus fort. Ils lui prirent la pelle des mains, rebouchèrent le trou, le couvrirent de ses mottes, dansèrent dessus. Si bien qu'il n'en demeura aucune apparence.

Ils ramenèrent la vieille femme à sa maison, l'obligèrent de se laver les mains, de leur servir du pain et du lard. Ainsi se déroula ce 30 avril chez les Néron de Membrun.

Une fille du même village, prénommée Chantal, venue de l'Assistance, avait coutume de déclarer :
— Mon père est le soleil, ma mère est la pluie. Comme les champignons. Au lieu de Chantal, on aurait dû m'appeler Chanterelle.

Elle ne se souciait aucunement de ses géniteurs, qu'elle avait remplacés par des parents atmosphériques. Joséphie, au contraire, s'en souciait beaucoup. Entre une bâtarde et une abandonnée, il y a quelque différence. Les révélations arrachées à sa mère ne lui suffisaient pas.

Dès qu'elle le put, oubliant ses prochaines noces, elle emprunta la bicyclette d'un de ses frères et partit en campagne autour de Lombard.

Une poignée de maisons qui toutes résonnaient au chant des enclumes des couteliers. Ou au vrombissement des meules. Aucune ne correspondait au détail fourni par Mélina, douze vaches à l'étable, deux paires de bœufs, des chèvres et des moutons.

Sa bécane la porta jusqu'à Loyer, jusqu'à Thivet. Lorsqu'il lui arrivait de trouver une ferme isolée riche d'une grande remise, elle mettait pied à terre, s'approchait des bâtiments. Des chiens venaient aboyer à ses jupes. Un paysan ou une paysanne paraissait :

— Vous cherchez quelque chose ?

— Je cherche un homme. Dans les soixante, soixante-cinq ans.

— Pour quoi faire ?

— Pour lui parler. Je ne sais pas son nom.

— Vous êtes pas près de le trouver. Ici, y a personne de cet âge.

— Vous connaissez quelqu'un qui corresponde, dans la région ?

— Ça dépend pour quoi.

— C'est personnel.

— Si c'est personnel, ça nous regarde pas.

Il ou elle lui tournait le dos. Les chiens l'obligeaient de repartir.

Au pied du puy Raynaud, elle tomba sur un individu qui semblait correspondre. Un boiteux à barbe grise, il marchait péniblement en s'appuyant sur deux cannes. Elle l'interrogea de la même façon :

— Avez-vous eu dans le temps une servante qui s'appelait Mélina ? Originaire de Membrun.

— C'est possible. On a eu dans la maison plusieurs servantes. En général, elles ne restaient pas longtemps.
— Pourquoi ?
— Est-ce que je sais ? Elles se plaignaient.
— De quoi ?
— De... de... de... Comment dire ? Des histoires de filles.

Considérant cette barbe cendreuse, cette bouche édentée, ces paupières rouges, Joséphie commençait à se persuader qu'elle se trouvait devant l'homme recherché. Tout à coup, il éclata d'un gros rire :

— Les filles se plaignent toujours qu'on leur manque de respect.

— Mélina Néron, de Membrun, ça ne vous dit rien ?

— Pas grand-chose. Comme je vous ai dit, on en a bien eu une dizaine.

Elle osa révéler l'objet de sa recherche :

— Je suis peut-être votre fille. Vous êtes peut-être mon père.

Le rire du boiteux se figea. Une grande colère lui tordit la bouche :

— Ton père ?... Je devrais être le père de toutes les bâtardes du département ? Tu voudrais peut-être une part de mon héritage ? J'ai déjà trois fils qui l'attendent. Alors, toi, voilà tout ce que je peux te donner.

Il cracha presque sur les pieds de Joséphie. Il leva une de ses cannes comme pour la frapper. Puis, y renonçant, il fit demi-tour et s'en alla vers son tas de fumier.

Le mariage resta programmé pour le samedi 14 mai. Les vêtements furent achetés à Thiers chez Morel, *Au Bien Vêtu*, en face de la sous-préfecture, et payés par le promis, selon la tradition. Le capitaine Greliche, informé du départ de ses deux commis, Albert et Joséphie, en avait exprimé des regrets. En compensation, il fut invité à la noce, mais s'excusa de ne pouvoir venir, pour un motif professionnel. Un car fut loué pour assurer le transport des participants, peu nombreux ; uniquement des Néron, des cousins, des amis. Y compris madame Pradel, l'institutrice de Vernières, qui avait enseigné Joséphie, ses frères et sœur. Il n'était pas question d'informer la Kabylie de cette alliance avec une infidèle. Un petit voile blanc retenu par une couronne de fausses fleurs d'oranger coiffait la promise jusqu'aux épaules. Blanche aussi la robe, symbole de virginité.

— On ne porte cette espèce de robe que le jour du mariage. Mais vous pourrez la teindre ensuite facilement en bleu clair ou bleu foncé, avait promis la vendeuse du *Bien Vêtu*.

— Et même en noir quand tu m'enterreras, compléta la belle-mère qui avait toujours le mot pour rire.

Sidonie fut promue fille d'honneur. Albert choisit pour garçon d'honneur Simon Banière, un copain de chez Greliche.

Le car s'arrêta place de l'Hôtel-de-Ville. Des enfants accoururent, criant :

— Vive la mariée !

Simon leur lança des poignées de dragées auxquelles, en manière de farce, il avait mêlé des cacahouètes. Ce légume n'était pas encore fort répandu en Auvergne. Les gamins, affriandés, se le disputèrent furieusement. C'est ainsi que Simon Banière se mérita le surnom de Cacahouète qu'il porta jusqu'à son dernier jour.

A l'étage de la mairie, la troupe fut reçue par le premier magistrat municipal, monsieur Chastel, qui, par un heureux hasard, portait le même prénom que mon futur grand-père : Antonin. Mais cet ancien émouleur, très populaire dans la ville, était ordinairement diminué en Tonin. Il avait coutume, dans ses discours, d'estropier souvent la langue française, ce qui faisait se tordre de rire bien des Thiernois qui ne la connaissaient pas mieux que lui. C'est ainsi qu'un jour, occupé à émoudre dans son rouet, il avait reçu la visite du député de la circonscription, le docteur Joseph Claussat, dit « le médecin des pauvres ». Ce dernier avait voulu serrer la main des émouleurs.

« Il ne fait pas chaud dans ce local ! s'était-il écrié. Comment faites-vous pour supporter un froid pareil ?

— C'est bien simple, avait répondu Tonin : chacun se racacouine dans sa cacole. »

Le docteur avait compris : « Chacun se ratatine dans sa coquille. » Comme l'escargot. Il en avait souri, mais s'était bien gardé de corriger car il n'était pas venu chez les émouleurs pour leur donner des leçons de français.

Tonin s'était élevé dans l'échelle sociale, avait été élu glorieusement maire, sans faillir à ses habitudes. Chaque fois qu'il ouvrait la bouche, c'était pour en lâcher une plus grosse que lui. On aurait pu en composer un livre. Encore une, devant son conseil municipal :

« Excusez-moi, je trouve pas le mot juste. J'ai des trous de mémoire, sans parler des trous à mes chaussettes. »

Ce 14 mai 1938, la noce descendue de Membrun s'installa sur les fauteuils doublés de rouge et attendit la suite. Quoique affligé d'une voix rauque qui faisait dire qu'il avait un crapaud dans la gorge, monsieur Chastel lut clairement, s'arrêtant trois secondes aux virgules et aux points, les articles du code civil par lesquels les époux se doivent mutuellement fidélité, secours, assistance ; le choix du domicile appartient au mari ; la femme est obligée d'habiter avec lui, qui est obligé de la recevoir et de lui fournir tout ce qui est nécessaire aux besoins de la vie ; les époux contractent ensemble l'obligation de nourrir, entretenir et élever leurs enfants. Ce sont là des obligations qui paraissent bien naturelles, mais qu'il est bon d'exprimer fortement pour qu'elles se gravent dans les esprits simples comme dans les esprits compliqués.

Les deux fiancés échangèrent leurs consentements. Après quoi, le maire leur adressa quelques mots personnels :

— Je suis heureux d'unir un Français d'Algérie et une Française d'Auvergne. Ils se sont connus sur les rives de la Durolle. Je souhaite qu'ils aillent ensemble jusqu'au bout du monde en souvenir de leur commencement. Et j'apprends avec plaisir que le papa de Joséphie porte le même prénom que moi, Antonin. J'exprime ici mon amitié à sa famille tout entière, et à lui spécialement qui est mon parfait synonyme.

« Homonyme ! » eut envie de crier madame Pradel.

Le maire embrassa la mariée et – sans passer par l'église, comme il était prévu, malgré les regrets de

Joséphie et les grommellements de sa mère – la noce revint à la voiture. A Membrun, les attendaient les boustifailles traditionnelles, préparées par des voisines et servies dans une grange ornée de branches et de fleurs : soupe au vermicelle, trois plats de viande, deux plats de légumes, salade, fromages, une pompe aux pommes et une pompe à la bouillie. Pain et vin à volonté. Café. Eau-de-vie.

Simon Banière, dit Cacahouète, spécialiste des monologues désopilants, récita celui du « scieur de large cantalien », après avoir expliqué que les habitants de ce département prononcent très mal la consonne *s* qui devient *ch* dans leur bouche. Ainsi, ils disent « Mochieu le Maire... Pochible et impochible... Je chiffle dans mon chifflet... ». Résultat :

— Je chuis un pauvre chieur du Cantal habitué à chier un peu partout, dans les forêts, dans les maijons, toujours prêt à rendre cherviche. Je chie du bois, je chie du carton, je chie des bûches, je chie des crayons. Faut chavoir que j'ai des j'outils appropriés qui me permettent de chier fin, de chier moyen, de chier gros. Mes clients chont toujours chatichfaits. Un jour, j'ai travaillé chez un bourgeois de Chaint-Flour qui m'a fait chier des planches pour des rayons. Comme il n'avait pas d'établi, j'ai dû chier chur la table, et même chier chur le piano. Comme cha, j'ai chié des rayons toute la journée...

Ce monologue régionaliste souleva une rigolade indescriptible. Tout le monde se tenait le ventre. Quelques invités, pliés en deux, faillirent mordre la pointe de leurs souliers. Offusquée d'abord par les premiers *ch*, madame Pradel finit par entrer dans l'hilarité générale. Simon Banière, dit Cacahouète, était vraiment l'invité indispensable dans les banquets.

Autre invitée nécessaire : madame Cathonnet, une voisine. D'abord parce que c'était une excellente cuisinière, bonne éplucheuse de légumes, bonne tueuse de lapins. Ensuite parce que, à défaut de musiciens, elle était capable de chanter et de faire danser. En français ou en patois. Au dessert, elle se levait, se raclait la gorge, joignait les mains sur la poitrine, et débitait une chanson sentimentale :

> *Si le ciel bleu de ma montagne*
> *Pouvait parler pour moi,*
> *Il te dirait, ô ma compagne,*
> *Combien je pense à toi...*

Plus tard, quand tous les hommes avaient la crête rouge, coiffée de sa coiffe blanche tuyautée, chaussée de galoches vernies, elle s'installait sur une estrade pour être entendue de tous et partait dans une première bourrée, de sa voix aigre et nasillarde. Elle n'avait pas peur des paroles audacieuses car le patois, comme le latin, brave l'honnêteté :

> *Ch'i vodjò,*
> *I chiolhò djin ma bralha,*
> *Ch'i vodjò,*
> *Dingù m'impoueycholhò.*
> *Mon tchou y le miòu,*
> *Ma braya son palhada*
> *E por consékèn,*
> *I pode chià dedjèn*[1].

---

1. Si je voulais, / Je chierais dans mes braies, / Si je voulais / Personne ne m'empêcherait. / Mon cul est à moi, / Mes braies sont payées / Et par conséquent, / Je peux chier dedans.

Elle changeait de timbre en tapotant ses joues, en se bouchant une ou deux narines, en se meurtrissant d'un plat de main le larynx qui est sous le menton, là où les hommes ont la pomme d'Adam, ce qui produisait un chevrotement que les musiciens appellent trémolo. Elle marquait la mesure des paumes. Ou de la galoche. Les gaillards répondaient par des « ya-hou ! » féroces qui montaient jusqu'aux nids des hirondelles. Bientôt, d'ailleurs, on n'avait plus besoin de madame Cathonnet ; une fois déclenchée, la danse allait son train toute seule, comme un bon mécanisme. Si bien que, lorsque la chanteuse s'interrompait pour reprendre haleine, les pieds continuaient, sans autre musique que leur propre piétinement.

Quoique né en Kabylie, Albert avait attrapé les façons auvergnates, et il gambillait joliment, un peu conduit par sa jeune épouse. Voilà comment je me représente le mariage de mes parents futurs, d'après les souvenirs que j'ai pu recueillir.

Ils ne firent point de voyage de noces, mais rendirent visite à la parenté qui n'avait pu participer à la fête. Chaque famille reçut une boîte de dragées aux amandes. Tout le monde reconnut qu'Albert n'avait ni une tête ni des manières de Sidi, et qu'on pouvait aisément le prendre pour un Auvergnat avec ses cheveux blonds et ses yeux clairs.

Ils se rendirent rue Lasteyras où allaient se fixer leurs nouveaux destins. A la vieille marchande de chapelets, il présenta en ces termes sa jeune épouse :

— J'ai suivi votre conseil. Voici la femme que j'ai choisie.

Embrassades.

Dans les jours qui suivirent, il fit installer des rayons tout neufs, reléguant les étartuelles dans des tiroirs, malgré les protestations de la propriétaire :

— Si vous les cachez, comment ferez-vous pour les vendre ?

— Chaque chose en son temps. Laissez-moi d'abord songer à mes spécialités.

— Je suis curieuse de les voir.

— Vous les verrez.

Il prit contact avec des fournisseurs en gros qui lui livrèrent des sacs de riz, de semoule, de lentilles, de fèves, de pois chiches, des cageots de piments rouges et de piments verts, d'oranges, de citrons, de tomates, de figues, des tonneaux de sardines, de harengs, d'anchois, d'olives, des caisses de cumin et autres épices, des bocaux de miel. Sur la façade, il fit clouer une enseigne en français et en arabe : *CHEZ AHMED*. Il s'installa devant la porte et commença de griller le café vert dans un brûloir. Il tournait lentement la manivelle, six fois dans un sens, six fois dans l'autre. Le parfum et la fumée se répandirent dans le quartier, envahirent la place du Pirou, descendirent la rue Grenette et la rue Lavaure, jusqu'à la maison de l'*Homme des Bois* ; une échappée atteignit l'église Saint-Genès ; une autre dépassa la maison des *Péchés capitaux* et glissa jusqu'à la rue Durolle. Alertés par cette délicieuse odeur, une foule de Thiernois et de Thiernoises la remontèrent et virent Ahmed en train d'officier, avec sérieux et compétence. La nouvelle enseigne les étonna. Ils crurent comprendre que cette boutique était destinée seulement aux Sidis. Mais une jolie femme debout devant la porte distribuait gratuitement des figues et des dattes, disant :

— Vous pouvez entrer ! Nous recevons tout le monde. Je suis thiernoise comme vous.

Quelques audacieux firent quatre pas. Les parfums étaient si forts, si variés, qu'ils n'en crurent ni leur nez ni leurs oreilles. Il se vendit ce matin-là un certain nombre de pots de miel et des flacons d'olives. Tout commencement est petit.

Dans les jours qui suivirent, les Sidis parurent enfin. Heureux de trouver un commerce qui leur était spécialement destiné. Avec, au milieu, un épicier qui s'adressait à eux en langue arabe ou en langue berbère. Malheureusement, ces clients étaient tous des célibataires ou des demi-veufs, leurs épouses et leurs enfants restés en Algérie. Leurs achats étaient modestes. Beaucoup prenaient pension dans une cantine située impasse du 29-Juillet, où aucun Thiernois de souche n'osait s'aventurer.

— Pourquoi ne fais-tu pas venir ta *mra*[1] et tes *ouled*[2] ? suggérait Ahmed à chacun de ses clients.

Après des mois de propagande, il en vint un. Puis un second. Puis un troisième. Ce fut le début d'un regroupement familial qui devait par la suite changer la population de la ville.

De temps en temps, la vieille propriétaire descendait de son étage pour voir comment allait le commerce au rez-de-chaussée.

— Très bien, la rassurait Joséphie.

— Et mes étartuelles ?

— On va s'en occuper.

---

1. Femme.
2. Enfants.

Effectivement, on leur consacra un rayon. Si bien que la clientèle musulmane avait la surprise, à côté des piments rouges et des olives noires, de se voir proposer des chapelets et des médailles de la Sainte Vierge. Difficiles à placer.

Albert eut d'autres problèmes avec d'autres propriétaires : ceux de leur appartement, rue de la Paillette. De temps en temps, par amabilité, il lui arrivait d'apporter à madame Rouel des oranges un peu molles, en recommandant :

— Mangez-les au plus vite.

En compensation, elle lui offrait un petit verre d'arquebuse, qu'il n'osait refuser et qui lui mettait la gorge en feu. Un jour, elle osa se plaindre de sa solitude.

— Pourquoi ne sortez-vous pas ? N'avez-vous pas d'amis à qui rendre visite ?

— Monsieur Rouel me le défend. Il est jaloux comme un tigre. S'il apprenait que je sors hors de sa présence, il me cognerait. Tout ce que je peux faire, c'est descendre jusqu'à l'épicerie du pont. Il me donne un peu d'argent, mais je dois lui rendre des comptes. Tandis que lui, il rentre le soir soûl comme un Polonais.

— Soûl, un agent de police ?

— Il me reproche aussi de ne pas lui avoir donné d'enfant, il me traite de mule.

Albert se trouvait bien embarrassé.

— Est-ce que je peux faire quelque chose pour vous ?

— Oui. Quand vous venez pour le loyer, choisissez un jour où monsieur Rouel n'est pas là. Comme ça, je pourrai me payer un peu sur l'argent que vous me verserez. Je me prive de beaucoup de choses. La Sainte Vierge me pardonnera.

Ainsi procéda-t-il à l'échéance qui suivit. Cela lui valut, le dimanche d'après, une visite de l'agent de police. Dès sept heures du matin, il frappe à la porte. Albert lui ouvre. Il le trouve devant lui le poil hérissé comme un porc-épic.

— Faut que je vous cause. J'ai quelque chose à vous montrer.

Il dépose sur la table une feuille bleutée portant le timbre de la République.

— Donnez-vous la peine de lire, je vous prie.

Il s'agit d'un contrat de mariage entre Serge Rouel et Marguerite Chapelat, daté de l'année 1920.

— Je n'y comprends rien, avoue mon futur père.

— Mais si, mais si !

Son index souligne des mots qu'il répète en remuant les lèvres : ... *séparation de biens... monsieur Serge Rouel seul propriétaire de deux maisons sises à Thiers (Puy-de-Dôme) rue de la Paillette, d'une valeur estimée à 25 000 (vingt-cinq mille) francs chacune...* L'ongle désigne ensuite les signatures des futurs époux, des parents, du notaire.

— Qu'est-ce que vous voulez me montrer ?

— Que la maison que vous habitez appartient à moi seul, Serge Rouel. Par conséquent, le montant du loyer doit être versé dans mes mains, non dans celles de madame Rouel.

— Et madame Rouel ne touche rien ?

— Je lui donne chaque semaine son nécessaire. Tout cela d'ailleurs est parfaitement régulier. C'est moi qui travaille pendant qu'elle se repose.

— Elle travaille aussi.

— Son petit ménage ? De l'amusement. Vous n'êtes pas de chez nous. Ici on a un proverbe patois que je vous traduis : « C'est au cheval qui a la peine qu'il faut donner l'aveine. »

— Je vous promets de ne pas répéter ma maladresse.

— Je l'espère bien et je vous en remercie.

Dès lors, le matin des échéances, il s'arrangea pour apporter son dû en présence des deux époux. On lui offrait d'abord un petit verre d'arquebuse. Venait l'instant difficile. Il portait la main droite à sa poche de poitrine. Elle y restait quelques secondes, méditative. Soudain, comme par prestidigitation, les billets sortaient, s'étalaient sur la table en compagnie des piécettes.

— Voilà.

Les deux proprios se jetaient ensemble dessus, comme deux chiens sur le même os. Les mains de Serge, plus larges, plus épaisses, plus promptes, couvraient les feuilles, s'emparaient de son aveine. Il ne restait à Marguerite que la menuaille.

— C'est un jeu d'attrape entre nous, prétendait le policier, dont la moustache se soulevait sur un sourire peu sincère. Et c'est généralement moi qui gagne.

— Vous pouvez compter.

— Je vous fais confiance.

A quelque temps de là, madame Rouel décida de se venger. Un matin qu'Albert venait de lui apporter un cageot de pêches mollettes, elle osa le retenir :

— Asseyez-vous. Vous pouvez bien me consacrer un moment. Un petit verre d'arquebuse ?

— C'est trop tôt, merci.

— Ça donne des forces.

— J'en ai suffisamment.

— Rien qu'une goutte. Pour me faire plaisir. J'en prends avec vous.

Il finit par céder. Ils choquèrent leurs verres. Elle demanda la permission de s'asseoir à côté de lui. Elle prit sa main. Lui chuchota à l'oreille :

— Il paraît qu'après une arquebuse, si l'on donne un baiser, il est brûlant. Voulez-vous qu'on essaie ?

— Heu...

— Vous craignez que je vous morde ?

— Heu...

Il tourna la tête, mettant sa bouche hors de portée. Marguerite se contenta de baiser le dos de sa main. Après cinq secondes, il la retira doucement, se leva, s'excusa de devoir partir, il attendait une livraison rue Lasteyras.

— Je comprends, fit-elle avec dépit. Revenez tout de même quand vous voudrez. Merci pour les pêches.

5

Tous ces événements se sont déroulés selon les confidences qu'on m'en a faites. A moins qu'ils se soient passés autrement. Lorsqu'on se met à narrer un passé qu'on n'a pas vécu, il est facile d'embellir ou de noircir sans le faire exprès. Si je n'avais pas choisi la noble profession de bouffon, j'aurais peut-être réussi dans celle de romancier. Elle exige, me semble-t-il, de l'observation et de l'imagination. S'il m'arrive de voyager par le train, je considère mes voisins de compartiment. Leurs visages, leurs attitudes, leurs vêtements me donnent des idées. Je m'invente leur histoire, je cherche à deviner leur travail, le plaisir ou le déplaisir que ces gens ont à vivre. Cela m'aide à voyager sans ennui.

Entre 1938, année du mariage de mes parents, et 1940, année de ma naissance, les récits qu'on m'a faits n'ont pas fourni grand-chose à mon désir de savoir. Tout ce que je peux en rapporter, c'est que leur boutique connut une belle prospérité. L'époque n'était cependant pas très favorable au commerce. L'Espagne était en guerre contre elle-même, fascistes contre anti-fascistes, catholiques contre anarchistes, pauvres contre riches. Hitler, le maître de l'Allemagne, avait envahi et occupé l'Autriche sans rencontrer de résistance. Les Italiens de Mussolini avaient pareillement conquis l'Abyssinie, massacrant des milliers de prisonniers. Le chômage frappait la coutellerie thiernoise. Antonin Chastel, des couteaux plein les poches – petits cadeaux propres à faciliter les contacts –, prit la peine d'aller rencontrer le président du Conseil, Edouard Daladier, dit le Taureau du Vaucluse, le suppliant de lui obtenir des commandes d'armement.

— J'ai déjà, répondit ce président, muni notre armée du meilleur armement européen.

— Il doit bien rester quelque ustensile qui lui manque encore. Nous pouvons vous fournir tout ce qui coupe, tout ce qui pique, tout ce qui assomme.

— Par exemple ? Que pourriez-vous me fabriquer ?

— Des baïonnettes, des couteaux de chasseur, des fourchettes, des bistouris, des louches, des rasoirs, des tire-bouchons…

— J'ai une idée. Sauriez-vous faire des coupe-coupe pour nos Sénégalais ?

— Certainement. Qu'est-ce que c'est, au juste, les coupe-coupe ?

— Des sortes de sabres à poignée courte, à lame longue et large, qui servent aux Africains en temps de paix à trancher les cannes à sucre. On les appelle aussi des machettes. Les Sénégalais sont le fer de lance de l'armée française. Ils l'ont prouvé à Douaumont, au Chemin des Dames et en bien d'autres lieux.

— Le coupe-coupe est notre spécialité.

— Il m'en faudrait au moins cent mille, pour commencer.

— Quand les voulez-vous ?

— Avant de vous lancer dans la fabrication, attendez que je confirme. Faut que je consulte mes généraux. Merci pour le couteau de sac à main, je le donnerai à ma femme.

En fait, la confirmation ne vint jamais. Les Thiernois fabriquèrent des coupe-chevilles, des coupe-ballots, des coupe-cercles, des coupe-cigares, mais pas un seul coupe-coupe. Deux années plus tôt, les syndicats avaient obtenu la loi des quarante heures. En 1938, elle redevint un rêve. Estampeurs, émouleurs, polisseurs, cacheurs de manches, plieuses ne recevaient de l'ouvrage que pour vingt ou vingt-cinq heures hebdomadaires. Si bien qu'ils se curaient les ongles les jours pairs et se les noircissaient les impairs. La France n'avait plus besoin de couteaux, de ciseaux, de rasoirs. Chose étrange, une soixantaine de chômeurs seulement recevaient de la caisse municipale un secours en argent ou en bons d'achat. En fait, des milliers auraient dû venir y tendre la main. Pourquoi cette différence ? Elle tenait à la philosophie thiernoise : en 1938, être chômeur, c'était comme être vérolé. On ne l'avouait pas. On se soignait secrètement. On cherchait à s'employer à temps partiel dans le bâtiment, le jardinage, l'agriculture, la chasse, la pêche, le braconnage. On élevait des poules, des lapins, un cochon.

Mon futur père, comme les autres commerçants, dispensait des bons d'achat gratuits : pour un kilo de semoule, pour une livre de café ou de sucre, pour une boîte de figues. Par ailleurs, il faisait crédit aux personnes qui ne pouvaient payer tout de suite. Il ne manquait pas de clientèle payante, car ses prix défiaient toute concurrence. Il réussit à acheter une camionnette qui lui permettait d'aller aux heures nocturnes s'approvisionner au marché de gros de Clermont-Ferrand. Il achetait directement aux paysans des pommes de terre, des choux, des carottes.

Son beau-père, Antonin Néron, suivait de près la situation nationale et l'internationale grâce à un poste de TSF en forme de borne kilométrique. Cela lui permettait de faire des prédictions étrangement situées :

— Je sens dans mes culottes que nous allons de nouveau entrer en guerre, comme en 14. Contre l'Allemagne, contre l'Espagne, contre l'Italie, contre la Russie.

— Ça nous fera beaucoup d'ennemis.

Se rappelant les restrictions de la Grande Guerre, Albert fit des provisions de farine, de sucre, de café, de semoule, d'huile. Comptant le nombre de leurs années, peut-être se dit-il qu'il eût été bon de faire, sa femme et lui, provision également d'un fils, c'est-à-dire d'un successeur, pendant que la paix régnait encore. Un proverbe kabyle affirme que donner le jour à des enfants en temps de guerre, c'est comme semer au milieu des épines.

J'ignore les procédés qu'employaient les femmes d'alors pour éviter les naissances. Secrets qu'elles se transmettaient de mère à fille. Avant 14, les familles auvergnates comptaient souvent une douzaine de rejetons, parfois davantage. Pendant les conversations loin des combats, les soldats des villes informèrent les soldats des champs. Tout à coup, la paix revenue, les couples français limitèrent leur production à un ou deux. Les idées anarchistes ou pacifistes retenaient de procréer de futurs soldats condamnés à mort. Au grand désespoir des prêtres qui répétaient les paroles du Seigneur : « Croissez et multipliez. » Toujours est-il qu'Albert et Joséphie avaient fait le nécessaire pour m'empêcher de naître.

Ils changèrent soudain de politique. D'après mes calculs, je fus conçu en juillet 1939. Peut-être le 14, pour célébrer la fête nationale. Quarante-cinq jours plus tard, les troupes allemandes entrèrent en Pologne par l'ouest, tandis que les Soviétiques l'envahissaient par l'est. Mes père et mère avaient appliqué un peu tard le proverbe kabyle.

Thiers se dépeupla de ses hommes, mobilisés sur la ligne Maginot ou ailleurs. Mes oncles Florent et Francis furent du nombre. Albert en fut exempté par son âge et son oreille. En compensation, un afflux de réfugiés arrivèrent de l'Alsace-Lorraine.

— Ceux-là, dit Albert-Ahmed, on n'en finit pas de les sauver.

Ils se dispersèrent dans la région et apprirent à monter des couteaux. Les maîtres couteliers se réjouirent de cette main-d'œuvre de remplacement. Leurs problèmes ne me concernaient pas. Je suçais mon pouce dans le ventre de Joséphie. Comme moi, Thiers vivait dans le noir car les réverbères ne s'allumaient plus à la tombée de la nuit. Les personnes non mobilisées passaient leurs veillées à écouter les radios nationales, étrangères et même ennemies pour savoir ce que Paris ne disait pas. Car il y eut ce qu'on appela la « drôle de guerre ». Faite d'accrochages insignifiants. Faite de chansons. Les soldats britanniques débarquaient sur notre sol aux accents de *Nous irons sécher notre linge sur la ligne Siegfried*. Chez nous, Maurice Chevalier chantait le mélange des classes :

Et tout ça, ça fait
D'excellents Français,
D'excellents Français,
Qui marchent au pas...

Tandis que moi, je faisais pipi dans ma poche placentaire.

Le 16 mars 1940, je mis le nez à la fenêtre grâce aux soins de madame Perpelot, sage-femme. Elle m'administra quelques tapes sur les fesses parce que je tardais à respirer ; mais ensuite je me rattrapai en poussant des cris épouvantables. Ma tante Sidonie était descendue de Membrun pour prêter la main à sa sœur et à son beau-frère. M'ayant examiné, elle me trouva tout ridé, tout plissé, tout froissé, et s'écria :

— C'est le portrait de mon père Antonin.

Oubliant que je n'avais aucun lien charnel avec lui. Ensuite, grâce au lait maternel, ma peau se remplit, mes rides disparurent, je ressemblai au bébé Cadum, comme tous les bébés. On ne me baptisa point, puisque le mariage de mes parents s'était fait hors de l'Eglise. Donc, point de parrain ni de marraine. La parenté fut tout de même conviée à une petite célébration familiale. Il leur fut révélé que je porterais le prénom d'Henri. Simon Banière ne récita point son monologue cantalien : il était sous les drapeaux.

Dans les mois qui suivirent, la « drôle de guerre » cessa d'être drôle. J'ai étudié tout cela dans mon livre d'histoire et dans les journaux de l'époque. Cela commença par une affaire très compliquée. Les Allemands achetaient du fer à la Suède, lequel leur parvenait par le port de Narvik. Nombre de Thiernois sous l'uniforme de chasseurs alpins prirent la direction du pôle Nord. Le chef de notre gouvernement, Paul Reynaud, proclama : « La route du fer est et restera coupée. » En fait, les troupes nazies conquirent la Norvège et repoussèrent les franco-britanniques qui se replièrent sur l'Angleterre en attendant mieux. L'oncle Florent expédia de Londres une carte prérédigée, en français et en anglais, où il suffisait d'entourer d'un petit rond le oui ou le non qui suivaient. Cela produisait un jeu de devinettes qui ne manquait pas d'humour. Ainsi, l'ayant eue plus tard entre les mains, je pus déchiffrer :

je suis en bonne santé   oui   non
je suis légèrement blessé   oui   non
je suis gravement blessé   oui   non
je suis mort   oui   non
j'ai besoin d'un jeu de cartes   oui   non

Les troupes françaises profitèrent peu de temps de l'humour britannique. Elles revinrent chez nous en passant par la Bretagne, juste à temps pour participer à la débâcle générale de nos armées. Vous connaissez la suite : Dunkerque, Sedan, la déclaration de guerre de l'Italie, l'armistice, l'avènement de Philippe Pétain, l'occupation, le gouvernement de Vichy. Grâce aux provisions dont il avait rempli sa cave, mon père gagna beaucoup d'argent et quelques reconnaissances. Les occupants ne lui cherchèrent point noise, le tenant pour un musulman ennemi des juifs aussi bien que des chrétiens. Employant l'archaïque système du troc – une paire de souliers contre cinq kilos de sucre, un pantalon contre trois kilos de café… –, nous ne manquions de rien. Le maire Antonin Chastel fut destitué. Il rassura ses partisans :

— Vous en faites pas, les amis ! On me revoira ! Je vous le promets : on me revoira !

Son remplaçant fut désigné par Vichy. Il s'agissait du colonel Lucien Brasset, un glorieux ancien combattant de la Grande Guerre. En 1940, il commandait dans les Alpes le fort de Chaberton, au-dessus de Briançon. Ses canons avaient mis en déroute les *alpini* de Mussolini qui montaient de Turin, la plume au chapeau. Mis à la retraite en conséquence de l'armistice, fils d'un boulanger de la rue Durolle, il bénéficiait d'une sympathie de toute la population thiernoise. On lui reprochait seulement un peu de brusquerie. Ainsi, il reçut un jour une brave paysanne qui venait lui demander un bon d'achat pour une pièce d'étoffe.

— Et que voulez-vous faire de cette pièce ?

— Une paire de culottes pour mon homme.

— Vous connaissez notre proverbe : *Vè mey bon tchou ke bona bralha*. Un bon cul vaut mieux que de bonnes culottes.

— De ce côté-là, mon homme ne manque de rien.

Le colonel appela son secrétaire, fit remettre le bon à la paysanne, qui remercia.

— Et maintenant, rompez !

Elle le regarda avec stupeur, se demandant ce qu'elle devait rompre. Elle comprit ce qu'il commandait, puisqu'il désignait la porte.

Tant que dura cette période maudite, il se comporta d'une façon très estimable. Cela se vit bien en 1944 lorsque les envahisseurs, ayant essuyé quelques tirs de fusil qui avaient tué deux de leurs hommes, exprimèrent au « délégué spécial de Vichy » leur intention d'exécuter en représailles cinq Thiernois.

— Quels Thiernois ?

— Choisissez-les vous-même, communistes, socialistes, juifs, terroristes. A votre bon cœur.

— Revenez demain. Je vous communiquerai mon choix.

Lorsque les soldats verts se représentèrent à la mairie, ils eurent la surprise de trouver monsieur Brasset en grand uniforme des troupes alpines. A l'officier qui lui demandait sa liste, il montra ses manches soutachées :

— Un, deux, trois, quatre, cinq, fit-il en comptant ses galons de colonel. A moi seul, je pèse autant que cinq civils. Fusillez-moi.

Impressionnés par tant de bravoure, les Allemands, pour une fois, renoncèrent à leurs représailles.

Pendant ce temps, je grandissais. Ma tante Sidonie, qui ne trouvait à Membrun ni fiancé, ni travail sérieux, s'était faite nourrice sèche à mon service. Mes cheveux, d'une blondeur berbère à ma naissance, pâlirent encore et devinrent jaune crocus. Dès que je sus marcher, je manifestai des aptitudes qui devaient plus tard s'épanouir dans ma profession principale. A quatre pattes, je me fourrais sous les meubles. On me cherchait, on m'appelait, je ne répondais pas. Quand on me trouvait, j'éclatais de rire, avec ma bouche pleine de dents espacées comme celles d'un pignon de bicyclette. Mon rire me protégeait des fessées, on ne peut battre un enfant qui rit. Ou bien je me coiffais d'une casserole, je me couvrais la figure d'une serviette, je mettais le pied gauche dans la pantoufle droite. D'instinct, j'avais déjà le goût du déguisement.

J'appris à marcher sur deux pattes. Pour m'y encourager, selon une coutume maghrébine, mon père jetait un verre d'eau entre mes pieds, parce que l'eau qui coule symbolise le mouvement et parce que le mouvement, c'est la vie. Ensuite, il fallut me surveiller pour m'empêcher de prendre la porte ou de m'envoler par la fenêtre. J'aimais regarder les carrioles, les tombereaux, les charrettes qui empruntaient la route de la Vallée.

En même temps, j'entrai dans le langage. On m'a raconté que le premier mot qui me sortit de la bouche ne fut ni papa, ni maman, mais chaussette. Prononcé « hohette ». Parce que tata Sidonie, en m'habillant, le prononçait chaque matin :

— Et maintenant, on va prendre les chaussettes.

Longtemps, il fut mon seul vocabulaire. Quand on me demandait : « Veux-tu un biscuit ? », je répondais « hohettes ».

Pour m'endormir, elle chantonnait :

Dodo, Béline !
Sainte Catherine
Endormez les enfants
Jusqu'à l'âge de quinze ans...

Très vite j'appris ces notes sans y mettre de paroles, faisant : « Ha ha ha ha... » De sorte que je sus chanter avant de savoir parler. Mais ensuite, le langage articulé me vint tout à coup. A l'âge de deux ans, je discourais comme un avocat. Quand elle voulut m'apprendre « Amis vive la vie Et nos vingt ans ! », Sidonie adapta le texte : « Amis, vive la vie Et nos deux ans ! »

J'en eus quatre. Certains jours, aux heures ensoleillées, elle m'emmenait au puy Seigneur que domine la chapelle Saint-Roch. Edifiée par un bourgeois du XVIIe siècle pour remercier ce saint d'avoir préservé la ville de la peste. De ce sommet, je vis plusieurs fois des hommes casqués et bottés remonter la route de la Vallée, passer sous le pont, en chantant des airs auxquels personne ne comprenait rien, mais qui ne manquaient pas de beauté. J'étais tenté de les applaudir ; tante Sidonie me retenait en chuchotant :

— Ce sont des diables ! Faut pas les regarder. Regarde ailleurs.

Mes yeux, néanmoins, revenaient souvent vers ces automates vert cresson. Après le pont, ils disparaissaient, mais le chant durait encore.

Or un jour, que se produisit-il ? J'avais erré autour de la chapelle, cueillant du crocus à ma ressemblance. J'en fis un bouquet. Plongée dans un livre, Sidonie me tournait le dos. Je levai les yeux : un diable vert était assis sur les marches qui donnaient accès à la porte. Ses jambes bottées reposaient dans l'herbe. Il avait ôté son calot, sa tête rase ressemblait à un tapis-brosse. Le plus extraordinaire, le plus invraisemblable : ce visage souriait. Et ce sourire m'était adressé. L'homme cresson fit de la main un geste qui voulait dire :

— Viens vers moi.

Toute ma vie j'ai été tenté par les choses interdites. Sidonie m'avait recommandé : « Regarde ailleurs. » Je tournai la tête pour voir si elle m'observait. Mais non, elle avait toujours le nez dans son bouquin. Alors, j'avançai vers l'inconnu. Il mit la main à sa poche, en sortit un bâton enveloppé de papier d'aluminium, disant quelque chose comme :

— Chocolade. Pour toi.

Grâce aux provisions de mon père, je n'étais point privé de chocolat. Mais je suis gourmand comme une chatte blanche. Je me dis que celui-là devait avoir un goût spécial. Je l'acceptai. Par un instinct commercial hérité de mes père et mère, je tendis en échange mon bouquet de fleurs jaunes.

— *Tanque cheune*, répondit-il en le prenant de sa main gauche.

Et nous sommes restés ainsi un long moment, moi suçant le bâton, lui humant mes fleurettes, sans ajouter d'autres mots. Après ce silence, il me tendit sa main droite à laquelle manquaient deux doigts. Malgré ma répugnance, j'allais peut-être lui tendre la mienne, lorsque, derrière moi, un cri me retint :

— Qu'est-ce que tu fais ?... Arrive ici, malheureux !

Tournant la tête, je vis tante Sidonie qui montait vers la chapelle, levant les bras au ciel. Elle m'atteignit, essoufflée, m'empoigna par le coude, m'entraîna furieusement en dépit de ma résistance. Quand nous fûmes sur la route, sans me lâcher, à mi-voix pour ne pas être entendue du diable vert, elle m'envoya dans la figure une parole dont je ne compris point la signification injurieuse :

— Collabo !

Nous regagnâmes la rue de la Paillette.

Quelques jours plus tard, il y eut dans Thiers de grandes pétarades. La libération de la ville produisit une trentaine de morts, outre cinq soldats SS et trois collabos notoires, fusillés aux Limandons après jugement populaire. L'ancien maire se trouva restauré dans ses fonctions, comme il l'avait prédit. C'est lui en personne qui annonça, le soir du 8 mai 1945, à la foule rassemblée sur la place qui devait par la suite porter son nom :

— Mes chers compatriotes, j'ai le plaisir et la joie de vous faire savoir que la cessation des hostilités est terminée.

Ce qui souleva un tonnerre d'applaudissements, de rires, de compliments enthousiastes :

— Oh le con !... Oh le con !... Vive Tonin !... Tonin au pouvoir !

Au mois d'octobre de cette même année, je fus inscrit à l'école maternelle de la Vidalie et je fis mes débuts dans la farce.

Le substitut provisoire de Chastel, le colonel Brasset, lui abandonna volontiers une place qu'il n'avait pas sollicitée. Trop modeste pour rédiger ses Mémoires, il vécut encore plus d'un quart de siècle, occupant ses jours à des œuvres charitables ou à se rendre à bicyclette sur les rives de la Dore afin d'y tremper du fil dans l'eau [1].

---

1. Né le 21 mars 1882, grièvement blessé pendant la Grande Guerre, commandant de la Légion d'honneur, décédé en mars 1972 à l'hôpital de Thiers, rue Mancel-Chabot.

6

Tante Sidonie m'avait appris à faire des bulles de savon. Avec une paille dont l'extrémité fendue en quatre languettes puisait dans un verre un peu d'eau savonneuse. Il ne restait qu'à souffler, très doucement. La bulle se formait, toute brillantée des couleurs de l'arc-en-ciel, grossissait, se balançait au bout de la paille. Encouragée par une infime secousse, elle finissait par se détacher, par s'envoler vers les nuages, par redescendre ensuite jusqu'à venir éclater sur sa main ou sur ma tête. J'avais remarqué qu'en soufflant un peu fort dans le verre, je produisais un bouillonnement, une confusion de bulles soudées, dans lesquelles je distinguais le reflet multiplié de ma figure. Tout cela était du plus grand intérêt.

A tel point que je voulus faire part à mes copains de ce jeu multicolore. Notamment à Camille Douroux, mon préféré, que j'appelais Camomille. De la rue de la Paillette, nous envoyâmes vers le ciel nos montgolfières transparentes. Une autre fois, désireux de répéter en classe cet exercice, je me munis du nécessaire. Dans la cour de récré, les pailles passèrent de bouche en bouche, les bulles prirent leur essor et ce fut un émerveillement général. L'institutrice applaudit comme les autres. Jusqu'au moment où l'eau savonneuse manqua dans le petit pot de grès qui la contenait.

— Je vais en faire d'autre, dis-je. Je reviens tout de suite.

Comme je me dirigeais vers le lavabo, j'eus la pensée soudaine de vouloir produire une variante dans ce jeu mirifique, sans prévoir très exactement ce qui en résulterait. Au lieu d'ajouter de l'eau dans mon pot de grès, je pris le flacon d'encre violette dont la maîtresse se servait quelquefois pour peindre ses dessins, et j'en remplis le pot. Me voilà revenu dans la cour. Je demande :

— Qui veut faire des bulles ?

Plusieurs se pressent autour de moi. Je tends la paille et le pot à un nommé Galoche que je crois particulièrement stupide, je recommande :

— Souffle fort.
— Faut souffler fort ?
— Oui, faut souffler fort.

Il le fait, parce qu'il est bête à payer patente. L'eau jaillit, lui teint de violet la figure et le cou. Tout le monde explose, sauf Galoche. Je suis condamné ensuite à le débarbouiller sous le robinet.

Tel fut mon début de farceur. Pas très futé. Mais avant d'en faire ma profession, je dus traverser maintes épreuves. Tout d'abord, m'habituer à mon nom de famille et digérer l'embarras de m'appeler El Boukhari, et non pas Sannajust, ni Dozolme, ni Sauzedde comme la plupart de mes camarades. Un nom imprononçable, jamais employé à la maison. Ma mère elle-même se doutait à peine qu'elle en était affligée, il ne figurait que sur les papiers officiels.

Moi, j'étais Henri. Ou Crocus. Après la maternelle, je fus inscrit, comme nous disions, à la grande classe, sous l'autorité de madame Michaulet. Chaque matin, elle avait l'habitude de faire l'appel de nos patronymes, pour bien nous les fourrer dans la mémoire. Quand elle arrivait au mien, elle prononçait le *kh* à la manière arabe, avec un raclement profond de la gorge. A cette consonne barbaresque, je répondais « Présent ! » en baissant la tête, tandis que les Sauzedde et les Dozolme ricanaient doucement. Comment pouvait-on porter un nom pareil ! Madame Michaulet les reprenait vertement :

— Vous n'avez pas à vous moquer d'El Boukhari. Il porte un nom africain, comme toutes les personnes de couleur. Ce n'est pas sa faute. Mais il est né en France.

C'est ainsi que, suite à l'enseignement de notre institutrice, je fus classé dans la catégorie des personnes de couleur. Je n'en fus pas trop surpris, connaissant mes cheveux jaunes et mes joues roses.

J'appris à lire aussi facilement que j'avais appris à parler. Madame Michaulet me citait même en exemple à mes camarades moins doués :

— Ecoutez El Boukhari comme il lit bien. Vous devriez avoir honte d'être dépassés par un garçon de couleur.

A force d'être traité de coloré, je voulus en faire une forte démonstration. Ayant dérobé une craie bleue, je l'écrasai sous une pierre et me bourbouillai la figure de cette farine. Inutile de dire les éclats de rire qui saluèrent mon entrée. La maîtresse m'envoya au lavabo, comme Galoche :

— Tu reviendras quand tu ne ressembleras plus à une sucette.

Je pris ma revanche en inventant et en répandant un jeu de mots destiné à déshonorer l'institutrice. Personne ne m'avait enseigné ce procédé comique, excepté certaines chansons stupides qui avaient cours en ce temps-là, comme *La Caissière du Grand Café* ou *Félicie*, diffusées par la TSF. Il faut bien que je dise son nom, quoiqu'on ignore son origine : le calembour. Tous les grands esprits en ont dit pis que pendre. Voltaire s'en indignait et suppliait madame du Deffand de se joindre à lui pour le bannir de la conversation. Victor Hugo l'a qualifié de « fiente de l'esprit qui vole ». Et tous cependant l'ont pratiqué. On le trouve, paraît-il, chez Homère, chez Cicéron. Assurément chez Blaise Pascal : « Ce qui fait croire, c'est la croix. Qui délasse hors de propos, il lasse. » Hugo lui-même s'en est servi quelquefois : « Trochu, participe passé du verbe trop choir. » J'ai étudié cela de près, parce que le calembour est le pain quotidien du bouffon, du chansonnier, de l'homme d'esprit. Je connais des gens de cette dernière sorte qui en lâchent autant chaque jour qu'une chèvre peut lâcher de crottes. Ecoutez cette fable express composée par Alexandre Vialatte, un de nos meilleurs écrivains, affirment les connaisseurs :

> *A l'angle de la rue Saint-Jacques,*
> *Un policier, mouillé de pluie,*
> *Se tenait un jour, plein d'ennui.*
> *Moralité :*
> *Flic, flaque.*

Un de mes amis, le poète barbu Christian Moncelet (il cultive sa ressemblance avec le père Hugo), a inventé ce qu'il appelle des « mots-valises ». Ainsi, il a écrit de courts poèmes glissés dans une bouteille sous l'étiquette *Litrérature*. Son « mérouvingien » est un poisson fainéant. Une réunion de religieuses autour d'une table ronde forme une « sœurconférence ». Il va même jusqu'à confectionner de ses propres mains, pendant la saison froide, des « insolivres » très « dhivertissants ».

Je pourrais en citer jusqu'à demain. Si j'ai pris cette défense du calembour vilipendé, c'est que je lui dois beaucoup. Je n'ai pas un esprit qui vole, le mien chemine à quatre pattes, au ras des crocus. Mon tout premier fut donc celui que je vais mettre sous vos yeux, conçu par un marmot de sept ans. Un matin, je rapportai de chez moi une tranche de pain assez humide. La montrant à mes condisciples du cours préparatoire, je posai cette question :

— Devinez ce que c'est.

Personne, naturellement, n'avança de réponse. On ne devine jamais les devinettes. Tous mes copains restèrent bouche bée. Après les avoir laissés un moment dans cette béatitude, j'expliquai :

— C'est du pain que j'ai mouillé avec du lait. De la « miche au lait ».

Les enfants n'entendent la moquerie que si elle est grosse comme une montagne. Je dus insister :

— Je bouffe de la « miche au lait ». De la « miche au lait » comme la dame. Vous comprenez pas ?

Ils finirent par comprendre. Quelques rires montèrent en chandelles. D'autres les rejoignirent. Tout le monde finit par s'y mettre, y compris ceux qui ne voyaient pas ce qu'il y avait de drôle à manger de la miche, qu'elle fût au lait ou au chocolat. Plusieurs demandèrent :

— Tu m'en donnes un bout, dis ?

J'en distribuai. Cela ne me suffisait point. Il fallait que mon calembour atteignît les oreilles de la maîtresse, pour qu'elle en fût déshonorée. Ce qui demandait beaucoup d'audace. Courageux, mais pas téméraire, je proposai à Galoche, l'imbécile, ce qui restait de ma tartine à condition de la finir en classe.

— Si la dame te demande ce que tu bouffes, tu le lui dis, voilà tout.

Il accepta le marché. Au coup du sifflet de l'institutrice (elle le portait à la manière d'un pendentif), nous nous sommes alignés, nous avons gagné nos places habituelles. Sitôt qu'il a posé les fesses sur son banc, Galoche sort la demi-tartine, y plante les dents.

— Tu aurais pu manger ça pendant la récréation, s'étonne la dame.

— C'est du pain au lait, précise-t-il.

Il s'est trompé de mot. Le calembour est foutu. Personne ne rit, excepté deux ou trois autres imbéciles qui ne voient pas la différence.

— Rentre-moi ça. Je ne veux pas le voir.

Je me sens en devoir de me lever, pour rectifier :

— Madame, il mange de la « miche au lait ».

Explosion de rires. L'institutrice devient toute rouge. Ça y est : je l'ai déshonorée.

— Je te remercie, Cactus, dit-elle. C'est un jeu de mots qu'on m'a servi souvent. Rigolez tous un bon coup. Ensuite, on n'en parle plus.

Puisque c'est recommandé, chacun se tape sur le ventre. Puis, peu à peu, l'hilarité s'apaise. Mon calembour est usé, je ne le proposerai plus. Tout le monde, d'ailleurs, élèves et maîtres, jouissait d'un sobriquet plus ou moins pittoresque. Camille, c'était Camomille. Henri Chabrier, c'était Ritou. Luc Anglade, c'était Gladou. Brunel, c'était Galoche, parce qu'il chaussait des galoches éculées. Montaurier, c'était Monte-au-Ciel. Le maître de musique, c'était Bouqueton, à cause de sa barbichette. Mademoiselle Béal, c'était Béaba. Personne ne s'offensait de ces appellations. J'ai découvert que la plupart des patronymes ont été d'abord des surnoms, Lenoir, Legris (comme les chevaux de mon père), Ledru, Pointu, Lefort. Il m'a été dit que le célèbre orateur latin Cicéron devait le sien à un pois chiche – *cicer* – qu'il portait sous le nez.

A cause de mon tempérament farceur, madame Michaulet ne m'appréciait qu'à moitié, malgré mes bons résultats scolaires. Un jour, il lui arriva de rencontrer ma mère près du pont de Seychalles. La conversation s'engagea et mon institutrice vida son sac :

— Henri serait un bon élève s'il n'avait pas le goût de toujours faire des blagues à ses copains ou à moi-même. Savez-vous la dernière ? Il mastique du chewing-gum, il en fait une boulette, il y suspend un petit bonhomme de papier et il envoie le tout au plafond avec un élastique. La boulette se colle, le pendu se balance, toute la classe se tient les côtes. J'ai dû monter sur un pupitre pour décrocher le pendu, au risque de me rompre le cou.

— Oh la petite guenille ! Mais où donc qu'il prend cet élastique ?

— On trouve de tout dans les rues. Peut-être qu'un jour, quand il sera grand, il choisira le métier de saltimbanque.

— Saltimbanque ! Sainte Vierge ! C'est affreux !

— Vous savez, c'est un métier comme un autre. Il vaut mieux faire rire que faire pleurer.

Ce même jour, ma mère m'envoya d'abord deux calottes. Ensuite, elle me demanda des explications :

— Pourquoi tu fais tout le temps l'andouille en classe au lieu d'étudier sérieusement ?

— Mais j'étudie quand même. Si je fais l'andouille, c'est malgré moi. Pareil que Doupeux, qu'on appelle le Began, parce qu'il peut pas s'empêcher de bégayer, sans le faire exprès. Mais madame Michaulet est un peu trop sévère avec moi. Elle m'aime pas. A cause peut-être de mes cheveux jaunes.

Pendant trois semaines, je m'efforçai de me tenir tranquille, appliqué seulement au calcul et à l'orthographe, malgré les efforts de mes copains pour m'exciter à faire l'andouille. A tel point qu'un jour la maîtresse posa sa main sur ma tête, en matière de compliment. Ce même soir, Joséphie me demanda :

— Est-ce que ça va mieux à l'école ? Est-ce que tu t'appliques ? Est-ce que madame Michaulet te tape ?

— Y a longtemps qu'elle ne m'a plus tapé.

— Ça veut dire que maintenant elle est contente de toi ?

— Ça veut dire qu'elle a fait de grands progrès.

Ai-je parlé de Caramel ? Un autre de mes amis, ainsi baptisé à cause de sa fourrure mordorée. Un cadeau de mon grand-père Antonin. Je l'avais rapporté de Membrun dans ma poche, pas plus gros qu'un peloton de laine. Ma mère avait fait des difficultés pour l'accepter dans la maison :

— J'ai déjà deux bêtes à soigner, j'ai pas besoin d'une troisième.

— Je m'occuperai de lui.
— Il pissera partout.
— Je nettoierai. Je lui préparerai sa soupe.
— Il sera plein de puces.
— Je le dépucerai.
— Promis ?
— Promis juré.
— Si les choses se passent mal, je lui foutrai un coup de pioche sur la tête.

De son enfance sans affection, Joséphie gardait l'habitude de ne pas cultiver les sentiments. Je tins mes promesses. Dans notre maison de la Paillette, Caramel disposait d'une petite pièce à lui, où il dormait et faisait ses besoins dans un cabinet approprié.

Il grandit, cessa d'être un chien de poche, devint un adulte de race indéfinissable, mi-griffon, mi-briquet, avec une oreille dressée et l'autre pendante. Lorsque je revenais de l'école, il entendait ou il sentait mon approche à deux cents pas de distance. Sitôt que l'odorat ou l'ouïe l'en avertissait, il entrait en transe, jappant, trépignant, grattant le parquet, jusqu'à ce qu'on lui ouvrît la porte. Bondissant à ma rencontre, fou de joie, il me sautait à la figure, me léchait, me couvrait de sa bave et de son amour.

Lorsque, dans la maison, j'étais assis à ma table de travail, il se couchait sur mes pieds. A moins qu'il ne posât son mufle sur mes genoux, m'encourageant par son silence à apprendre la table de Pythagore. Monsieur Rouel, notre proprio, me reprochait de trop bien le nourrir :

— Il prend du ventre. Il manque de mouvement.

Pour l'obliger à faire un peu de sport, je l'emmenais en promenade à travers la ville au bout d'une laisse. Afin de me défendre, il aboyait, mais ne mordait jamais personne. Son volume et sa voix le rendaient tout de même effrayant à ceux qui ne le connaissaient pas. C'est ainsi qu'un jour il fit chuter un jeune télégraphiste. Il fallut payer la réparation du bras cassé et de la bécane tordue.

— Ce chien, je l'assommerai ! s'écriait souvent ma mère en levant sa pioche.

Elle n'en fit rien. Comme lui, elle aboyait, mais ne mordait pas.

Je montai au cours élémentaire que gouvernait monsieur Poirier. Inspiré sans doute par madame Miche-au-Lait, il nous fit d'abord un cours sur les poiriers et les poires, nous permit pendant dix minutes de rire notre soûl. Jusqu'au moment où il cria : « Stop ! » Certains ne comprirent pas et continuèrent de se poiler. Alors, d'un geste menaçant, il leva une longue règle plate. Trop longue, elle atteignit une ampoule électrique qui explosa, ce qui redoubla l'hilarité. Furieux, l'instituteur en assomma deux ou trois. Son enseignement était à base de gifles qu'il appelait des « giroflées » à cinq feuilles, alors que cette fleur n'en a que quatre, de cheveux tirés, d'oreilles allongées, de coups de pied au derrière. Au demeurant très efficace. Personne ne se plaignait, ni élèves, ni parents. Pour nous encourager et nous instruire, ce maître nous racontait que le roi Louis XIII enfant était fouetté au martinet par ses précepteurs.

Afin de nous donner le goût de la lecture, il obligeait chacun d'entre nous à emprunter un des livres qui composaient notre modeste bibliothèque, à le raconter ensuite publiquement. Il eut un jour la curiosité de poser cette question :

— Avez-vous chez vous un ou plusieurs livres ?

Sur les vingt-huit que nous étions, cinq ou six index seulement se levèrent.

— Les titres ?

Deux *Almanach Vermot*, une *Bête du Gévaudan* parue en feuilleton dans *Le Moniteur*, découpée aux ciseaux et cousue en liasse. Plusieurs ne s'en souvenaient pas. Vint mon tour :

— *L'Autre Monde*.
— L'auteur ?
— Je ne sais pas.
— Est-ce que tu l'as lu ?
— J'en ai lu quelques pages.
— Voudrais-tu nous l'apporter pour que nous fassions sa connaissance ?

Il s'agissait de ce bouquin dont j'ai déjà parlé, trouvé sur une décharge par le grand-père Antonin, entré dans notre famille, écrit par Savinien de Cyrano de Bergerac avec beaucoup de fautes d'orthographe.

— Prends-en bien soin, me recommanda mon père. Nous n'en avons pas d'autre.

— C'est un ouvrage très précieux, reconnut monsieur Poirier. Essaie de le lire. Peut-être tu ne comprendras pas tout. Tu nous raconteras ce que tu as compris.

Je m'y attelai. Je reprends le récit, déjà fait, de l'aéronaute qui s'est entouré le ventre de trente chopines remplies de rosée. Le soleil se lève, pompe la rosée, notre homme commence son ascension. Un peu trop vite à son gré, car il a peur de rater la Lune dont il n'aperçoit, en plein jour, qu'un mince croissant.

Pour ralentir, il brise un certain nombre de flacons en les heurtant les uns contre les autres. Et voici maintenant qu'au lieu de monter, il se met à descendre. Poussé par le vent, il atterrit dans un pays inconnu dont les habitants se promènent presque nus parce que chez eux la température est d'une agréable douceur. Il leur adresse la parole :

— Qui êtes-vous ?

— Eh pardi ! Qui veux-tu que nous soyons ? Des indigènes, des sauvages. Quand nous avons faim, nous nous mangeons les uns les autres.

— Comment s'appelle votre pays ?

— Il n'a pas de nom, à notre connaissance.

A ce moment, au milieu de ces personnes peu habillées, paraît quelqu'un qui porte culotte, bas de soie, chapeau à plumes.

— Il est vrai, dit-il, qu'au début ce pays n'avait pas de nom. Mais nous lui en avons donné un. Il s'appelle à présent Nouvelle-France, et sa capitale se nomme Kébec.

(Monsieur Poirier m'interrompt pour préciser que de nos jours ce pays s'appelle Canada et que les habitants y vivent habillés.)

A son tour, le voyageur explique d'où il vient, raconte son désir de monter sur la Lune et l'échec de son entreprise. Il reste plusieurs jours en compagnie des Kébécois, tous fort astucieux malgré leur ignorance. Utilisant leurs services, il parvient à fabriquer une machine destinée à remplacer les chopines. Elle est ceinturée de tubes en bois remplis de résines diverses ; celles-ci, en se consumant, doivent l'emporter jusqu'aux cieux.

(Monsieur Poirier m'interrompit de nouveau pour révéler que ces organes sont aujourd'hui des fusées.)
— Et si je retombe ?

Dans cette éventualité, on enduit tout son corps de moelle de bœuf afin d'amortir la chute. Il s'installe dans la machine. Au milieu de la place de Kébec, les nudistes mettent le feu aux résines et la machine s'envole. Cette fois elle conduit sans erreur son passager sur la Lune. C'est l'emplacement du paradis terrestre.

(J'ignorais complètement cette sorte de territoire puisque je ne fréquentais pas le catéchisme. Monsieur Poirier, quoique instituteur laïque, dut nous expliquer, selon les gens qui fréquentent les églises, qu'il s'agit d'un jardin où furent créés le premier homme et la première femme. Il ajouta que, personnellement, il n'y croyait point, mais qu'il n'empêchait personne d'y croire.)

L'aéronaute rencontre les habitants de la Lune. Aussi gros que des éléphants, ils se nourrissent de vapeurs qui s'échappent de grands chaudrons. Ils obéissent à un empereur qui passe une grande partie de son temps à battre sa femme. Ce qui n'est pas du tout recommandable dans notre vie terrestre. Pour se distraire de cette occupation ennuyeuse, cet empereur assiste aux cabrioles d'un ministre qui porte le nom de « godenot », chargé de le faire rire par ses culbutes et ses grimaces. Il a le droit de dire n'importe quoi ; de se moquer de son empereur, de l'impératrice, des autres ministres, à la condition expresse que ses moqueries déclenchent les rires. Ce qui demande beaucoup de talent. L'auteur prétend que les godenots sont plus indispensables dans un empire que les médecins.

Fort impressionné par cette lecture, je conçus le rêve de devenir moi-même godenot dans une république terrestre.

Le livre de Cyrano de Bergerac comportait des chapitres qui dépassaient mon entendement. Après le récit partiel que j'en fis à la classe, je le rapportai rue de la Paillette. Mon père m'en fit cadeau.

— Ce sera, me dit-il, une avance sur ton héritage.

De sorte qu'il se trouve dans mon domicile actuel, en compagnie de quelques autres ouvrages spécialisés dans les grandes rigolades que je ressers à mon public en les adaptant : Alphonse Allais ; *Le Bréviaire du pape Galeazzo*, traduit de l'italien ; *Histoires gabroviennes*, traduites du bulgare ; *Sublimes paroles et idioties de Nasr Eddin Hodja*, traduites du turc. Je m'y abreuve comme d'autres à la Bible ou au Coran.

De loin en loin, maintenant que j'ai atteint l'âge des moustaches grises, il m'arrive de rouvrir *L'Autre Monde*. De faire un effort pour entendre ce qui m'avait jadis échappé. C'est ainsi que j'ai découvert que ce Cyrano était un lointain prédécesseur de ces politiciens modernes dits écologistes qui ont pris le vert pour symbole. Avant eux, selon Cyrano, les habitants de la Lune avaient un respect sourcilleux de la vie. Ils ne touchaient à la substance d'aucun animal, se nourrissaient exclusivement de végétaux ; encore fallait-il que ces plantes ou fruits fussent décédés de leur mort naturelle, que leur existence n'eût pas été interrompue par un couteau ou une pioche.

Parti sur cette voie et se rappelant que le chou était à cette époque le légume principal des pauvres gens, l'aéronaute entre en discussion avec les philosophes lunaires :

— Frère terrestre, considère que le chou n'a jamais fait mourir aucun homme, tandis que l'homme a fait mourir des milliers de choux. Or le chou est une créature de Dieu de même que l'homme.

— Peut-être Dieu a-t-il plus d'amour pour le chou inoffensif que pour l'homme souvent malfaisant.

— Voilà une hypothèse qui nous fait mourir de rire. Sache, créature à deux pattes, que Dieu est incapable de sentiment. Imagines-tu cet Etre immense susceptible d'avoir d'aussi médiocres élans que les nôtres, de colère, de dépit, d'envie, d'amour, de haine, de jalousie, de méchanceté ? Mais s'il était en mesure d'aimer, il aurait assurément plus de tendresse pour le chou que pour l'homme, car celui-ci est né dans le péché originel dont il porte les conséquences jusqu'à sa fin, alors que le chou n'a jamais offensé son Créateur. Eteindre un homme n'est pas non plus, aux yeux de l'Etre immense, une grosse affaire, car en mourant il ne fait que changer de domicile : il monte sur la Lune. Le pauvre chou n'a pas de vie éternelle à sa disposition. Voilà pourquoi nous n'avons pas le droit d'abréger sa vie et ne devons le consommer, comme les autres légumes, qu'après sa fin naturelle.

Pour moi, humble Crocus, après vingt ans de méditations, je ne crois pas au péché originel qui entraînerait une pénitence des millénaires après sa commission. Y croire serait prêter au divin Créateur un besoin de vengeance, une rancune éternelle inconcevables. Et il viendrait, après cela, nous prêcher le pardon des offenses ? Si je me souviens bien, d'ailleurs, le Seigneur Dieu est responsable d'une demi-connivence avec le premier homme. « Mange de tous les fruits des arbres du paradis, lui commanda-t-il, excepté de celui-là qui est le fruit de la connaissance du bien et du mal. » C'était attirer son attention et sa gourmandise. De même, quand ma mère m'interdisait de pêcher les cerises à l'eau-de-vie dans leur bocal : elle employait sans le vouloir le meilleur moyen de m'induire en tentation. Pourquoi donc, au fait, pour qui donc le Créateur avait-il fait pousser l'arbre maudit au milieu des pruniers, des manguiers, des bananiers ?

Mais comment, toi, misérable godenot, oses-tu accuser de fausseté ce que tant d'hommes, tant de prêtres, évêques, papes ont tenu pour vrai depuis l'invention du baptême ? Mêle-toi de faire rire, au lieu de répéter la faute d'Adam !

Si je ne crois guère au péché originel, je crois bien aux péchés continuels. Je les ai presque tous pratiqués. D'abord, les péchés capitaux. On peut les voir à Thiers, au fronton d'une boucherie, sculptés sur le dépassement de sept poutres. Il faut lever la tête pour les observer. Pas très faciles à identifier, sauf la luxure représentée par un couple, et la gourmandise par un crocodile. Tous plus hideux les uns que les autres. J'en ai commis d'autres qui n'y sont pas : l'égoïsme, la vantardise, la médisance, le chapardage, le mensonge. Pour ma défense, je prétends que le mensonge est partout, que sans lui notre vie serait impossible. Mensonge du médecin qui laisse espérer la guérison à tel malade qu'il condamne. Mensonge des politesses officielles. Mensonges des marchands. Mensonges des prêtres. Je raconterai plus loin comment mourut mon cousin Sylvestre, victime d'un accident de la route, après des semaines d'hospitalisation à l'hôtel-Dieu de Clermont-Ferrand. Sa mère, ma tante Céline, exception dans la famille, croyait en Dieu, en Jésus, en la Vierge, en tous les saints. Un jour que nous nous trouvions, elle et moi, au chevet de son fils, l'aumônier lui remit une image pieuse contenant la prière de saint Bernard, disant :

— Récitez-la plusieurs fois par jour.

Je me rappelle les termes qui suivent : « Souvenez-vous, ô très pieuse Vierge Marie, qu'on n'a jamais ouï dire qu'aucun de ceux qui ont eu recours à votre protection, imploré votre secours et demandé vos suffrages, ait été abandonné. Animé de cette confiance, ô Mère, Vierge des vierges, je me prosterne à vos pieds… » Ma tante respecta exactement les prescriptions de l'aumônier. Il n'empêche que mon cousin Sylvestre nous quitta quelques jours plus tard. Quel fut le plus fieffé menteur, de l'aumônier ou de saint Bernard ? J'en reparlerai.

Les religions, d'ailleurs, toutes les religions, tous les livres sacrés sont farcis de mensonges. Comment croire, par exemple, la création de l'univers, telle que la Bible nous la raconte ? Le premier jour, Dieu créa le ciel et la Terre, la lumière et les ténèbres. Or c'est le quatrième seulement qu'il créa le Soleil, la Lune, les étoiles « pour luire sur la terre, pour présider au jour et à la nuit ». Mais alors d'où provenait la lumière du premier jour si les astres n'étaient pas encore créés ? Je pourrais relever mille autres absurdités attribuées au souverain Créateur. Y compris sa fatigue du septième jour.

Pour ce qui est des chapardages, je les pratiquais quotidiennement avec mes copains de la Paillette. Nous maraudions dans les jardins les fraises, les cerises, les groseilles même à peine colorées, quasi vertes, ce qui nous mettait dans la bouche une acidité presque chlorhydrique. Et dans les intestins des chiasses mémorables.

Il m'arriva de voler un bœuf. Je me trouvais à Membrun, chez mes grands-parents. Me promenant parmi les pacages, j'aperçus dans l'épaisseur d'une haie un nid capitonné de plumes et occupé par un œuf unique. Les poules indisciplinées, au lieu d'utiliser les pondoirs mis à leur disposition, s'en vont pondre souvent n'importe où, loin du poulailler. Je me trouvais devant un de ces nids buissonniers. Quelque diable me poussant, je m'agenouillai, allongeai le bras, m'emparai de l'œuf. A qui appartenait-il ? Au propriétaire du pacage ? A celui de la haie ? A la poule qui l'avait dissimulé ? Sans chercher de réponse à ces questions, je cognai ses deux pointes contre mon sabot et je le gobai. Me rappelant la maxime enseignée par monsieur Poirier, je repartis avec un œuf dans l'estomac et un bœuf sur la conscience.

Dans notre classe de la Vidalie, fut commis un vol bien plus grave. Un de mes camarades se fit prendre en train de fouiller les poches des vêtements accrochés au portemanteau, avec l'intention d'y subtiliser n'importe quoi. L'instituteur profita de ce flagrant délit pour nous faire une leçon de morale sur la propriété, « droit inviolable et sacré » reconnu par l'article XVII de la Déclaration des droits de l'homme et du citoyen. Après quoi, il condamna le chapardeur à copier cent fois la maxime suivante : On ne doit pas voler le bien d'autrui. J'en fis plus tard un calembour clownesque à l'usage des cochons et des gorets : « On ne doit pas voler le bien des truies. »

Naturellement, je n'ai commis certains péchés capitaux qu'à l'âge adulte. Je n'avais pas assez de foi en moi-même pour tomber dans l'envie ou dans l'orgueil. La colère, d'accord. La paresse, mille fois. Mais la gourmandise est-elle un vrai péché ? Je la tiens plutôt pour une qualité. Qu'y a-t-il de plus noble, de plus sain, de plus pur que la joie d'un brave père de famille devant une table chargée, par les soins de son épouse, des mets les plus exquis ? Et comment donc le malheureux père qui avait perdu son fils manifeste-t-il sa joie en le retrouvant ? « Amenez le veau gras, zigouillez-le, mangeons-le tous ensemble et réjouissons-nous ! » Il ne faut pas confondre la gourmandise avec la gloutonnerie ou l'ivrognerie qui en sont les excès. Il en est de même de toutes les vertus, même des plus belles. Prenez par exemple la générosité, et voyez ce qu'elle devient dans sa forme outrancière. Le généreux excessif ne se contente pas de distribuer un peu de ce qu'il possède, il dilapide même ce qu'il ne possède pas ; il n'hésite pas à ruiner sa famille. La vraie gourmandise est d'ailleurs encouragée par le plus honorable des saints, Honoré, patron des pâtissiers.

Pareillement, j'enlève la luxure à la liste des péchés capitaux. Si le Créateur a pourvu les hommes et les femmes de certains organes, c'est pourtant bien afin qu'ils s'en servent. A condition qu'ils le fassent en parfait accord et que cela procure à l'un comme à l'autre le plus doux des plaisirs. A condition qu'il soit un acte d'amour.

7

Les meilleurs souvenirs que je garde de mon enfance sont des souvenirs de maladies. On me cajolait, on me tâtait le pouls, on me faisait boire des tisanes sucrées au miel. Ma cousine Eugénie (mais nous l'appelions plutôt Nini), sœur de Sylvestre, ma cadette de trois ans, était spécialement préposée à me tenir compagnie. Je me rappelle une pleurésie, attrapée dans je ne sais quel courant d'air, qui m'empêchait de rire et de tousser, sous peine d'élancements insupportables. Je demandais :
— Chante-moi quelque chose.
Elle s'exécutait :

J'ai descendu dans mon jardin
Pour y cueillir du gros marin...

Je corrigeais :
— Pas du gros marin. Du romarin.
— Tu te trompes. Du romarin, ça veut rien dire.
— Chante-m'en une autre, sinon, je vais rigoler.
L'autre n'était pas meilleure :

Mon beau lapin, roi des volets,
Que j'aime ton village...

Je me fermais la bouche avec le drap pour empêcher mon rire de sortir. Elle avait d'autres articles dans sa pharmacie. Par exemple, les devinettes. Je les connaissais toutes, mais je faisais semblant de les ignorer.

— Quand j'ai de l'eau, me proposait-elle, je bois du vin. Quand j'ai pas d'eau, je bois de l'eau.

— Je sais pas.

— Calcule.

— Je calcule, mais je trouve pas.

— Tu es bête. Le boulanger.

— Tu te trompes encore. Pas le boulanger, le meunier. Quand l'eau de la Durolle fait tourner la roue, il produit de la farine, il peut acheter du vin. Quand la Durolle est à sec – ou presque à sec –, la roue ne tourne pas, le moulin ne produit plus de farine, le meunier ne peut boire que de l'eau. Dis-m'en une autre.

— J'ai un trou qui sert à rien. L'est bouché soir et matin.

— Oh ! Oh !

— Quoi oh ! oh ! Tu fais exprès de pas savoir.

— Mais non, je suis bête.

— Mon ombrelle.

— Pas ton ombrelle. Ton nombril.

— Je te jure. C'est toi qui te trompes !

— Arrête, tu vas me faire rire.

Une autre fois, j'eus les oreillons. Ce qui, paraît-il, est plus dangereux chez les garçons que chez les filles. Nini continuait de me prodiguer ses soins. Un matin, elle m'apporta une friandise enveloppée dans du papier d'aluminium :

— C'est du sucre candi, m'avertit-elle. Du sucre bleu.

Elle me mit dans la main une chose transparente, cristalline, couleur du ciel. Je commençai de la lécher. Et je poussai un cri d'horreur :

— C'est dégueu !
— Pas vrai ! Du sucre candi !
— De l'empoison ! Goûte-le !
— Je veux pas le goûter si c'est de l'empoison.
— Tu m'as empoisonné !

Nous voici tous les deux à sangloter sur ma mort prochaine. Ma mère accourt. Elle voit le désastre :

— Qu'est-ce que vous avez fait, malheureux ?
— Elle m'a fait lécher de l'empoison !
— Je l'ai pas fait exprès !
— Du vitriol ! Il a léché du vitriol ! Sainte Vierge, protégez-nous !

Elle redescend dans la cuisine, remonte avec une bassine et un bol d'eau tiède :

— Rince-toi la bouche ! Vite ! Vite !

Au lieu de me rincer, j'avale l'eau tiède.

— Mais non, mais non ! Crache ! Rince-toi la bouche ! Du vitriol !

Vitriol était un mot épouvantable. Quelques semaines auparavant, poussée par la jalousie, une épouse avait vitriolé sa rivale en lui jetant à la figure un bol d'acide sulfurique, provoquant d'affreux dégâts. Mais le même terme désignait aussi l'innocent sulfate de cuivre que mon père employait pour bleuir la treille de notre façade. Confondant le premier avec le second, ma mère me crut vitriolé. Je ne gardai qu'un goût de sel sur la langue, que je crachai dans la bassine. Nini pleurait dans un coin. C'est moi qui consolai les deux femmes éperdues.

En 1950, j'accomplis ma dixième année. Juste au milieu du siècle. L'événement passa inaperçu dans ma famille. Il n'en fut pas de même dans la ville de Thiers où des drapeaux tricolores pavoisèrent la mairie. Les Français aiment les dates rondes, les moitiés, les quarts, les trois quarts, les nombres quinaires ou décimaux, comme s'ils avaient une vertu spéciale que n'ont pas les 27 ni les 61. Ce fut pour la municipalité l'occasion de présenter un bilan. Antonin Chastel rappela ses grandes réalisations : la transformation de l'ancien Parc des Sports en un stade digne de ce nom ; la création d'une ligne d'autobus reliant Pont-de-Dore à Boulay, familièrement appelée « Tonin-Bus » ; la modernisation des écoles et des abattoirs ; l'élargissement de la rue Terrasse, belvédère de la ville, rebaptisée rue Camille-Joubert pour honorer un grand résistant, enrichie d'une table d'orientation en lave émaillée ; le goudronnage des rues ; les W.-C. publics souterrains que Chastel appelait spirituellement « nos cabinets dans terre ».

Or en cette occasion, j'eus la pensée de vouloir faire moi aussi quelque chose pour célébrer ma dixième année. Après y avoir longuement réfléchi, je convoquai un dimanche matin mes copains habituels, y compris Loulou Sauzedde, dont le père tenait une rubrique dans *La Gazette*, afin qu'il pût rapporter mon exploit. Ma prouesse consistait, me plaçant au pied du pont Saint-Roch, à faire l'ascension de la pile de gauche à la façon d'un alpiniste en plaçant mes doigts et mes orteils dans les joints des moellons. Plusieurs fois déjà, dominant mon vertige, je m'y étais exercé.

Imaginez donc le public autour de moi. Je quitte mes sandales, je crache dans mes mains, je commence à m'élever. Tortillant du derrière à chaque progression. Applaudi, encouragé, acclamé. Le nez collé contre la pierre, je distinguais des punaises rouges dans les interstices qui étaient pour elles des avenues. Je me trouvai même nez à nez avec une araignée au bout de son fil. A mi-hauteur, je fis une pause. Elle dura dix secondes. Peut-être vingt.

— Vas-y ! Bravo Crocus ! me criait-on pour m'encourager.

Quand je voulus reprendre ma varappe, par suite de je ne sais quel défaut du granit, mon pied droit ne trouva point d'appui. J'en cherchai vainement un autre, à droite, à gauche, en haut, en bas. Je m'affolai. Retenu d'abord par une seule main et un seul pied, je lâchai prise, je tombai à la renverse.

Pendant quelques instants, j'eus l'impression d'être une alouette qui, après avoir longtemps chanté son tireli, immobile, fond soudain comme une pierre. Je me rappelle encore m'être posé cette question pendant que je volais : « Comment me ramassera-t-on, mort ou estropié ? » La suite ne m'appartient plus, elle m'a été racontée par des témoins, par ma mère, par un petit article paru dans *La Gazette*, soigneusement découpé et conservé. *Dramatique imprudence. Pour des raisons de forfanterie, le jeune Henri El Boukhari, âgé de dix ans, a voulu hier jouer à l'alpiniste en escaladant, sans corde et sans secours, une pile du pont Saint-Roch, route de la Vallée. On l'a relevé fort abîmé, avec une fracture du crâne. Transporté à l'hôpital, il a été confié aux soins du docteur Paul*

Bard qui a jugé son état des plus graves. Tout le monde n'est pas Maurice Herzog.

Après cet accident, au plus profond que je cherche dans ma mémoire, je ne trouve que des sensations agréables. Les draps blancs et chauds entre lesquels je grouillais faiblement, comme doit faire un fœtus dans le ventre maternel. Les visages souriants qui se penchaient sur moi :

— Voilà notre petit Riri qui se réveille !... Bonjour, Riri de mon cœur. As-tu bien dormi ? Il y a trois semaines que tu dors. Est-ce que tu as mal ?

Spécialement les visages encadrés de coiffes pareilles aux voiles d'un navire, ceux de sœur Clémentine ou de sœur Geneviève. Le cliquetis de leurs rosaires. Le froufrou de leurs robes amidonnées. Les baisers qui me pleuvaient dessus, plus légers que des ailes de papillon. Le plafond grisâtre, sillonné de veines bleues, telle une carte de géographie. Les nourritures délicates qu'on me glissait entre les babines :

— Avale !... Encore une cuillerée... Oh ! le grand garçon !

Quelques souvenirs désagréables tout de même. Les ronflements de mes voisins, tous adultes, quelquefois vieux. La nuit, ils parlaient à voix haute, ils appelaient, ils déraillaient :

— *Poro Grando, venià me kère*[1] *!*

Et surtout cette lourdeur de ma tête, enveloppée d'un énorme turban. Assoupie dans mon immobilité, elle se réveillait au moindre de mes mouvements. Les pipis qu'il me fallait faire dans l'urinoir, au prix de douloureuses contorsions.

---

1. Chère grand-mère, venez me chercher.

Ensuite, tout alla mieux de jour en jour. Je reconnus les traits de ma mère, de mon père, de mon cousin Sylvestre, de ma cousine Nini. Ceux de mes copains d'école, Camomille, Loulou. Et même ceux de monsieur Poirier. Pendant cette période de demi-inconscience, il se produisit un événement qui pourrait être qualifié de considérable si je lui attachais quelque prix. Un jour que ma mère se trouvait seule à mon chevet, l'aumônier de l'hôpital, qui faisait sa tournée des malades, s'arrêta près d'elle et entra en conversation. Je suis persuadé que Joséphie, contrainte par les circonstances d'épouser un quasi-musulman, regrettait d'avoir fait un mariage sans église, sans cloches, sans orgues. Un mariage de chiens, comme disait sa mère. C'est pourquoi, me semble-t-il, elle répondit avec sincérité aux questions du prêtre. C'est le métier de ces gens-là d'être curieux. Il lui demanda son nom, son prénom, son âge, sa profession, son lieu de naissance. Inévitablement, il parla de moi, se renseigna sur l'accident, s'étonna qu'on ne l'eût pas appelé.

— Pourquoi donc qu'on vous aurait appelé ?

— Pour lui administer les derniers sacrements. Il risquait de mourir païen. Je sais bien que Dieu aurait eu quand même une infinie indulgence pour l'accueillir dans son paradis et qu'un enfant de dix ans ne peut pas avoir commis de gros péchés. Il vaut mieux cependant prendre toutes les précautions. Il n'est d'ailleurs pas trop tard.

— Trop tard pour quoi ?

— Je vous l'ai dit : pour l'administrer. Où a-t-il été baptisé ?

— Qui ?

— Je vous parle de votre fils Henri.

— Il ne l'a pas été.

Elle expliqua les circonstances : la Kabylie, le mariage sans église. Il se mit presque en colère : ainsi, elle prenait la responsabilité de voir le paradis refusé à son enfant, sous prétexte que...

— C'est monstrueux. Et vous-même, êtes-vous baptisée ?

— Je ne sais pas. Je suis une bâtarde.

— Quelle famille ! Il faut réparer ça. Au plus vite. Refusez-vous que je donne le baptême à vous-même et à votre fils ?

— Beh... beh... je ne sais pas.

— Dieu vous regarde et vous condamnera si vous dites non.

— Beh... beh... Faut que j'en parle à mon mari.

— Votre mari n'a rien à voir là-dedans. Finissez vos beh-beh ! On dirait une brebis. Dites oui. Désirez-vous vraiment le baptême ?

— Oui... je crois que je le désire vraiment.

Il rameuta les deux religieuses qui lui apportèrent une bassine, un flacon d'eau bénite la veille de Pâques et une étole qu'il se passa autour du cou, terminée par deux rectangles brodés en forme de pelles. Sur son ordre, Joséphie s'agenouilla, fit le signe de croix. Il lui versa un peu d'eau sur la tête, prononça la formule :

— *Josephia, ego baptiso te in nomine Patris, et Filii, et Spiritus Sancti. Amen.* Maintenant, vous n'êtes plus une bâtarde, mais une fille de Dieu.

Une religieuse essuya les cheveux de la nouvelle chrétienne qui, le visage dans les mains, pleurait d'émotion.

— A l'autre maintenant, fit l'aumônier.

Ce fut mon tour.

— Qui voulez-vous lui donner pour marraine ?

— Je ne sais pas.

— Sœur Geneviève ?

— Si vous voulez.

Je regardais et écoutais cette cérémonie sans souffler mot. On ne me demanda point mon avis. La religieuse m'aida à me relever, à m'asseoir au bord du lit. Elle tint la bassine sous ma nuque enturbannée, tandis qu'il me mouillait le front d'eau lustrale, répétait les paroles sacramentelles. Et hop ! je me trouvai baptisé sans bien savoir à quoi la chose m'engageait.

— Maintenant, conclut-il, vous avez chacun un ange gardien qui vous protégera contre toutes les tentations et tous les dangers. Si Henri l'avait eu plus tôt, il ne serait pas tombé du pont Saint-Roch.

Les autres malades de la salle avaient considéré la cérémonie sans y rien comprendre. Pour moi, je fus informé à ma sortie de l'hôpital. Ma mère me révéla que j'étais à présent un fils de Dieu, me donna tous les détails de la transformation, me recommanda de n'en rien dire à personne pour ne pas heurter les sentiments de mon père.

Nous n'y étions point. Lorsque pour la première fois je posai les pieds sur le parquet, les bonnes sœurs durent me soutenir. Pendant les semaines suivantes, il me fallut réapprendre tout ce qu'un nourrisson sait dès son premier âge : marcher, manger, parler. Ma mère me montrait l'ourson qui avait amusé mon enfance et que j'appelais Gros-Bibi, demandant :

— Regarde ce que je t'ai apporté... Qui est-ce ?

Ma réponse ne venait pas. Elle devait la donner elle-même :

— C'est Gros-Bibi. Appelle-le. Dis : « Bonjour, Gros-Bibi. »

Elle repartait très affligée, certaine que je resterais muet. Pourtant, je comprenais tout ce qu'on me disait : « Ferme les yeux... Ouvre-les... Donne-moi ta main... » Je sentais les mots grouiller dans mon crâne, mais ils refusaient de sortir. Je souffrais, si j'ose dire, d'une constipation du cerveau.

Les choses durèrent ainsi des semaines. Le docteur Bard changeait lui-même mes pansements, exhortait mes parents à la patience. C'était un homme très instruit. Il cita même un proverbe latin : « *Cum tempore...* Avec du temps et de la paille, les nèfles mûrissent. » Comme Joséphie semblait ne pas comprendre, il expliqua que les nèfles sont immangeables quand on les cueille, en novembre ; elles deviennent blettes et douceâtres quand elles ont patienté longtemps sur un lit de paille, dans un endroit frais. Moi, derrière mon silence, je compris parfaitement la comparaison, car je connaissais la paille et les nèfles de grand-mère Mélina. Elle les conservait précieusement, puisqu'elles étaient, avec les pommes, ses seuls fruits d'hiver. Il ne me restait plus qu'à faire comme elle, qu'à blettir jusqu'à ce que les mots me reviennent. Me revinssent, eût dit monsieur Poirier.

Etrange situation que celle du muet qui n'est pas sourd. Pour s'en assurer, le docteur Bard examinait le fond de mes oreilles avec un petit entonnoir. Ou bien il s'adonnait à certaines expériences, produisait par exemple un brusque battement de mains, constatait mes sursauts, en concluait que mes tympans étaient en bon état. Il en fut ainsi jusqu'au jour où, je ne sais pourquoi, le chemin de mes neurones se dégagea. Le premier mot que je prononçai étonna tout le monde : « Caramel. » Ma mère me fit répéter :

— Caramel… Caramel…

— C'est le nom de son chien.

Un peu vexée de constater que je demandais des nouvelles d'une bête plutôt que de la famille. Mais après ce mot, il en vint beaucoup d'autres. C'est ainsi que je retrouvai la parole. Sœur Geneviève, ma marraine, me fournit tous les détails de mon « accident bienheureux », puisqu'il m'avait valu de recevoir le baptême et de devenir un parfait chrétien. Mon copain Camomille, qui avait des lumières sur toutes sortes de sujets, me révéla que j'avais subi une trépanation :

— On t'a ouvert le crâne comme on ouvre une boîte de conserve. On tripatouille dedans. On referme. On attend que ça se ressoude. Et voilà tout.

Je reçus de nombreuses visites. Mes oncles et tantes, mes cousins et cousines, vinrent constater ma réparation. Simon Banière, dit Cacahouète, chercha à me faire rire :

— Maintenant, tu es trépané. Comme les côtelettes que me prépare ma mère, dans la poêle.

Je fus enfin autorisé à quitter l'hôpital et à regagner la rue de la Paillette. Ai-je besoin de raconter l'accueil que me fit Caramel ? Si on ne l'avait retenu, il se serait jeté sur moi et m'aurait renvoyé d'où je venais.

Sachant que j'avais failli mourir, je me mis à soudainement apprécier chaque cadeau que me faisait la vie. Le premier rayon de lumière lorsque j'ouvrais les yeux à mon réveil. Le parfum du café qui montait de la cuisine. Le piaillement des hirondelles. Le tintamarre des enclumes et des marteaux-pilons. Les caresses de ma mère, et les pâtisseries rustiques dont elle me régalait. A la vérité, elle n'en connaissait que deux, apprises de sa mère à elle : les guenilles et la tarte à la bouillie.

Les guenilles sont proches des bugnes lyonnaises et des merveilles bourbonnaises. En plus épais, en plus bourratif, en plus savoureux. Quand on est quatre à les manger, il faut en préparer pour douze. On pétrit ensemble de la farine, un peu de beurre ramolli, des œufs, une pincée de sel. On rassemble la pâte en une boule, on l'étale sur la table nue avec une bouteille vide, à défaut avec un rouleau, sur une épaisseur de trois millimètres. Après quoi, au moyen d'une roulette dentée, on y découpe des losanges, des triangles, des cœurs, des ronds, des carrés. La roulette avance, recule, zigzague. Si bien que, lorsqu'ils voient un ivrogne zigzaguer dans la rue, les Thiernois disent : « Il taille des guenilles. » Dans un bain d'huile très chaude, ma mère déposait ces morceaux de pâte. Ils gonflaient, se cambraient, se doraient sur leurs deux faces. Elle les retirait avec l'écumoire en fil de fer, les empilait dans une assiette creuse, les poudrait de sucre cristallisé. Entre pouce et index, j'en saisissais une encore brûlante ; elle me remplissait de soleil. Puis une seconde, une troisième, une quatrième... On pouvait les arroser d'un peu de cidre.

La tarte à la bouillie est patoisement appelée *flacogogno*. Mot intraduisible, composé du verbe *flacà*, faire « flac » avec la main, et par conséquent donner une gifle ou une fessée, et du substantif *gogno*, qui veut dire visage[1]. L'emploi étymologique de cette tarte consisterait donc à la manger ou bien à l'envoyer au visage d'une personne amie[2].

Pour moi, j'adorais la tarte à la bouillie. A ce propos, madame Douroux, la mère de Camomille, que nous recevions quelquefois, une personne de grand savoir, nous raconta l'histoire des papetiers mangeurs de *flacogogno*. Longtemps, en effet, Thiers fut une ville papetière autant que coutelière[3]. La rue qui conduit au Bout-du-Monde s'appelle encore rue des Papeteries. Deux jeunes garçons, Milou et Riquet, se trouvaient en apprentissage chez un maître. Celui-ci les hébergeait, les nourrissait, leur apprenait l'art de fabriquer les jolies feuilles blanches. Ils couchaient ensemble dans un lit-placard, tandis que dans la même pièce, à peu de distance, le maître et son épouse dormaient dans un autre. Ce jour-là, en l'honneur de la Saint-Eloi, fête des papetiers, la dame avait préparé un grand *flacogogno* dont tous s'étaient régalés. Il restait même une certaine quantité de bouillie. La pensée de ce bol enfermé dans le buffet empêchait

---

1. Vocable découvert par l'abbé Fléchier lorsqu'il vint assister aux Grands Jours d'Auvergne, en 1665. Il l'applique dans ce qu'il appelle la *gognade*, une danse pleine d'impudeur, où on voit les danseurs faire mine de se bousculer de la face ou du poitrail, « si immodestement que je ne doute point que ce ne soit une imitation des bacchantes ». (*Mémoires sur les Grands Jours tenus à Clermont*, par Esprit Fléchier.)

2. De nos jours, on appelle cette pratique « entartage ». Charlie Chaplin l'a beaucoup employée, en remplaçant la bouillie par une barbotine de plâtre. Chez nous, plusieurs hommes politiques en ont été honorés.

3. Jusqu'en 1910.

Milou de dormir. Après s'être tortillé longtemps sur leur paillasse, il chuchote à son frère :

— Faut que j'aille finir la bouillie du *flacogogno*. C'est plus fort que moi !

— Ne fais pas ça, malheureux ! Si le maître ou la maîtresse te surprennent, ils nous mettront à la porte.

— Sois tranquille, ils ne me surprendront pas, je ferai doucement. Mais je t'en apporterai un peu. On accusera les chats de l'avoir léchée.

— Non, non, s'il te plaît !

Milou ne veut rien entendre. Il se lève, marche pieds nus dans l'obscurité de la chambre, passe devant les maîtres qui ronflent bien, arrive dans la cuisine, ouvre le buffet à tâtons, trouve une cuillère de bois. Il se tape la moitié de la bouillie. Puis, tenant le bol de la main gauche, la cuillère de la droite, il regagne la chambre. Dans le noir de la pièce, il distingue la blanche rondeur que fait le visage de Riquet. Il s'en approche, lui murmure dans le nez :

— Tiens, avale ! Ouvre la bouche. Quand tu auras fini, je rapporterai le bol dans le buffet.

Pas de réponse. Or il y avait erreur. Perdu dans la chambre sombre, au lieu de se diriger vers le lit de son frère, il s'était approché du lit des maîtres. Le papetier dormait au fond de l'alcôve, contre la muraille, sa femme devant. Ce 14 septembre, comme il arrive assez souvent, la saison était chaude ; si bien que la maîtresse avait retroussé sa chemise pour se donner de l'air. Ce que Milou avait pris pour la figure de Riquet était tout autre chose.

Milou commençait de s'énerver :

— Ouvre la bouche, nom de djà !

Car il jurait déjà comme un papetier accompli. Toujours aucune réponse, si ce n'est un petit soupir venu on ne sait d'où. Alors le voleur de bouillie charge à fond sa cuillère et la projette contre ce qu'il prend pour la *gogno* de Riquet. *Flaco !*

La dame pousse un petit cri. Milou se rend compte de sa bévue. Affolé, il glisse sous le lit le bol et son restant, va plus loin, trouve l'alcôve de son frère, se jette dedans, disparaît sous les couvertures. Pendant ce temps, la maîtresse réveillée sent quelque chose de froid et de gluant. Elle y porte la main.

— Sainte Vierge ! s'écrie-t-elle. Est-ce possible ?

Elle secoue son mari :

— Toine ! Ho Toine ! Réveille-toi, nom de djà !

L'homme finit par grogner :

— Quoi ? Quoi ? Quoi ?... Quoi qu'y a ? Qu'est-ce qui se passe ?

— Oh mon pauvre Toine ! Si tu savais ce qui m'arrive !

— Et qu'est-ce donc qui t'arrive ?

— J'ose à peine le dire.

— Si tu peux pas le dire, chante-le !

— C'est la première fois de ma vie, je le jure !... Je me suis chié dessus !

Le maître papetier était d'une nature placide, il fallait une grosse affaire pour l'émouvoir.

— Tu t'es chié dessus ? qu'il répond tranquillement. Eh bien ! ma pauvre amie, essuie-toi. Et laisse-moi dormir.

Voilà pourquoi les guenilles et le *flacogogno* sont très populaires dans la ville aux couteaux.

Pour revenir à ma résurrection, je dirai qu'un jour je pus sortir de la maison, me promener seul avec mon crâne raccommodé, que protégeait une calotte de cuir. Pas tout à fait seul, en compagnie de Caramel qui me guidait au bout de sa laisse. Nous suivions le cours de la rivière jusqu'à l'église Saint-Symphorien. Je me penchais sur les bouillons écumants de la Durolle ; je cherchais à distinguer les diables au Creux de l'Enfer. Ou bien nous franchissions le pont de Seychalles, nous gravissions la rue escarpée, nous passions sous la *pède*[1] du coin des Hasards, nous atteignions la place du Pirou occupée le jeudi par des paysannes et leurs paniers. J'entendais les marchandages des ménagères :

— Dix francs le quarteron, vos pommes ? Vous allez fort ! Tirez-en quelque chose.

— J'en tire rien du tout.

— Vous en tireriez pas même une puce ! D'ailleurs, vos pommes, elles me disent pas grand-chose.

— Que voulez-vous qu'elles vous disent ? Vous les achetez pour les manger, ou bien pour qu'elles vous fassent la conversation ?

Nous revenions en empruntant une autre pède, le « trou de madame Ormey ». Je me demandais qui était cette madame Armoire. Thiers était une ville pleine de devinettes.

Je pus enfin retourner à l'école. Monsieur Poirier et toute la classe me firent un accueil à ne pas dire. Le maître me donna gratuitement des leçons particulières, le jeudi, pour me permettre de rattraper les leçons perdues. Mes parents le remercièrent, selon leur habitude, en le comblant de dattes et de figues.

---

1. Petite voûte qui réunit deux maisons opposées.

Aux environs de Pâques, plusieurs de mes camarades manquèrent la classe du mercredi. J'appris qu'ils étaient « en retraite » afin de préparer leur première communion. Ignorant des rites catholiques, je les interrogeai. Ils m'informèrent qu'ils passaient des heures de délices en compagnie d'un prêtre. Celui-ci leur faisait chanter des cantiques, leur racontait des histoires, les bourrait de Petit Lu et les abreuvait d'une eau parfumée à la grenadine qu'il puisait dans un arrosoir. J'en parlai à ma mère :

— Pourquoi donc que je ne fais pas ma première communion, moi aussi ?

— Parce que tu n'es pas un chrétien véritable. Tu as bien été baptisé à l'hôpital, mais sans t'en rendre compte. Sans le faire exprès. Ça ne suffit pas. Faut aller souvent à l'église, apprendre les prières. Est-ce que tu éprouves des sentiments vraiment chrétiens ?

— C'est surtout à cause de la grenadine.

— D'accord. Je m'en procurerai une bouteille. Ton père n'est pas au courant du baptême. Tu te sens le courage de le lui dire ?

— Je sais pas... Y a aussi les Petit Lu.

— J'en achèterai une boîte.

Elle tint parole et m'apporta ces gourmandises. Je demandai à mon copain Camomille, qui suivait la « retraite », ce que voulait dire au juste être chrétien.

— C'est très compliqué, m'avoua-t-il. J'y pige pas grand-chose. Si tu veux, je te prêterai mon catéchisme, tu essaieras de comprendre.

Il m'apporta un volume de deux cent cinquante pages dans lequel je découvris toutes sortes de curiosités. Comment Dieu avait créé le ciel, la Terre, les astres, les animaux, le premier homme, la première femme, dans un jardin délicieux, le paradis terrestre. (Je l'avais déjà rencontré dans *L'Autre Monde*, de Cyrano de Bergerac.) Comment ils avaient désobéi en mangeant le fruit d'un certain arbre. Comment il les avait punis en les condamnant à la souffrance et à la mort. Donc, avant le fruit volé, ils jouissaient d'une vie éternelle. Dans ces conditions, pourquoi avaient-ils éprouvé le besoin de manger ? La nourriture est destinée à entretenir la vie. Mais si l'on ne doit pas mourir ?

Cette histoire me parut très difficile à comprendre en effet. Je renonçai à faire ma première communion. Je trouvai une consolation avec les Petit Lu et la grenadine de ma mère.

8

En 1951, muni des fleuves français et de leurs affluents, informé des principales dates de l'histoire de France, j'entrai dans la classe de madame Laval qui devait me préparer à l'examen du certificat d'études. Mon père y avait échoué en Kabylie ; ma mère s'y était présentée et l'avait obtenu. Je tenais à être reçu de même pour ne pas salir l'honneur de la famille.

Cette nouvelle institutrice était une assez jolie femme ; excepté qu'elle avait des dents longues et saillantes comme celles d'un cheval. On craignait par moments de les voir tomber. Autre singularité : elle portait par temps chaud un corsage aux manches courtes qui découvrait les aisselles. Des aisselles couvertes d'une noire pilosité. Je crus que cette toison était particulière aux maîtresses d'école.

Douce mais juste, elle nous infligeait des punitions variées :

— A la récréation, tu feras cinq fois le tour de la cour les mains au dos... Tu apprendras par cœur *La grenouille qui se veut faire aussi grosse que le bœuf*, et tu la réciteras devant la classe... Tu écriras dix fois *La parole est d'argent, mais le silence est d'or*...

Comme il était bien difficile de supprimer nos bavardages, elle nous imposait de temps en temps cinq minutes, contrôlées sur sa montre, de silence absolu.

En revanche, elle récompensait nos mérites. Elle apportait et nous distribuait des cerises, l'un de nous ramassait les noyaux comme à l'église l'enfant de chœur ramasse la quête dans une corbeille. Elle nous lisait une *Lettre de mon moulin*. Elle nous chantait, s'accompagnant sur sa mandoline, *Lakmé ton doux regard* ou *Sur la mer calmée*.

Mes études allaient bon train. La coutellerie fonctionnait pareillement à pleines meules. Le commerce *Chez Ahmed* nageait dans la prospérité. Thiers vivait une heureuse époque. Perturbée seulement par une inquiétude : Antonin Chastel, son maire, ne pouvait plus pisser. On commença par en rire avec excès, thiernoisement. Un témoin racontait que, dans le fameux cabinet-dans-terre, il avait vu le pauvre Tonin près de lui, arc-bouté et poussant des mugissements.

— C'est la portasse, révéla ce quelqu'un. Un mal qui bouche la tuyauterie.

Après en avoir bien ri, les couteliers l'avaient plaint de tout leur cœur. Des émissaires rôdaient autour de son domicile, interrogeant sa servante :

— Est-ce qu'il a pissé ce matin ?

— Trois gouttiches de souris. Ça ne compte pas, bonnes gens.

« Bonnes gens » : une expression locale qui exprime la pitié, de même qu'en Provence on dit « peuchère », dans le Velay « baussaigne ».

Bientôt, il fallut le vider à la sonde. Une sorte d'aiguille à tricoter qu'on vous enfile dans le robinet au prix de souffrances insupportables. A la fin, il en eut assez d'être ainsi quotidiennement mis en perce et accepta l'opération. Un matin de février 1952, il quitta donc Thiers avec sa petite valise pour une clinique de Clermont. Disant : « On me revoira. » On ne le revit plus vivant. Trois jours plus tard, on apprit son décès, à l'âge de soixante-cinq ans.

Le cœur de la ville parut s'arrêter. Les marteaux-pilons cessèrent de battre, les martinets de crépiter, les meules de cracher leurs étincelles. Les obsèques se déroulèrent sous des rafales de neige et de pluie, le ciel lui-même participait à notre deuil. Il fallut trois corbillards pour enterrer Antonin Chastel, dont deux remplis de fleurs et de couronnes. Malgré sa défense :

— J'aime pas les couronnes. La seule que je tolère est la couronne aux grattons.

A la fin de cette même année, peu affecté par le décès d'une personne que je n'avais vue que de loin, je subis donc les épreuves du certif avec une dizaine de mes condisciples. Dans une salle même de notre groupe scolaire, sous la surveillance d'instituteurs inconnus. Ce fut d'abord la dictée d'un texte de Balzac, *Les Vendanges en Touraine*. Par la même occasion, je découvris cet écrivain « régionaliste », comme disent les critiques bornés. *Nous arrivâmes à l'époque des vendanges qui sont en Touraine de véritables fêtes...*

En Auvergne aussi, je l'ai constaté pour y avoir été souvent invité, on boit, on chante, on se goberge de lard et de saucisses, on lutine les filles, on danse le soir autour de la cuve.

La dictée était suivie de deux questions sur l'intelligence du texte et d'une troisième sur la connaissance de la langue. Dans *« les maîtres traitent les ouvriers sans lésinerie »*, j'eus à expliquer le dernier mot. Je le connaissais bien, l'ayant rencontré plusieurs fois dans *L'Autre Monde*. Synonyme d'avarice. Je n'eus donc aucun mal à répondre. En revanche, autour de moi, je vis plusieurs camarades embarrassés. Je leur soufflai la réponse derrière le paravent de ma main. Il se faut entraider, c'est la loi de nature, nous conseille le bon La Fontaine.

Ensuite, vinrent deux problèmes d'arith et de système métrique. *Sachant qu'une pistole valait avant la Révolution française 10 livres, qu'une livre valait 20 sous, qu'un sou valait 12 deniers, comptez ce que représente en francs et centimes actuels une somme de 50 pistoles, 6 livres et 10 deniers*. Le calcul est mon fort, je n'eus aucun mal à opérer la conversion.

Aux épreuves orales, je récitai *Le Loup et l'Agneau*, je chantai *Le Temps des cerises*. Mes examinateurs en furent éblouis. Résultat final : reçu avec la mention « bien ».

Je passai les vacances d'été chez mes grands-parents de Membrun. En compagnie de mon chien Caramel qui menaçait de se laisser mourir de languison si je ne l'emmenais pas. Il eut quelques problèmes avec Loustic, celui des Néron, qui n'était pas de la même espèce. Des bagarres éclatèrent. Je les raisonnai tous les deux, expliquant que la vie n'est supportable que si chaque créature accepte sa voisine. A l'exception des grosses qui mangent les petites, comme notre Créateur l'a voulu. Etant de la même taille, ils finirent par entendre mon raisonnement, à condition que chacun eût une soupe séparée.

La nôtre, frères humains, était à base de choux et de pommes de terre. En dessert, grand-mère Mélina ajoutait parfois des tranches de pain rassis ramollies dans un lait de poule, puis frites à la poêle. Elle appelait cela des « soupes dorées ». La soirée se terminait, après la traite, sous la lampe à pétrole, car l'électricité n'était pas encore venue jusqu'à Membrun. Dans sa clarté faiblarde, Antonin racontait des histoires de Madagascar. Il était resté deux ans dans cette île sous les ordres du général Gallieni. En 14, il avait été incorporé dans un régiment de Malgaches, eux aussi « volontaires désignés », qui s'étaient quand même vaillamment battus. Il nous rebattait les oreilles de détails épouvantables, de membres humains accrochés dans les arbres. Sa femme protestait :

— J'ai déjà entendu cent fois cette chanson. Change de disque.

Mais lui ne savait rien dire d'autre. Moi, au contraire, je m'y intéressais, je posais des questions :

— Ça doit être terrible de lutter corps à corps !

Et lui de sourire :

— Corps à corps ? Ça peut arriver. Personnellement, j'ai jamais combattu corps à corps. On tire devant soi, sans viser. On sait jamais si on a touché quelqu'un.

De la chambrette où je dormais, il avait fait un véritable arsenal. Accrochant aux murs une panoplie de casques, de baïonnettes, de fusils Lebel ou Mauser. Un ceinturon allemand montrait l'inscription *Gott mit uns*. (Que Dieu soit avec nous.) Depuis la plus lointaine antiquité, l'homme dans ses combats a toujours appelé Dieu, sous divers noms, à son secours. Ce qui est vraiment lui faire la plus détestable des injures ; car Dieu, si on l'admet, a créé des hommes fraternels, nés de sa main, de son souffle ou de sa cuisse, et non point ennemis.

L'arme la plus effroyable de ma chambre était une baïonnette à dents de scie. Si elle venait réellement de Bayonne, j'aime mieux son jambon. Une malle était remplie de fusils de chasse, de cartouches prêtes à servir. Un matin, installé devant la fenêtre ouverte, je sortis un fusil à broches, un de ces engins qui se cassent en deux comme un bâton, et j'entrepris de glisser deux cartouches dans les culasses. D'un coup sec, je refermai ses deux moitiés. Rrrran ! Contre ma joue, je sentis passer le vent de la double décharge. Sans m'en rendre compte, j'avais armé les chiens, pressé sur les détentes. L'ange gardien qui s'occupait de moi depuis mon inconscient baptême avait eu à peine le temps de détourner les plombs. Un long moment, je restai ébahi, serrant les canons chauds entre mes doigts. En face de notre maison, poussait un tilleul en pleine floraison. Je pus voir par la fenêtre qu'il en tombait un mélange de fleurs et de feuilles foudroyées. Je remis le fusil dans la malle. Mes vieux ne furent jamais informés.

En compagnie de Caramel qui avait besoin de maigrir, je visitais les Margerides couvertes de bois et de pâturages. Bien que la chasse ne fût pas encore ouverte, de fréquentes détonations éclataient au loin, dues à des braconniers, peu soucieux des règlements.

Après mon exploit avec le fusil à broches, une crainte me vint : mon ange gardien me protégeait, d'accord ; mais Caramel ? Je savais que très souvent les chasseurs se trompent de cible. Alors, me rappelant les gestes et les paroles de l'aumônier tels que ma mère me les avait rapportés, j'eus l'idée de baptiser mon chien. Je trouvai de l'eau à une source, j'en remplis le creux de ma paume, je la lui versai sur la tête en prononçant :

— Je te baptise au nom du Père, du Fils, du Saint-Esprit.

Surpris de cette aspersion, Caramel leva les yeux, sortit la langue, lécha le ruissellement. Conséquence : au cours de nos vagabondages dans les Margerides, nous avons toujours été épargnés par les chasseurs maladroits.

Il faut dire que cette région montagneuse avait une réputation de sauvagerie. D'anciens assassinats en noircissaient la mémoire. Le château de Montguerlhe en était imprégné, dont les ruines, mangées par les broussailles, étaient encore visibles à une heure de marche au sud de Membrun. Caramel et moi étions allés les explorer, par des sentiers de chèvres. Le nom signifie Mont-Louche, parce qu'une partie de son enceinte regardait au nord et l'autre au midi. Voici ce qu'en racontait grand-mère Mélanie :

— Les seigneurs de Montguerlhe s'étaient placés au-dessus des seigneurs de Viscomtat ; ceux-ci leur devaient soumission et respect. Un jour, les seconds se sont révoltés contre les premiers. Ne pouvant attaquer

Montguerlhe, bien trop fort, ils s'en prenaient à ses domaines, brûlaient ses récoltes, ses chaumières, crevaient les yeux de ses serfs. Afin de les punir, ceux de Montguerlhe sont entrés, l'épée à la main, dans l'église de Viscomtat, avec l'intention d'enlever les calices et les chandeliers. Un vieux prêtre qui était là a voulu les retenir. Ils lui ont passé leurs épées au travers du corps. Le pauvre homme est tombé tout en sang, et il est mort sur les marches de l'autel. Il dort à présent sous les dalles, les gens de Viscomtat marchent dessus quand ils vont à la messe. Mon Dieu que le monde était mauvais en ce temps-là ! Je ne suis pas certaine qu'il soit meilleur aujourd'hui. Du moins, nous sommes moins pauvres. Grâce à qui ?

— Dis-le-moi.

— Grâce à Pétain. Je sais qu'il a fait de grandes bêtises. Mais c'est lui qui a inventé la retraite des vieux. Avant, les vieux crevaient la gueule ouverte si leurs enfants ne les secouraient guère. Aujourd'hui, ils touchent une petite allocation qui les empêche de mourir de faim. Ils n'ont plus besoin d'économiser sur les allumettes.

— Sur les allumettes ? Qu'est-ce que tu veux dire ?

— Ma mère était si misérable qu'elle n'achetait pas d'allumettes. Le soir, sous la cheminée, elle gardait des tisons couverts de cendre. Le matin, en se réveillant, elle soufflait sur les tisons, ranimait un peu de flamme. Si ça ne marchait pas, elle allait chez une voisine emprunter un tison qu'elle rapportait dans un vieux sabot.

— Tu es pétainiste ?

— Je suis une pauvre vieille bavarde.

Le grand-père Antonin, lui, avait une étrange habitude : celle de mettre chaque soir ses poules au dodo. Ne tenant aucun compte de l'heure d'hiver, de l'heure d'été, de l'heure allemande, il savait à quel moment il convenait de procéder à leur coucher : lorsque le soleil ensanglantait le ciel, très loin, au-dessus de la chaîne des Puys. Alors, les gélines se mettaient à creuser la poussière, à s'enfoncer dans ce lit. Il se levait, saisissait chacune par-dessous, délicatement, allait la déposer sur son perchoir, où aussitôt elle fermait ses paupières blanches. Elles et lui avaient pris cette douce coutume. En revanche, les deux coqs s'y refusaient. S'il essayait de les capturer, ils battaient furieusement des ailes. Je pense qu'ils éprouvaient à son égard un très fort sentiment de jalousie. De quoi se mêlait-il ? Est-ce qu'ils allaient, eux, coucher sa vieille ?

L'un d'eux commit un soir une offense insupportable. Alors qu'Antoine venait d'installer sa dernière poule, le coq lui sauta sur une épaule, envoya d'un coup d'aile au loin son chapeau et se mit rageusement à picorer sa calvitie. Tout saignant, le grand-père essaya de se défaire de l'oiseau qui résistait, toutes griffes dehors.

— Nom de djà de nom de djà ! cria-t-il. On va voir lequel de nous deux gagnera !

Ce fut, cette fois, un véritable corps-à-corps. Le coq se défendait du bec et des ongles. Enfin, il eut le dessous. Antonin lui tordit le cou, le porta dans la maison, le jeta sur la table tout palpitant. Mélina mit des bandes sur le crâne de son homme. Voilà comment, au lieu de poule ce dimanche-là, nous eûmes un coq au pot.

Cette affaire sanglante me prouva que toute barbarie n'avait pas disparu des Margerides.

9

Une année encore, quoique pourvu du certif, je restai dans la classe de madame Laval, en attendant, comme la loi m'y obligeait, l'accomplissement de ma treizième année. Assez embarrassée de ces grands élèves qui avaient le sentiment de tout savoir, elle les occupait à des besognes artistiques, leur proposant de dessiner, de peindre, d'écrire des poèmes. Je me rappelle que, dans cette dernière matière, elle nous suggéra ce thème : Ma maison. Elle récompenserait le meilleur en lui donnant le recueil d'un poète illustre. Nous fûmes douze à concourir. Nous y travaillâmes tout un après-midi, tirant la langue, mordillant notre porte-plume, lançant des regards obliques pour voir où en étaient les voisins. Et que se passa-t-il ? Après avoir lu les douze textes, notre maîtresse m'attribua le premier prix. Elle lut elle-même son poème :

Ma maison
Ma maison est très agréable,
Toute en rondeurs, sans escalier.
On n'y voit ni lampe, ni table,
Aucun genre de mobilier.

Chacun pourtant la trouve belle.
Elle suffit à mon confort.
Je n'ai pas besoin de poubelle
Car je mange toujours dehors.
Si à ma porte quelqu'un sonne :
« Nenni ! Je ne reçois personne ! »
Je la réserve à mon ego,
Craignant les pieds et les voitures.
Jamais ne serai sans toiture,
Puisque je suis un escargot.

Qui m'eût dit que ce poème était prémonitoire, comme on le verra ci-dessous ? A l'entendre, mes copains restèrent bouche bée d'admiration. L'un d'eux osa applaudir. Tous les autres l'imitèrent. J'avais emprunté « nenni » à la grenouille de La Fontaine. Quant à l'« ego », j'avais fait sa connaissance dans « égoïste ».

Madame Laval me fit cadeau des poésies de Ronsard dans la collection « Les classiques Vaubourdolle ». Mes concurrents durent se contenter des cerises qu'elle avait apportées dans un panier. Nous les mangeâmes dans la cour, en nous bombardant avec les noyaux. Mais les applaudissements furent ma meilleure récompense : pour la première fois de ma vie, j'avais eu un public.

Vint la fin de l'année 53. Aucune obligation ne me retenait plus à l'école.

— Que veux-tu faire ? me demanda mon père.
— Le godenot.
— Qu'est-ce que c'est que ça ?

— Le clown. Celui qui fait rire dans un cirque. Qui a un gros nez rouge. Des souliers pointure 65. Qui perd son pantalon.

— Tu te fous de moi ?

— Y a des clowns célèbres, qui ont gagné beaucoup d'argent : Charlot...

— Charlot, c'est pas un clown.

— Si, c'en est un.

— *Yesscout !*

(« Ferme ta gueule », en langue berbère.) Je la fermai. Notre famille ne vivait pas en démocratie. Refusant nettement la clownerie professionnelle, Albert-Ahmed décida que j'allais entrer à son service, comme balayeur, comme trieur de légumes, comme transporteur. Je chargerais et déchargerais les cageots, je livrerais à domicile, j'irais à la gare chercher les marchandises expédiées par les grossistes. Avec l'aide d'une charrette à bras et de Saïd, notre commis. Ma mère, femme soumise, n'émit pas la moindre réserve à cette décision. Ma nourriture et mon logement étaient à ce prix.

Dans les pentes de la rue du Bourg et de la rue Conchette, les allers n'exigeaient pas de grands efforts, puisque la charrette montait à vide. Au retour, lourdement chargée, elle nous aurait entraînés sans le secours du frein à manivelle.

— Quand tu auras l'âge, promit mon père, tu prendras le permis de conduire et j'achèterai une camionnette.

Saïd était un fervent musulman, il ne buvait pas de vin, ne mangeait pas de saucisson, respectait le ramadan. A son usage, Albert avait installé dans la boutique une gargoulette remplie d'eau fraîche à laquelle, par temps de canicule, il allait souvent remplir son gobelet. Il m'invitait parfois à l'imiter :

— Chez nous, m'expliquait-il, quand y en a bezef sirocco, tout le monde il cherche la gargoulite.

Poussé par la curiosité et par ma double origine, je lui demandai quelques détails sur sa religion. Ce qu'il fallait faire pour être un bon musulman.

— Ci pas compliqué : ti te fais couper le zizi.
— Quoi ? Couper le zizi ?
— Pas tout entier. Rien que la pointe. Un petit bout.
— Et qu'est-ce que tu fais de ce petit bout ?
— Ti le donnes au chat.
— A quoi ça sert de couper la pointe du zizi ?
— Ci comme ça. Je si pas. Aussi, ti dois faire ramadan. Pas boire, pas manger, un mois. Mais rien que le jour. Le soir, ti peux boire et manger tant que ti veux.

Entre la religion musulmane qui exigeait une mutilation et la catholique qui fournissait des Petit Lu, je me réjouis d'avoir choisi la seconde, plus douce et plus nourrissante.

Pour compléter mon instruction, j'eus la curiosité de visiter une église : Saint-Genès, à quelques pas de la rue Lasteyras. Quand j'y entrai, elle était vide de chrétiens. Seul y grattait faiblement quelque ouvrier invisible, en train de restaurer les grandes orgues : *Laudate Dominum in chordis et organo*. Je ne suis pas sûr que les ouvriers couteliers avaient grande habitude de louer Dieu par l'orgue et par les chœurs. Ils chantaient plutôt les joies de la terre, le raisin et le vin, la pêche et la chasse, l'amour et la danse, sans songer à en remercier le Créateur à qui ils les devaient. C'est là que j'aurais dû faire ma première communion si j'avais été un catholique accompli.

Soudain, quelque chose se produisit. Un chant infiniment doux s'éleva. Il remplissait tout le volume de Saint-Genès, jusqu'aux voûtes sombres. Cela provenait d'un bas-côté de droite. Jamais je n'avais entendu rien d'aussi suave. Je m'approchai sans bruit pour en découvrir la source. Devant une sorte de petit piano (mais c'était un harmonium remplaçant les orgues empêchées), je vis un prêtre aussi immobile que les statues environnantes, à l'exception de ses mains qui se promenaient sur le clavier. Je retins mon souffle, me trouvant si près de l'instrument que j'entendais le gémissement des pédales. Les cheveux blancs de l'harmoniste formaient un cercle autour de sa tête.

Une chaise était là, je m'assis. Longtemps, je me laissai pénétrer par cette onde magique qui me traversait comme le vent traverse les arbres. Mes bras, mes jambes, tout mon corps avait fondu, je ne sentais plus rien de moi-même. Puis la musique s'arrêta, le prêtre auréolé de blanc se leva et disparut. Toutes les notes enfermées dans l'instrument s'étaient échappées ; vidé de son contenu, il était maintenant pareil à un citron sans jus ; et elles, elles s'étaient perchées là-haut sur le lustre, sur les rebords des corniches, sur les chapiteaux des colonnes, sur les épaules des statues, comme un essaim d'abeilles éparpillées. Je leur fis des signes de la main pour les rappeler, pour leur faire réintégrer la ruche. Aucune n'obéissait. Je les abandonnai et sortis de Saint-Genès, tout étourdi.

Lorsque je retrouvai la boutique *Chez Ahmed*, profitant d'un moment sans clientèle, je demandai à mon père si la religion musulmane employait beaucoup de musique. Surpris de ma question, il répondit comme il put :

— Quand j'étais gamin, mon père Aïssa m'emmenait quelquefois à la mosquée. Non, je ne me rappelle pas avoir entendu de musique.

— Est-ce qu'on y chantait en chœur ?

— En chœur, on récitait le Coran. Sans chanter. Mais on chante beaucoup après chaque journée du ramadan. On chante, on danse dans les rues.

Comparant toujours la religion catholique et la musulmane, j'arrivais difficilement à préférer l'une à l'autre. Je me trouvais, comme disent les philosophes, le cul entre deux chaises.

Mon incertitude spirituelle s'accrut davantage encore à partir de l'année 1954. Influencés par nos propriétaires, mes parents avaient acquis un poste de TSF qui leur donnait des nouvelles du monde. Il nous apprit que la France, en guerre depuis six ans contre l'Indochine, venait enfin de retrouver la paix grâce à la bataille de Diên Biên Phu. Une promotion de Saint-Cyr prit ce nom et l'inscrivit sur sa bannière. Ce fut une grande victoire en effet contre le colonialisme. Payée par le sacrifice de milliers de soldats vietnamiens, français, allemands, italiens, russes, car la Légion étrangère composait le plus gros de nos troupes. La victoire de Diên Biên Phu nous débarrassa des lupanars de Saigon, du scandale des piastres, des trafics d'opium, de l'exploitation des hommes et des richesses naturelles.

Les économistes partisans du vieux système avaient prédit que la perte de l'Indochine se traduirait immanquablement par une chute de notre niveau de vie. C'est le contraire qui se produisit. Libérée de ce boulet, la

France entra dans une période de prospérité sans précédent.

Sourd à cette leçon et à la signification de Diên Biên Phu, le colonialisme eut la même attitude en Algérie. Ce pays que Mendès France, Premier ministre, et François Mitterrand, son ministre de l'Intérieur, proclamaient « terre de France à cent pour cent ». Encouragée par la conclusion de la guerre d'Indochine, la population algérienne se mit à réclamer son indépendance. Le 1er novembre, un instituteur – peut-être le fils de monsieur Cuvelier, l'ancien maître de mon père – fut assassiné en Grande Kabylie. Ainsi commencèrent ce qui n'était officiellement que de simples opérations de police, à la charge des gendarmes, des CRS, de la Légion. Des bombes éclataient dans les cafés, dans les cinémas, dans les écoles. Des fermiers, hommes, femmes et enfants, furent égorgés comme des chevreaux. Les Berbères ne se montraient pas les moins féroces. Lorsqu'ils avaient tranché la gorge d'un colon, on disait qu'ils lui avaient imposé le sourire kabyle. Un vent de haine, plus fort que le sirocco, soufflait sur le pays. Les militaires professionnels ne parvenaient pas à rétablir l'ordre.

A Thiers, on connaissait depuis longtemps les Sidis, tous clients de l'épicerie *Chez Ahmed*. Quand on les faisait rire, ils mettaient une main devant leur bouche pour empêcher les *djnoun*, qui sont des nains malfaisants, d'y entrer. Les Thiernois en avaient civilisé beaucoup en leur apprenant les vertus de la chopine. Or voici qu'ils devenaient méchants. Ils ne riaient plus, ne buvaient plus, ne fumaient plus, regardaient les Thiernois de souche avec des yeux blancs qui faisaient peur. Quelques individus cherchèrent à entraîner mon père dans je ne sais quelle machination. Je l'entendis crier en langue française :

— Je suis kabyle et français. J'ai la médaille militaire. Foutez-moi le camp. *Yallah !*

Il s'ensuivit une bagarre au cours de laquelle il reçut un coup de couteau dans le bras. Ma mère voulait qu'il déposât une plainte.

— Mais non, répondit-il. Je ne peux pas leur faire ça. Ce sont des amis.

10

Malgré ces désordres, les Algériens ne quittaient pas le sol français. Ils avaient changé leur surnom de Sidis, qui ne les offensait point, pour ceux de bicots, de ratons, de bougnoules, beaucoup plus injurieux. Pas vraiment pour moi. Auvergnat de naissance, de sentiments, de religion, je m'entendais traiter au cours de mes voyages de bougnat. Il me semblait qu'une certaine parenté dans le mépris unissait les bougnats et les bougnoules.

En France, la haine n'était pas moins visible que de l'autre côté de la Méditerranée. Des inscriptions fleurissaient les murs de nos villes : *A mort les bicots. Si vous n'avez pas de mazout, mettez un bic dans votre chaudière. Rouvrez les fours crématoires pour les ratons.* Pourtant, la TSF nous informait que, là-bas, un certain nombre d'Algériens, petits fonctionnaires, défenseurs de leur village et de leur famille, peut-être aussi par un sentiment d'amitié envers la France appris à l'école avec les fables de La Fontaine, formaient des groupes de sécurité sous le nom de harkis et se battaient aux côtés de nos hommes contre les *fellaga*. Pluriel de *fellag*.

A Thiers comme ailleurs, l'afflux migratoire ne diminuait pas, bien au contraire. Les enfants, les épouses commençaient même à rejoindre les pères de famille.

— Sais-tu, me demanda Camille, la différence entre les mariages musulmans et les mariages catholiques ?

— Je donne ma langue aux chats.

— Les maris algériens ont plusieurs femmes, cela s'appelle la polygamie. Les maris chrétiens en ont une seule, cela s'appelle la monotonie.

Le centre de la cité coutelière ressemblait de plus en plus à une casbah, où grouillaient des gamins frisés aux yeux de charbon. Avec en moins les odeurs de friture qui parfument Tunis, Tizi Ouzou, Marrakech. Notre épicerie faisait de bonnes affaires. Aux anciennes nourritures maghrébines, la maison ajoutait des flacons de khôl destinés aux dames, des foulards, des babouches, des plantes médicinales, des colliers d'ambre, des bijoux de corail incrustés, des pilules pour les femmes stériles, des élixirs pour les maris en état de faiblesse. Dans les usines, les bougnoules prenaient la place des bougnats occupés là-bas à zigouiller leurs frères.

En 1956, on crut que les choses allaient changer. Le président du conseil, Guy Mollet, socialiste depuis trente ans, parut déterminé à ramener la paix en accordant à l'Algérie l'indépendance qu'elle réclamait. Il traversa la mer, se rendit à Alger pour voir de près la situation et gagner les Européens à son point de vue. Ceux-ci l'accueillirent avec de tels arguments – y compris le jet de tomates pourries – qu'il en fut complètement torneboulé.

— Nous devons, déclara-t-il à son retour, garder cette terre sous la protection de la France si nous ne voulons pas qu'elle tombe sous celle de l'URSS ou de la Chine. Pour obtenir cela, il nous faut renforcer notre présence militaire en y ajoutant les soldats du contingent.

Fureur des syndicats et de ses anciens amis. Des femmes se couchèrent sur les voies ferrées pour empêcher les trains de partir. Malgré les manifestations de toutes sortes, les recrues étaient embarquées à Marseille au son de musiques patriotiques : *C'est nous les Africains... La victoire en chantant... Tiens, voilà du boudin...*

Moi, je regardais, j'écoutais, je lisais dans *La Montagne* le récit de ces événements sans me passionner parce que je n'avais que seize ans. Je pensais que nos troupes allaient ramener l'ordre et la paix. Dans les conversations que j'entendais autour de moi, un mot était souvent prononcé : celui de racisme. Au début, je n'en comprenais pas le sens exact. Je demandai à mon père ce qu'il en pensait. Il se gratta la tête, me dit : « Assieds-toi. Je vais essayer de te répondre. » Voici à peu près le sens de ses paroles :

— Tu as vu les chiens ? Ils se détestent et se dévoreraient entre eux si on les laissait faire quand l'un n'a pas les mêmes oreilles ou la même couleur de poil que l'autre. Entre les hommes, le racisme, c'est kif-kif. Les Français racistes détestent les Arabes parce qu'ils ne parlent pas la même langue, parce qu'ils n'ont pas la même religion. En fait, ces racistes sont des ignorants, ils ne nous connaissent pas. Les hommes sont tous pareils, quelle que soit la couleur de leur peau. Moi, par exemple, né en Kabylie, j'aime ma famille, j'aime travailler en paix, pareil que si j'étais gaulois. J'ai un cœur, j'ai des intestins, je crois en Dieu que j'appelle Allah, même si je ne dis pas les prières, même si je mange du saucisson. Beaucoup de Thiernois non plus ne vont pas à la messe, sauf pour les enterrements. Certains Algériens aussi sont des racistes. Je les entends grommeler en arabe : « Sale race de Français ! Qu'est-ce que je fous dans ce pays pourri ? » Je leur réponds : « Qu'est-ce que tu fous ? Tu gagnes une bouchée de pain que tu n'aurais pas en Algérie. Es-tu venu ici par amitié ? Pour épargner aux Français des fatigues ? Non, tu es venu pour qu'ils te donnent à manger. Alors, sois patient. Rappelle-toi notre proverbe : "Celui qui demande même à un chacal doit lui dire : Merci monseigneur !" » Je discute parfois avec un imbécile qui croit toujours avoir raison. C'est le plus terrible genre d'individus. Même l'instruction ne les change pas. Alors, mon fils, suis mon conseil. Si tu tombes sur un crétin qui t'appelle raton ou bougnoule, fais le sourd, ne t'offense pas, évite seulement de le fréquenter.

Quand il s'y mettait, mon père était capable de prononcer un vrai sermon. Au bout du compte, je ne savais plus à quelle race j'appartenais. Sauf à la race humaine. Désireux de mieux m'informer sur le sujet, j'interrogeai ma mère. Baptisée comme moi clandestinement. Je lui demandai ce qu'elle pensait de la guerre d'Algérie. Elle me répondit que toutes les guerres sont mauvaises, sauf quand un pays attaque l'autre, celui-ci doit bien se défendre. Ainsi, en 14-18, quand les Prussiens étaient entrés chez nous.

— Oui, mais, dis-je, en Algérie, qui attaque l'autre ?

Et elle, après un temps de réflexion :

— La TSF nous apprend que les Arabes attaquent les Français, qu'ils font péter des bombes dans les cafés. Les Français sont bien obligés de répondre.

— Les Algériens prétendent que nous leur avons volé leurs terres, leurs montagnes, leur pétrole. Ils veulent les récupérer.

— Peut-être qu'ils ont raison. Il faudrait partager.

— On ne partage pas avec les voleurs.

— Je n'y comprends rien. De toute façon, cette guerre, tu ne la feras pas. Quand tu seras en âge, elle sera terminée.

Je fus distrait de mes perplexités par un décès familial qui me remplit de chagrin. Pendant ses heures d'enfermement, le chien Caramel demeurait dans une pièce de notre rez-de-chaussée, une ancienne « boutique » d'émouleur. En compagnie d'une pile de sacs vides en guise de matelas, d'une gamelle de soupe, d'une bassine d'eau claire, d'une caisse garnie de sciure pour ses nécessités. Pour ses amusements : un ballon crevé, trois quilles, une clochette suspendue au plafond par une corde. De vieux catalogues qu'il pouvait dévorer suffisaient à ses besoins culturels. Il n'aurait pas dû trop s'ennuyer dans ce cagibi qui sentait encore la corne brûlée. Il s'ennuyait pourtant, gémissait sous ma main lorsque je parlais de le quitter, se couchait sur mes pieds pour me retenir. Les chiens, comme les hommes, ne sont pas faits pour la solitude. Caramel devait pourtant s'en accommoder. Mais sitôt qu'il entendait mes pas revenir, même à une portée de fusil, ses aboiements remplissaient le quartier de la Paillette.

— Voilà Crocus qui rentre de l'école, disait la population.

J'ouvrais sa porte, il me sautait au cou, me léchait les mains et la figure. Aussitôt, j'attachais sa laisse et nous allions exposer à tous notre bonheur d'être ensemble. Lors de nos promenades, il jappait après les autres chiens, en vrai raciste qu'il était ; mais sans songer à mordre. Un proverbe de chez moi en a fait une règle : *Tchi ke djapo nhaco pa.* Chien aboyeur ne mord point.

Il arriva un affreux accident. Un jour que nous suivions, ainsi liés l'un à l'autre, cette ancienne route de la Vallée qui s'appelle maintenant avenue Joseph-Claussat, nous fûmes presque frôlés par un camion qui descendait à vive allure. Caramel se précipita vers lui, la gueule ouverte. Ma laisse trop longue ne put le retenir : une roue lui écrasa l'arrière-train. Je mêlai mes hurlements aux siens. Le camion était déjà loin, peu soucieux d'un chien écrabouillé. Je pris ce qui restait de lui, je le rapportai à la maison. Tout le long de ce trajet de calvaire, il ne cessa de me lécher les mains. Je le disposai sur sa couche habituelle. Les dégâts étaient visiblement si graves que je ne pensai pas qu'on pût le secourir. Lorsqu'il fut allongé, il lécha aussi ses membres sanglants. Agenouillé près de lui, je pleurais à chaudes larmes, malgré mes dix-sept ans. Nous restâmes ainsi longtemps dans cette immobilité, moi ne sachant que faire, lui ne sachant que penser. Entre deux coups de langue, il tournait vers moi ses yeux pleins de souffrance et de bonheur, comprenant que je participais à sa peine.

Mon père entra dans la boutique. Il vit le désastre, je lui racontai l'accident. Je proposai d'aller chercher un vétérinaire. Albert secoua la tête :

— Il est trop abîmé. Tout ce qu'on peut faire, c'est l'empêcher de souffrir. Je vais emprunter le pétard de monsieur Rouel, notre propriétaire.

— Attends ! dis-je.

— Attends quoi ?

Je me rappelai l'espèce de baptême que j'avais fourni à mon chien. Camomille m'avait appris qu'il y a un autre sacrement, réservé à ceux qui vont mourir : l'extrême-onction.

— Il me faut un peu d'huile.

— Pour quoi faire ?

— Si l'on reçoit l'extrême-onction, on va au paradis.

— Tous les animaux vont au paradis, parce qu'ils n'ont jamais l'esprit du mal. Ils n'ont pas besoin de religion. Seuls les hommes en ont besoin, l'esprit du mal les habite. Va te promener un peu. Je m'occupe de lui.

Je fis comme il disait. J'allai pleurer dans la Durolle. Quand je revins, le corps de Caramel avait disparu. Mon père ne voulut jamais me dire ce qu'il en avait fait. Je pleurai trois jours encore, puis je pensai à autre chose.

En 1958, je dus aller me faire recenser à la mairie de Thiers, indiquer mon état civil, mon âge, ma profession, mon domicile. Une démarche fort inquiétante car la guerre d'Algérie ne se décidait pas à finir. Le 13 mai, une énorme manifestation remplit les rues d'Alger, regroupant les deux communautés ; on sut par la suite qu'elle avait été organisée par les autorités en place, civiles et militaires, que des camions étaient allés chercher très loin des paysans pour crier « Vive de Gaulle ». Le général vint en effet, trois semaines plus tard, prononça de longs discours et une phrase destinée à la postérité : « Je vous ai compris ! » Compris qui ? Compris quoi ? Le souhait des pieds-noirs, Européens chaussés de souliers : « Rester ! », s'opposait formellement au souhait des pieds-gris : « Choisissez entre la valise et le cercueil ! »

Les membres du FLN (Front de libération nationale) attaquaient les fermes des colons, massacraient les fermiers, incendiaient les récoltes, coupaient les pieds de vigne, sciaient les poteaux télégraphiques. Invisibles le jour, ils surgissaient la nuit, osaient s'en prendre aux campements militaires, plantaient sur les sommets leur drapeau : blanc, vert, avec un croissant et une étoile rouges. Beaucoup des nôtres étaient tués. On glissait leurs corps dans des sacs de plastique avec fermeture Eclair ; ils étaient ensuite transportés jusqu'au port le plus proche. Ils y recevaient une enveloppe plus digne, étaient rapatriés. Débarqués à Marseille d'où ils étaient partis en musique, ils étaient alignés sur le quai de la Joliette. Parfois, les cercueils recevaient l'hommage de certains syndicalistes qui venaient cracher dessus. La population indigène aidait secrètement le FLN tout en simulant une certaine collaboration avec les Français.

Chaque guerre a son argot particulier. Nos militaires ne disaient jamais qu'ils tuaient des *fellaga*, ou *fellouzes*, ou *fells*, mais qu'ils les « allumaient ». Les villages étaient des *douars*, les fermes arabes des *mechtas*. S'ils allaient discrètement passer par les armes un prisonnier loin de leur campement, ils prétendaient l'emmener en corvée de bois. Ils appelaient « gégène » la torture à l'électricité.

Malgré les discours du général de Gaulle, la paix ne revenait point. Est-ce que, fils de Kabyle, j'allais être contraint d'aller moi aussi allumer des frères de mon père ? Le 21 décembre 1958, le général avait été élu président de la République française par un groupe de notables, selon la constitution de la IVe République. Mais rien ne changeait. Le seul événement notable fut l'arrivée, en France et en Europe, d'un jeu nouveau, le hula-hoop, venu d'Amérique. Pratiqué essentiellement par les jeunes filles, il consistait à faire tourner autour des hanches un cerceau de bois ou de plastique, animé par de gracieux mouvements du bassin. Des personnes entraînées pouvaient prolonger des minutes et des heures cette rotation. Le record, atteint à Cincinnati, dura treize heures, douze minutes et quarante secondes. Aussitôt après, la triomphatrice s'écroula et fut transportée à l'hôpital. La fureur du hula-hoop ressemblait à celle du Yo-Yo dans les années 30-40. Mais elle ne gagna pas toutes les classes de la société. Je n'ai pas entendu dire qu'on ait vu l'évêque de Clermont faire tourner le cerceau dans sa cathédrale. Certains virtuoses, garçons ou filles, faisaient virevolter plusieurs hula-hoop à la fois, de dimensions appropriées, autour de leur cou, de leurs bras, de leurs jambes. Je ne crois pas non plus que le général de Gaulle s'y soit jamais essayé. Personnellement, je ne fus pas brillant à ce jeu, parce que j'avais les fesses trop grosses. Ou bien à cause de mes soucis.

En 59, je reçus une lettre recommandée m'ordonnant de me rendre de nouveau tel jour, à telle heure, à la mairie de Thiers pour subir l'examen de conscription. Mon père, consulté, me dit :

— Tu es français. Tu dois le faire.

— On va m'envoyer en Algérie pour tuer du monde.

— C'est ce qu'on m'a fait faire à l'âge de seize ans pour délivrer l'Alsace-Lorraine.

— Oui, mais les Algériens sont tes frères.

— Pas tous. Seulement les Kabyles.

— Les Kabyles se battent aussi pour l'indépendance. Est-ce que je dois aller tuer des Kabyles ?

— Le Coran dit : « Celui qui tue un innocent, c'est comme s'il tuait tous les hommes qui existent. » Interroge ta conscience.

Me voici donc en dialogue avec elle. Lui exposant mes scrupules, ma volonté de ne tuer personne, incapable de distinguer un coupable d'un innocent. Alors ma conscience – une rusée ! – me fit une suggestion que jamais je n'aurais trouvée tout seul :

— Montre-toi inapte à porter les armes.

— Inapte ? Par quel moyen ?

— Fais semblant d'être *mahboul*, comme disent les Arabes. Tu es tombé un jour du pont de Saint-Roch. On t'a trépané. La cicatrice est parfaitement visible. Conséquence : cette chute t'a fait perdre l'esprit. Attention ! N'en fais pas trop. Si tu exagères, les médecins comprendront que tu joues la comédie.

L'idée était si belle que j'en restai estomaqué. Après avoir remercié ma conscience, je passai les nuits suivantes à inventer des folies raisonnables.

Vint le jour de la comparution. En slip, devant des médecins habillés. Une vingtaine d'autres garçons me tenaient compagnie : des grands, des moyens, des petits, des gros, des rachitiques, des velus, des imberbes. Il faisait chaud, la pièce puait la sueur et les pieds malpropres. Je jugeai que le moment était venu de faire le *mahboul*. Comme nous formions une file, dans l'attente de passer sous la toise, je pinçai les fesses de celui qui se tenait devant moi. Il se retourna, les dents serrées :

— Si tu recommences, je te casse la gueule. Pédé !

Je lui répondis par un sourire. Il reprit sa posture ancienne, mais je le sentais nerveux.

— Compte jusqu'à douze, me suggéra ma conscience.

A treize, de nouveau, je pinçai les fesses du mec. Hurlant : « Pédé ! », il envoya son poing en direction de ma figure. Comme je l'attendais, je l'évitai d'un mouvement de la tête. Un major en blouse blanche accourut :

— Qu'est-ce qui se passe ?

— C'est un pédé, m'sieur. Deux fois, il m'a pincé les fesses.

L'officier s'adressa à moi, me tutoyant :

— C'est vrai que tu es pédé ?

— Non, je m'appelle Henri.

Il me prit par le bras, me tira hors de la file, me mit au piquet dans un coin :

— Je m'occuperai de toi dans un moment.

Tous les regards étaient tournés vers Crocus, comme quand je faisais l'andouille dans la classe de madame Michaulet. Sauf que tous ces regards étaient à poil. Ceux du mec lançaient des éclairs.

En fait, le major s'occupait des autres, il parut m'oublier. Alors, ma conscience me souffla une autre manœuvre. On entendit des exclamations :

— M'sieur ! Il pisse ! Il pisse !

C'était vrai : traversant mon slip, un liquide jaune ruisselait sur mes jambes, formait une flaque autour de mes pieds. De nouveau, le major accourut :

— Espèce de salaud ! Tu pouvais pas demander à sortir ?

Il alla chercher une serpillière, m'ordonna d'éponger. Puis il se mit à me poser des questions saugrenues :

— Comment s'appelle notre président de la République ?

— ...

Et lui de me souffler :

— De... De... De...

— Delaire.

C'était le nom de notre boulangère. Et lui de poursuivre :

— Le combien sommes-nous ?

— Je n'ai pas compté.

— Quelle est ta date de naissance ?

— Je l'ai oubliée.

— Est-ce que tu as quelquefois mal à la tête ?

Il me saisit le crâne, fouilla parmi mes cheveux, découvrit la cicatrice de ma trépanation. Il me refila à l'un de ses collègues qui m'examina les yeux avec une sorte de microscope, puis me mit entre les mains une petite tablette en m'ordonnant de lire. Je pus déchiffrer les premières lignes : *Tout Français âgé de dix-neuf ans doit effectuer un service militaire de douze mois...* Ma conscience me suggéra de tourner la tablette à l'envers et de déclarer :

— Je sais plus lire. Autrefois, je savais. Mais depuis mon accident, je sais plus. Je suis très pané !

Eclat de rire pour confirmation. Au terme de ces examens et de quelques autres, je fus déclaré « exempté ». La guerre d'Algérie devrait se poursuivre sans ma participation.

Au sortir de la mairie, j'eus envie d'aller remercier madame Delaire pour l'aide qu'elle m'avait fournie. Comme j'ai dit, elle tenait, non loin de *Chez Ahmed*, une boutique à laquelle une lettre manquait : *BOULANGERIE ATISSERIE*. On comprenait quand même, grâce à la bonne odeur qui en émanait. J'enfilai la rue du Bourg et m'arrêtai un moment devant la vitrine pour admirer les choux à la crème et autres délices. A travers la glace, je voyais aussi madame Delaire plongée dans ses calculs. Une femme volumineuse, la trentaine achevée, qui paraissait mettre sur le comptoir sa poitrine en exposition. A mon entrée, elle se redressa, me sourit : j'étais un client assidu, mon père m'envoyait fréquemment acheter des croissants. Elle me les servait accompagnés toujours de quatre mots :

— Tout chauds ! Tout frais !

En moi, je sentais justement ce jour-là une chaleur exceptionnelle, elle me venait du bonheur d'avoir été exempté. Madame Delaire se tenait bien droite, la poitrine en avant, le visage épanoui, sachant d'avance ce que j'allais demander. Eh bien non, ce fut autre chose. Je tendis mes mains ouvertes, je saisis ses deux mamelles, je les serrai en proférant deux syllabes :

— Pouet-pouet !

A cette époque, traînait encore le souvenir d'une chanson stupide, remontant à l'époque où les automobiles, en guise d'avertisseur, se servaient d'une trompette munie d'une poire en caoutchouc. Débitée par

Georges Milton, elle se moquait des femmes au volant :

> *Je lui fais : Pouet-pouet !*
> *Elle me fait : Pouet-pouet !*
> *On se fait : Pouet-pouet*
> *Et puis ça y est.*

L'exemption m'avait mis ces pouet-pouet dans la bouche. Et dans les mains. Au lieu de prendre ce geste en plaisanterie, madame Delaire s'en montra terriblement offusquée :

— Comment ça, pouet-pouet ? Pas de pouet-pouet entre nous, jeune homme ! J'ai un mari qui me convient. Pour m'avancer une pareille proposition, faut que vous ayez reçu une éducation bien malpropre. A une mère de famille qui pourrait être presque la vôtre ! Je devrais appeler mon homme et lui dire ce garçon m'a fait pouet-pouet. Je n'en ferai rien, mais surtout ne recommencez pas. C'est quatre croissants, comme d'habitude ?

— Je ne croyais pas... C'était pour rire... Oui, quatre croissants...

Un autre client poussa la porte et mit fin à notre entretien. Je payai et décampai. Mais quelle idée m'avait pris de lui faire pouet-pouet en guise de remerciements ? Ma tête est pareille à un arbre plein d'oiseaux de tous plumages qui s'envolent sans qu'il puisse les retenir.

De Gaulle avait reconnu à l'Algérie, dans ses discours, son droit à l'autodétermination. C'est-à-dire, pratiquement, à l'indépendance, puisque les colonisés étaient dix fois plus nombreux que les colons. En 1960, Alger se couvrit de barricades européennes ; la police et l'armée furent contraintes d'allumer des dizaines de leurs défenseurs.

L'année suivante, j'appris un mot nouveau, celui de « putsch », qui, bien que d'origine allemande, me rappela le patois *poutchingà*, qui veut dire « écrabouiller ». Juste rapprochement, puisqu'un putsch est un coup monté par un petit nombre d'individus pour écrabouiller le pouvoir officiel. Celui d'Alger fut dressé, selon les déclarations télévisées du grand Charles, par « un quarteron de généraux insurgés ». Ce terme de « quarteron » me remplit de perplexité, comme celui de putsch. Les paysannes qui venaient chaque jeudi vendre leurs produits place du Pirou avaient coutume de proposer leurs pommes au quarteron, c'est-à-dire par lots de vingt-cinq, qui est le quart de cent. Je crus d'abord que les rebelles d'Alger étaient vingt-cinq. Par la suite, je sus qu'ils étaient seulement quatre et que les généraux ne se débitent pas comme les pommes.

Ils ne réussirent pas à entraîner dans leur mutinerie les soldats du contingent que vint soutenir un jeune et célèbre chanteur de rock, Claude Moine, plus connu sous le pseudonyme d'Eddy Mitchell. L'OAS (Organisation de l'armée secrète) n'eut pas plus de succès ; elle dut se contenter de quelques assassinats et de faire chanter en alphabet Morse, dans les rues, les Klaxon de ses voitures : *tâ, tâ, tâ – ti, tâ – ti, ti, ti...*

La guerre se termina, en principe, le 18 mars 1962, après les accords d'Evian qui consacrèrent la séparation de la France et de l'Algérie. Ce divorce fut, comme Diên Biên Phu, une bénédiction du ciel ; car sans lui nous aurions, à l'heure où j'écris ces lignes, où le printemps de 2005 couvre mon pré de violettes et de primevères, nous aurions, dis-je, à fournir du travail non seulement aux trois ou quatre millions de chômeurs qui vivotent sur notre territoire, mais en supplément à neuf ou dix millions d'Algériens qu'on voit se chauffer l'échine à leurs murs ensoleillés.

Je ne sais combien de soldats sont tombés pour obtenir ce résultat. Ceux qui le savent ne le disent pas. Ceux qui le disent ne le savent pas. Il aurait suffi pourtant de compter les cercueils. La famille Sannajust, de Pigerolles, près de Membrun, eut l'honneur de recevoir celui de Gilbert, le fils aîné, accompagné d'une croix de guerre épinglée sur un coussin tricolore. Avant les funérailles officielles, le père Sannajust exigea que le cercueil fût déposé dans la maison où Gilbert était né. La gendarmerie se fit un peu prier pour accorder cette faveur ; elle finit quand même par céder. La caisse en bois verni était scellée par des cachets de plomb.

— Je veux le voir, dit le père.

Il se munit d'un ciseau et d'un marteau, fit sauter les quatre boules. A l'intérieur, le corps était emprisonné dans un sac de plastique. Il fallut le découper pour dégager la tête. Elle apparut, horrible, tuméfiée, couleur de suie.

— Ça n'est pas lui ! cria le vieux. C'est un nègre. On nous envoie un nègre à la place de notre garçon !

Les gendarmes expliquèrent que Gilbert avait reçu dans la figure un obus de mortier. Ils découvrirent le bras gauche, montrèrent la plaque d'identité, intacte, autour du poignet, avec le nom du bénéficiaire, matricule, numéro du régiment.

— Y a pas d'erreur, affirma le brigadier. C'est bien votre fils.

Les Sannajust durent se résigner à enterrer le nègre, puisque Gilbert, depuis deux mois, ne donnait plus de ses nouvelles.

Depuis 1962, nous n'avons donc plus de colonies. Excepté la Corse. Merci cent mille fois à tous ces hommes qui ont combattu, donné leur sang, pour nous débarrasser du Vietnam communiste, de l'Algérie bordélique, de l'Afrique noire productrice de pétrole et de cacao au profit de ses roitelets, d'une Madagascar pleine de Malgaches déterreurs de morts. Les partisans du colonialisme auraient dû, d'ailleurs, se rappeler que leur système n'a jamais fonctionné. Avant nous, les Espagnols, les Portugais, les Anglais, les Allemands ont dû abandonner leurs colonies après une guerre ou un accord. Ledit système ne dure que s'il s'accompagne du massacre général des populations autochtones. C'est ce qu'ont fait les tueurs de Peaux-Rouges, les tueurs de Papous et de Tasmaniens. Encore faut-il que ces autochtones ne soient pas trop nombreux. Il était difficile aux neuf cent mille pieds-noirs d'exterminer dix millions de pieds-gris.

Contre tous ces exemples négatifs, un seul positif : la colonisation romaine. Après avoir pratiqué les massacres, brûlé les villes, coupé les mains et les têtes, fouetté à mort ou crucifié les chefs de la résistance, ces conquérants usèrent d'un truc pour faire accepter leur pouvoir : ils concédaient la citoyenneté romaine aux notables des régions occupées. Lesquels, par conséquent, avaient intérêt à voir durer le nouveau régime. Ils changeaient de nom, se faisaient appeler Romanus,

Aurelius, Avitus[1]. Ils s'affublaient de la toge latine par-dessus leurs braies gauloises. Certains furent promus sénateurs et s'en allèrent siéger à Rome. La civilisation latine, la langue, les lois, les routes, le commerce, les écoles, l'architecture y brillaient d'un tel éclat qu'après l'épée, nous fûmes conquis par le prestige. Encore fallut-il six ou sept siècles pour atteindre ce résultat. L'Algérie française a manqué de temps.

Nos instituteurs enseignaient dans des écoles les beaux principes de notre Révolution : liberté, égalité, fraternité. Mais les colons payaient chaque journée de leurs ouvriers avec une poignée de figues. Les Romains avaient eu la sagesse de combiner le feu, le sang et l'or. De tracer des routes, de développer l'agriculture, l'industrie, le commerce ; d'exploiter les mines, les sources, les rivières, les fleuves ; de créer des ports, de répandre une certaine prospérité. En vérité, toutes les révolutions opposent les misérables aux fortunés ; la liberté leur sert seulement de bannière, la liberté ne se mange pas en salade. En Irak, récemment, la population a accueilli les Américains les bras ouverts : elle attendait une pluie de dollars. Elle n'a reçu qu'une pluie de bombes et de beaux principes. « Donnez-nous du pain, et nous vous faisons grâce de la liberté ! » proclament ses banderoles.

Chez nous, en l'an 2005, les banderoles sont légèrement différentes : « Nous avons les jeux du cirque, donnez-nous du pain. » Après quoi, les manifestants s'adonnent au weight-watching pour combattre leur

---

1. On retrouve ces noms des certaines localités auvergnates : Romagnat, Aurillac, Aydat.

obésité. Quant aux jeux du cirque, j'y participe modestement. Ma conscience m'en fait parfois le reproche :

— Tu es un clown, ta vocation est de faire rire. Il ne te convient guère de jouer au philosophe. Laisse cela aux gens sérieux.

— Es-tu certaine, Anastasie (je lui ai donné ce surnom), que le rire n'est pas une chose sérieuse ?

11

J'en eus marre de mes transports, qui n'étaient qu'une dissimulation de l'immobilité. D'avoir pour tout paysage les rues de Thiers et de sa banlieue. Pour toute randonnée les trajets gare-rue Lasteyras ; avec, de loin en loin, une visite aux grands-parents de Membrun. Pour seul divertissement, les parties de dominos avec mon père, ou Saïd, ou un ami de la famille. Albert, mon paternel et patron, ne me versait aucun salaire, mais il s'était engagé à satisfaire à tous mes besoins.

— L'argent ne sert à rien, affirmait-il, quand on a son nécessaire.

J'avais mon nécessaire de soupe à la tomate, de couscous, de tripes au cumin, de merguez. Ma mère avait acheté un livre pour apprendre les recettes algériennes. Ce qui ne l'empêchait pas de pratiquer les auvergnates : le *rapoutet*, qui est le talon d'un jambon salé cuit avec des légumes, la pompe aux pommes, les merveilleuses guenilles. Excellente cuisinière, elle aurait pu servir dans les restaurants. J'avais aussi mon nécessaire de vêtements, de chaussures, de casquettes.

— Est-ce qu'il te manque quelque chose ? me demanda un jour mon supérieur.
— Oui, un véhicule, un moyen de transport.
— Nous avons la camionnette.
— Un véhicule particulier. Un scooter.
— Qu'est-ce que c'est que ça ?
— Une sorte de moto, en plus léger. Avec une place derrière. Tu pourrais t'y asseoir.
— Combien ça coûte ?
— Je me renseignerai. Doit y avoir de bonnes occasions.

Il hésita, secoua la tête dans tous les sens, se disant à lui-même oui, non, pourquoi pas. Il finit par me donner son accord de principe. Je me mis en quête de l'objet désiré. Même si l'on en voyait peu dans les rues thiernoises à cause de leur déclivité, le scooter était depuis longtemps à la mode chez les jeunes bourgeois ; fabriqué en Italie sous le nom de Vespa, qui signifie « guêpe », parce qu'il avait la taille fine.

Albert m'accompagna chez divers marchands de la ville haute et de la basse ; se fit expliquer le fonctionnement de la machine ; marchanda longuement les prix ; finit par accepter un engin « presque neuf, avec six mois de garantie ». Le vendeur nous en fit la démonstration en nous emmenant l'un après l'autre sur le siège arrière.

— La Vespa convient spécialement aux amoureux : le garçon devant, la fille derrière qui le tient embrassé. Comme dans le film *Vacances romaines*, avec Gregory Peck et Audrey Hepburn.

Nous gravîmes les rues les plus escarpées, dévalâmes les plus vertigineuses, la trouille au ventre, franchîmes les ponts qui enjambent la Durolle.

— Qu'est-ce que vous en pensez ? nous demanda le vendeur finalement.

— Tirez-en cinq mille francs (il parlait toujours en anciens) et on l'emmène.

L'homme en tira trente francs nouveaux, l'affaire fut conclue. Je m'assis sur le siège principal, mon père prit place derrière, m'embrassant comme Audrey Hepburn. Nous regagnâmes la rue Lasteyras à petite allure. Comment dire la stupeur de Joséphie lorsqu'elle vit cet équipage s'arrêter devant *Chez Ahmed* ? Très vite, les passants formèrent cercle autour de nous. D'un air important, je répétai les explications du vendeur : la manette du débrayage, celle des vitesses, la poignée de l'accélérateur... Je proposai à ma mère de l'emmener aussi en promenade. Elle refusa, disant qu'elle avait monté un âne dans sa jeunesse, que cette expérience lui suffisait.

Je fis la même proposition à Saïd, qui accepta. Farceur comme j'étais, je n'eus qu'une pensée : lui flanquer une trouille mémorable. C'était un homme tranquille, peu bavard, originaire de Sétif. Sur la route de Pont-de-Dore, qui est droite comme un *i*, je tournai au maximum la poignée des gaz. Saïd me tenait embrassé. Je l'entendis gémir :

— Doucement !... Doucement !

Raison pour laquelle j'accélérai un peu plus. Nous franchîmes le pont comme un bolide. Arrivé au carrefour de Courpière, je ralentis enfin. Je fis demi-tour. Nous revînmes plus doucement. Je demandai à mon passager :

— *La bess ?* Ça va ?

— *La bess.*

Mais quand il mit pied à terre, je vis bien, à sa façon de marcher, que ça n'allait pas fort. Il regagna sa chambre, pour y quitter le pantalon qu'il avait emmerdé. Jurant qu'il ne monterait plus sur cette diablerie.

— Tu vaux peu ! me dit ma mère.

C'est vrai que je valais peu.

Le scooter transforma ma vie. D'abord, j'exigeai que mon patron m'accordât chaque semaine un jour de congé, car l'épicerie était ouverte sept jours sur sept, de huit heures du matin à huit heures du soir. Malgré les lois et les règlements qui imposaient une fermeture hebdomadaire. Nous échappions à leur rigueur parce que le chef de la police municipale, monsieur Rouel, fermait les yeux sur nos entorses. En compensation, il recevait des parts de couscous qu'il emportait au crépuscule sous sa cape. Je menaçai mon père de le quitter s'il me refusait ce congé. Il s'y résigna. Restait à en fixer le jour. Nous nous accordâmes sur le dimanche.

Second point : un congé sans argent, ça n'a pas de sens. J'obtins cent francs pour ma journée. Ainsi muni, je partis à la découverte de l'Auvergne, cette province où j'étais né et que je connaissais aussi peu que la Kabylie.

— Tu me raconteras ce que tu as vu, me recommanda ma mère.

De toute son existence, elle n'était jamais allée plus loin que Pont-de-Dore, à une lieue de la Vidalie. Au cours de mes escapades, je vis tant de choses que j'avais de la peine à les relater. Lezoux et ses potiers. Vollore et son château. Courpière et sa tour du More. La chaîne des Puys toute pareille à une caravane de dromadaires, chacun avec sa bosse parfois creusée d'un trou plein de diables.

— De diables ? Tu les as vus ?

— Comme je te vois. Je les ai poursuivis, j'en ai attrapé un par la queue. Mais il a tiré, je n'ai pu le retenir. Je n'ai pas dit mon dernier mot. La prochaine fois, j'espère pouvoir te le rapporter.

— Un diable ? Et qu'est-ce que je pourrai en faire ?

— Ça peut toujours servir. Notamment pour déplacer des caisses lourdes ou des tonneaux.

— Tu te moques de moi. Tu me racontes des mensonges. Tu vaux peu.

A beau mentir qui vient de loin. L'intérêt principal de la Vespa, comme j'ai dit, c'est qu'elle peut transporter deux personnes. Il me fallait trouver un cavalier d'appoint. Je choisis mon cousin Sylvestre. Fils de mon oncle Florent et de sa femme Céline, il était né en 1946, donc six ans après moi. Il étudiait au lycée technique Jean-Zay, que les Thiernois avaient longtemps appelé école de coutellerie, mais dont l'ambition dépassait la fabrication des lames. On pouvait même y préparer le concours d'entrée dans une école d'arts et métiers. J'étais en très bons termes avec ce cousin, un peu timide comme tous les garçons de la montagne. Je lui proposai de m'accompagner un dimanche afin d'aller rendre visite aux diables qui résident dans la chaîne des Puys. Il accepta d'enthousiasme.

Quand nous y fûmes, nous distinguâmes très vite la trace de leurs pieds fourchus ; mais nous eûmes beau les appeler, aucun ne voulut paraître. Le spectacle autour de nous était d'une beauté indescriptible. Les mots me manquent, je ne suis qu'un pauvre godenot. Sur les flancs de tous ces dromadaires, des pucerons blancs, qui étaient en fait des troupeaux de brebis ; on entendait le chant de leurs clochettes.

Nous eûmes même le privilège de nous mêler à l'un de ces troupeaux et de converser avec le berger, identifiable à sa houlette, à ses guêtres de toile, à son grand chapeau noir. Après quelques mots de présentation, nous lui révélâmes que nous étions à la recherche des diables qui habitent ces grands trous.

— Oui, jadis, il y en eut beaucoup par ici, confirma-t-il. Mais il reste si peu de clientèle qu'ils sont partis.

— Partis ? Pourquoi donc ?

— Vous n'ignorez pas qu'ils se nourrissent d'âmes damnées. Là où il n'y a plus d'hommes, il n'y a plus d'âmes.

— Où sont-ils allés ?

— A Clermont, à Lyon, à Marseille, à Paris, où fourmillent les âmes damnées.

— Comment les reconnaissent-ils des autres ?

— Ils ont le flair. Si vous voulez en rencontrer, allez plutôt place de Jaude, à Clermont.

Nous avons remercié et nous sommes éloignés. Avant de remonter sur notre cheval mécanique, nous avons fait une tournée de prospection, de bosse en bosse. Ce sont des volcans inoffensifs, ils ne crachent plus le feu. Leur nombre est indéfini. Certains vulcanologues disent cent vingt, d'autres deux mille. Il paraît qu'il en existe de petits qui n'ont pas encore de nom. Je rêvais d'en découvrir un, de l'appeler puy Crocus, de l'emporter dans ma musette. Nous avons fouillé à quatre pattes, sous les noisetiers, dans les haies, dans l'herbe haute. Rien, si ce n'est quelques champignons, même pas comestibles. D'autres touristes, probablement, étaient passés avant nous, avaient cueilli et enlevé ces volcanetons anonymes. Pour ne pas revenir à Thiers complètement bredouilles et pour prouver que nous avions bien visité la chaîne des Puys, nous avons ramassé quelques pierres rousses tordues. De retour rue Lasteyras, je les montrai au pharmacien de la rue du Bourg, un homme instruit sur toutes choses, qui me dit :

— Ce sont des bombes volcaniques. Les paysans des environs les appellent « larmes de volcans ».

Je fus très surpris que les volcans eussent la faculté de pleurer. Malheureusement, dans les mois qui suivirent, j'eus l'occasion de verser toutes les larmes de mon corps.

Au lycée technique, Sylvestre faisait des études absorbantes. Pour l'en distraire, je l'emmenais chaque dimanche sur ma Vespa. Je lui permis même de prendre la place du guidon, tandis que je m'asseyais en croupe. Ce fut mon tour d'éprouver quelque frayeur lorsqu'il tournait un peu trop la poignée des gaz. Je lui criais dans l'oreille :

— Tu vas nous tuer !

Il riait de ma terreur. En ce temps-là, la vitesse sur nos routes était sans limite. De temps en temps, nous écrasions une poule. Nous entendions derrière nous les malédictions de la paysanne. Nous valions peu. Nous sommes allés de la sorte jusqu'à Vichy, où nous avons acheté des pastilles. Jusqu'à La Palisse, pays des vérités. Jusqu'à Moulins, voir son jacquemart. Jusqu'à

Gannat qui a pour emblème un chardon ! « Qui s'y frotte s'y pique, si gant n'a. »

Et soudain, sans avertissement, ce fut le malheur.

Un dimanche, Sylvain me demanda de lui prêter le scooter afin d'emmener en promenade Sabrina, sa petite copine :

— La fille de notre concierge. Elle a mon âge. Je crois qu'elle m'aime un peu. Je voudrais lui faire le coup des *Vacances romaines*.

Comment refuser ? Je recommandai seulement la prudence et imposai l'heure du retour : à cinq heures au plus tard. Je lui tendis la main, qu'il claqua de la sienne.

Les voilà partis sur la nationale 89, en direction de Lezoux. Mon patron profita de la situation pour me préposer tout seul au comptoir *Chez Ahmed*. Un dimanche, il vint peu de monde. Je vendis trois kilos de semoule, des oranges, des figues sèches. Pour passer le temps, je relus quelques pages de *L'Autre Monde*, mon livre préféré. J'imaginais le voyage de Sylvestre et Sabrina. Je les voyais s'égarer dans les bois et regarder, comme on dit, longtemps la feuille à l'envers.

A cinq heures, personne.

A cinq heures trente, personne.

A six heures, personne. Le jour baissait, la nuit menaçait de tomber. L'angoisse me serrait la gorge. Je me promis de ne plus jamais prêter la Vespa à qui que ce fût.

A six heures et quart, un fourgon, descendu de la rue du Bourg, s'arrêta au débouché de la rue Lasteyras. Deux gendarmes en descendirent, vinrent tout droit *Chez Ahmed*.

— Vous êtes Henri El Boukhari ?
— Oui monsieur.
— Nous vous rapportons un objet qui doit vous appartenir, d'après le numéro de la plaque.

Ils ouvrirent la porte arrière du fourgon, en tirèrent l'objet : mon scooter tout cabossé, le guidon tordu. Je crus que mon cœur s'arrêtait. Le gendarme expliqua :
— Un accident. Dans les virages de la Malegoutte, entre Pont-de-Dore et Lezoux. Excès de vitesse. Dérapage. Le conducteur est à l'hôtel-Dieu de Clermont. La demoiselle n'a pas grand mal, nous l'avons ramenée chez elle... Le scooter, lui... voyez vous-même.

La Malegoutte, un nom sinistre : la Mauvaise Vallée. Sylvestre n'avait pas suivi ma recommandation de sagesse. Je devinai qu'il avait voulu épater sa copine. Quelques jours auparavant, il m'avait demandé de le photographier à cheval sur la Vespa, dans l'attitude de Gregory Peck. Inutile de dire la consternation de la famille, de la rue, du quartier. Le scooter se trouvant invalide, je ne pouvais me rendre à Clermont que le lendemain, par l'autobus départemental.

Arrivé dans ma chambre, je voulus regarder le portrait, sur ma cheminée, du cousin Sylvestre en Gregory Peck. Pour lui parler, pour lui reprocher sa présomption. Avec surprise, je constatai que le petit cadre était renversé. Effet d'un courant d'air ? D'un geste maladroit de ma mère ? J'en reçus un autre coup dans la poitrine. Je le redressai.

Cette nuit-là, me sentant responsable de l'accident, je ne dormis pas une seconde. L'autobus me déposa place de Jaude. Je courus jusqu'à l'hôtel-Dieu, dont la façade noire barrait la rue Georges-Clemenceau. Le gardien me répondit que le jeune Sylvestre Néron, en salle de réa, n'était pas visible.

— Téléphonez avant de revenir.

Je regagnai Thiers avec une pierre à la place du cœur. Je dus attendre douze jours l'autorisation nécessaire. Dévoré d'angoisse et de remords, me rappelant que j'avais été baptisé, j'eus l'idée d'entrer de nouveau dans l'église Saint-Genès. J'errai dans la pénombre de ce lieu, ne sachant que faire, à qui m'adresser. Dans une chapelle latérale, je fus accueilli par une statue que j'identifiai sans peine : celle de la Mère de Jésus, dans sa robe blanche, sous son voile bleu, les mains ouvertes et tendues, comme pour donner ou recevoir. Sur le socle, en lettres d'or, son identité : *Notre-Dame de Tous Pouvoirs*. Tout près, un carton où figurait l'illustre prière de saint Bernard que l'aumônier de l'hôtel-Dieu avait aussi proposée à ma tante Céline. « Souvenez-vous, ô très pieuse Vierge Marie, qu'on n'a jamais ouï dire qu'aucun de ceux qui ont eu recours à votre protection, imploré votre secours et demandé vos suffrages, ait été abandonné… »

Je me mis à genoux, je fis le signe de croix, je suppliai aussi Marie de sauver mon cousin. Tous les matins, pendant les douze jours d'attente, je répétai cette visite et cette prière. J'en vins à la savoir par cœur. Ainsi, nous étions deux, ma tante et moi, en des lieux différents, à en assourdir Notre-Dame de Tous Pouvoirs.

Notre épicerie ne disposait pas de téléphone. Pour prendre contact avec l'hôtel-Dieu, je devais me rendre au bureau de poste. Enfin, je pus retourner à Clermont. Dans l'autobus, tout le long du chemin, je prononçai dans ma tête la prière de saint Bernard.

Une infirmière m'apprit que deux personnes, le père et la mère de l'accidenté, se trouvaient en visite dans la salle de réanimation.

— Attendez qu'elles sortent. Cela ferait trop de monde.

Assis sur une banquette, je patientai près d'une heure. Me rappelant que moi-même, après ma chute du pont de Saint-Roch, j'avais vécu une période de demi-mort. Espérant que la Vierge m'entendrait et porterait secours à Sylvestre.

Oncle Florent et tante Céline parurent enfin. Ils me reconnurent, me dirent très froidement : « C'est toi ? », sans m'embrasser. Eux aussi me tenaient pour responsable.

J'entrai dans la salle de réa. J'y trouvai Sylvestre tout nu, les yeux clos, le corps bardé de fils et de tubes. Sous un pansement, une canule lui sortait de la gorge. On m'apprit qu'il s'agissait d'une trachéotomie, qui avait pour but d'ouvrir la trachée afin de rétablir l'entrée de l'air dans l'appareil respiratoire.

— Sans cette opération, il mourrait d'asphyxie. La chute lui a abîmé le larynx.

Je demandai si l'on espérait le guérir. Oui, mais il faudrait du temps. Je restai sans doute une demi-heure près du lit, silencieux, écoutant les informations que l'infirmière me chuchotait.

— Est-ce qu'il ouvrira bientôt les yeux ?
— Sans doute.

Des mots me tourbillonnaient dans la tête, trépanation, imprudence, vitesse excessive, Malegoutte. Jusqu'à ce qu'on me dise :

— Il vaut mieux que vous partiez. C'est assez de visites pour aujourd'hui.

Je l'embrassai sur la joue, entre deux tubes. Dans la salle d'attente, je retrouvai la tante et l'oncle.

— Qu'est-ce que tu as fait, me demanda Florent, de ta saloperie de machine ?

— Elle est à la ferraille.

— J'espère qu'elle y restera.

— Je vous le jure.

— Sinon, je me charge de la bousiller.

Il leva un poing menaçant. En vérité, le scooter n'avait pas trop de mal. Néanmoins, je résolus de ne plus m'en servir tant que mon cousin ne serait pas tiré d'affaire.

Je refis le voyage Thiers-Clermont deux fois par semaine. Un jour, je trouvai Sylvestre les yeux ouverts. Je lui demandai s'il me reconnaissait. Il répondit « oui » des paupières. La semaine suivante, il prononça mon nom. Il dit même quelques mots :

— Où suis-je ?

— A l'hôtel-Dieu de Clermont. Mais tu vas bientôt sortir.

Contrariée par la canule, sa voix était faible et rauque.

Enfin, il quitta la salle de réa pour un morceau de dortoir que des paravents séparaient du reste. Ces pauvres cloisons n'empêchaient pas d'entendre les malades voisins gémir, tousser, cracher. Les hôpitaux n'étaient pas encore « humanisés » comme ils le furent plus tard. Je lui racontai l'accident. Il me demanda des nouvelles de Sabrina, sa passagère.

— D'après la gendarmerie, elle n'a pas grand mal. Sans doute viendra-t-elle te voir.

Elle ne vint pas. Chaque jour, il l'espérait vainement.

Quelques semaines encore, et il put quitter l'hôtel-Dieu, à condition d'y rentrer chaque soir. Sa canule toujours en place, dissimulée. Bras dessus, bras dessous, nous fîmes des promenades dans Clermont. En terrain plat si possible. Le jardin Lecoq nous offrait ses ombrages, ses pelouses, sa roseraie, son bassin où nageaient des cygnes. Les autres flâneurs regardaient avec étonnement le couple que nous formions.

— Ils nous prennent pour des pédés, chuchotai-je à Sylvestre.

— Ne me fais pas rire, me répondit-il en portant une main à sa gorge.

Ou bien nous entrions dans un café de la rue Ballainvilliers. Peuplé d'étudiants qui s'entretenaient en français, en anglais ou en espagnol. Amis ou amants.

— Tu crois que Sabrina m'a oublié ?

— Peux pas répondre. Mais si c'est oui, tu trouveras une autre fille. L'accident ne t'a pas abîmé. Tu es jeune et beau.

— Avec un tuyau sous le menton ?

— Bientôt, on te l'enlèvera. Le trou se cicatrisera, il n'y paraîtra plus.

Je demandai un jeu de cartes, nous fîmes une partie de belote. Il avait toujours des annonces formidables et me battit à plate couture. Après quoi, nous marchâmes encore un peu, à petit train. Jusqu'au moment où je le ramenai dans son morceau de dortoir. Je rencontrai le docteur N... qui l'avait opéré. Un petit vieux, chauve et rondouillard, très pressé, qui n'aimait pas visiblement renseigner les familles de ses patients. Je réussis tout de même à lui poser dans un couloir cette question :

— Quand pensez-vous lui enlever sa canule ?

— Mercredi prochain, dans quatre jours.

Puis il disparut. Je transmis la bonne nouvelle à mon cousin. Il en rougit de plaisir. Nous nous dîmes au revoir, à mercredi. Arrivé à la porte, je me retournai, lui fis encore de la main un signe d'affection. J'allai reprendre mon autobus départemental.

Ce furent quatre jours d'une impatience joyeuse. Sachant l'affection que je portais à mon cousin, mes parents me laissèrent toute liberté d'aller le voir. Saïd faisait les transports et les livraisons. Le jour convenu, j'arrivai à l'hôtel-Dieu sur les trois heures. Le concierge, qui me connaissait bien, me fit signe de passer. Après les longs corridors parfumés à l'éther et au chloroforme, j'arrivai à l'emplacement de Sylvestre. Surprise : il était vide. Le lit refait semblait l'attendre. C'est alors qu'une infirmière m'aborda pour me dire que le docteur N... désirait me parler.

— A moi ?

— Oui, à vous.

Elle me dirigea vers un cabinet spécial, meublé seulement de quelques chaises. Après un moment d'attente, le chirurgien rondouillard, vêtu de sa blouse blanche, parut. Il me salua, s'assit en face de moi et, se frottant les mains comme une mouche frotte ses pattes, entreprit de me faire un cours sur la trachéotomie et ses effets, la trachéosténose, la trachéorragie, auquel je ne compris pas grand-chose. Pour arriver à cette conclusion fort claire :

— Lorsque je lui ai retiré la canule, avec toutes les précautions voulues, votre cousin est tombé en syncope.

— En syncope ?... On en sort !

— Je lui ai fait une piqûre d'un produit qui coûte un million de francs. Je parle en anciens… Malheureusement, cette piqûre n'a pas produit l'effet escompté.
— Vous voulez dire que… ?
— Vous m'avez compris.
— … qu'il est décédé ?

Le chirurgien approuva de la tête, n'osant prononcer le mot. D'abord, je restai muet, glacé, refusant de croire qu'on pût mourir à dix-sept ans à cause d'un tuyau de plastique de quatre sous, retiré par un médecin chauve renommé pour sa compétence, alors que le malade avait tapé une belote avec moi quelques jours plus tôt. Puis je sentis les larmes sourdre de mes yeux, ruisseler sur mes joues, couler sous mon menton. Le médecin compétent me demanda si je désirais voir sa victime. Non, je ne voulais pas voir Sylvestre mort, je voulais garder de lui des souvenirs vivants.

— Et maintenant, qu'est-ce que je dois faire ?
— Appelez les parents de votre cousin. Au moins le père. Le bureau lui indiquera les démarches. Le corps peut attendre. Il est au frais.

Il se leva, esquissa une courbette, s'en alla en murmurant :
— Toutes mes condoléances.

Quand je fus de retour à Thiers, quand j'eus informé mes parents et envoyé un télégramme à l'oncle Florent, je courus à l'église Saint-Genès pour dire à la Vierge Toute-Puissante ce que je pensais d'elle :

— Ou bien vous n'avez aucune puissance. Ou bien vous êtes sourde du cœur et des oreilles. Ou bien vous n'existez pas, vous n'avez jamais existé, vous n'êtes qu'une invention des prêtres. De toute façon, je ne veux plus vous connaître.

Je ressortis sans génuflexion, sans signe de croix. Comme j'allais traverser la place, à hauteur de la Caisse d'épargne, je ressentis une sorte d'élancement sous mes côtes à droite. Je l'avais éprouvé d'autres fois, je savais que j'allais entrer en dispute avec Anastasie, ma conscience.

— Encore toi ! Ne pourrais-tu me ficher la paix en des circonstances aussi douloureuses ?

— Faut tout de même que tu te rendes compte.

— Rendes compte de quoi ?

— La Vierge a pu intervenir dans les commencements. Sylvestre était presque guéri. Vous avez ensemble tapé le carton.

— Oui, mais après ?

— Après, c'est le chirurgien qui a tiré sur la canule qui a provoqué le décès.

— La Vierge aurait pu le retenir !

— Si la Vierge devait réparer toutes les bêtises que les hommes commettent ! Ils ont reçu la liberté. Les uns l'appliquent à bon usage, d'autres à mauvais. La Vierge n'y peut rien. La Vierge est républicaine : liberté, égalité, fraternité.

L'oncle Florent prit un taxi et, sans regarder à la dépense, chargea dedans sa femme Céline et se fit transporter à Clermont. Une musette dans son dos contenait probablement un casse-croûte, car il faut tout prévoir. Je n'étais pas de ce voyage, j'ai su la suite par les récits qu'on m'en a faits. Premièrement, à l'hôtel-Dieu, il demanda à voir le corps de son fils. On le conduisit au sous-sol, dans une sorte de crypte où étaient alignés sous leurs draps plusieurs décédés. Aux pieds de chacun, une étiquette. Il lut *Sylvestre Néron*. Le gardien souleva le drap. Florent se pencha sur le visage cyanosé de son garçon, l'embrassa sur le front et sur les joues, lui parla à l'oreille. Il remonta de cette cave et manifesta le désir de s'entretenir avec le docteur N... Il dut attendre une bonne heure dans le cabinet où, précédemment, j'avais été moi-même reçu. Le chirurgien rondouillard, toujours protégé par la blancheur de sa blouse, finit par se montrer. Devant mon oncle qui le considérait d'un œil noir, il répéta son cours de trachéotomie, son injection à un million de francs anciens. Après l'avoir écouté avec patience, Florent demanda :

— C'est bien vous qui avez retiré la canule ?
— Forcément. J'en avais la responsabilité.
— Alors, qu'est-ce qui s'est passé ?
— Une syncope. Un arrêt du cœur.
— La cause de cet arrêt du cœur ?
— Une défaillance respiratoire, sans doute.
— Donc, vous avez enlevé la canule trop tôt. Ou maladroitement.
— Je refuse ces accusations. Il y a trente ans que je pratique la trachéotomie...
— Vous ne ferez plus de victimes.

Florent se leva, sortit de sa musette un pistolet allemand, pris dans l'arsenal de son père, un énorme objet noir portant sur le flanc la devise *Si vis pacem para bellum*[1]. En même temps, il saisit le chirurgien par une oreille, lui appliqua la bouche de son arme sur l'autre tempe.

— Qu'est... qu'est... qu'est... ? bredouilla le docteur N..., terrorisé.

---

[1] Si tu veux la paix, prépare la guerre.

— Descendez avec moi jusqu'à la cave où dort mon fils. Sans un geste, sans un appel. Sinon, par-derrière, je vous envoie six pruneaux dans les reins.

Ainsi fut fait. Le gardien leur ouvrit la porte sans s'apercevoir de rien.

— Laissez-nous un moment, commanda mon oncle, d'un ton si farouche que l'autre n'osa insister.

Ils furent alors tous deux près de la dépouille. Florent découvrit son visage. Puis il se tourna vers N..., criant :

— A genoux ! Demandez-lui pardon à genoux !

— Mais... mais... je ne suis pas responsable... La fatalité...

De nouveau, la bouche du parabellum lui baisa la tempe. Le chirurgien s'agenouilla, joignit les mains dans la position du repentir et prononça :

— Sylvestre... je vous demande pardon... de n'avoir pas pu... de n'avoir pas su vous soigner comme j'aurais dû le faire. Je n'ai été qu'un incapable. Je vous en demande pardon... du fond du cœur.

Il resta longtemps dans cette posture contrite, tête basse, s'attendant à recevoir une balle dans la nuque. Florent put discerner qu'il murmurait le *Je vous salue*... C'était un homme pieux. Rien d'autre ne se produisit.

— Vous pouvez vous relever.

Difficilement, car cette pénitence prolongée lui avait raidi les rotules, il se redressa, s'appuyant au brancard du défunt. Avec surprise, mon oncle s'aperçut que ses grosses joues étaient mouillées. Repentir ? Humiliation ? De nouveau, Florent baisa le visage de son fils, et il quitta la chambre froide.

Les obsèques civiles eurent lieu quatre jours plus tard. Sylvestre fut enterré dans le cimetière Saint-Jean où la famille Néron avait une concession à perpétuité.

L'oncle Florent vécut des semaines de rage et de désespoir. Il essaya de s'apaiser en battant la campagne, fusillant tout ce qui bougeait, écureuils, lapins, chats, merles, alouettes. Il abandonnait dans l'herbe son gibier mort.

Le facteur Favier, qui habitait Membrun et en descendait chaque matin pour assurer son service aux environs de Thiers, entra *Chez Ahmed* et nous apporta la nouvelle :

— J'ai l'ennui de vous apprendre que votre parent, Florent Néron, s'est tiré.

— Il s'est tiré ? Quand donc ?

— Hier, avec son parabellum. Une balle dans la bouche. Ça ne pardonne pas. Au lieu de descendre dans la cuisine manger la soupe, il s'est tiré. Sa femme, son père, sa mère ont entendu l'explosion. Il a pas pu supporter la mort de son fils Sylvestre.

Et de deux ! Je me sentis responsable de la mort du père et du fils. J'entrai dans le garage où mon scooter reposait, tout cabossé. Près de là, appuyée au mur, une barre de fer offrait ses services. Je la pris à deux mains. Et dzim ! dzim ! dzim ! sur la selle, sur le siège arrière, sur le guidon, sur le moteur, sur les roues.

— Responsable toi aussi ! Saleté de scooter ! Machine à tuer le monde ! Tu ne tueras plus personne ! Plus personne !

Au vacarme, mon père accourut :

— Qu'est-ce que tu fais ?

— Je punis la Vespa. C'est elle qui a tué Sylvestre et à présent Florent. Elle ne tuera plus personne.

— Moi aussi je suis responsable puisque je t'ai permis d'acheter cette saloperie. Et aussi celui qui l'a fabriquée. Et celui qui l'a vendue. Et celui qui a planté une borne au pont de la Malegoutte. Et ceux qui ont tracé la route. Le monde entier est responsable. Est-ce que tous ces gens doivent se détruire ?

Le camion nous a transportés jusqu'à Membrun pour soutenir la famille. Chez les Néron, tout le village était rassemblé. Le pauvre Florent reposait sur le lit de sa chambre, endimanché. On lui avait enfilé ses souliers neufs. Un pansement lui recouvrait la bouche et la nuque pour dissimuler les trous de la balle. Toute la maison était en gémissements. Seul notre grand-père le vieil Antonin, à demi paralysé, se tenait immobile et muet dans son fauteuil de rotin, les bras sur les accoudoirs, la tête secouée d'un branlement sénile. La plus bruyante était grand-mère Mélina, violée jadis par on ne sait qui, violée à présent par les morts successives de son petit-fils et de son fils.

— Et moi, maintenant, qu'est-ce que je vais faire ? demandait-elle en regardant les présents, attendant une réponse. Comment que je pourrai encore vivre avec ces deux malheurs dans l'estomac ? Dites-moi comment ?

Les larmes jaillissaient de ses yeux comme les fils d'eau tombent de la pomme d'arrosoir. Les autres personnes, ne sachant que répondre, se contentaient de la prendre dans leurs bras. De temps en temps, elle désignait l'invalide dans son fauteuil :

— Si la garce de mort avait besoin de quelqu'un, est-ce qu'elle aurait pas mieux fait de prendre cette vieille baderne, qui ne sert plus à rien ni à personne ?

Antonin approuvait de la tête et des babines :

— Pour sûr... Pour sûr...

Une morve coulait de son nez, qu'il essuyait avec sa manche. Joséphie, sa fille aînée, lui fit la charité de chercher un mouchoir, de le torcher. Grand-mère Mélina finit par m'adresser les reproches que j'attendais, que j'étais venu intentionnellement recevoir.

— Si tu n'avais pas prêté ta moto à ce pauvre Sylvestre, il serait au milieu de nous.

Je baissai la tête, parce que c'était vrai.

— Je l'ai détruite. Elle ne peut plus servir.

Mélina leva la main, j'attendais une gifle ; mais c'était pour décrocher deux saucissons pendus à la poutre. Elle les posa sur la table, ajouta un couteau, sortit un chanteau de pain :

— Mangez une bouchée, si vous avez faim.

Je dois le reconnaître à ma grande honte : les deuils ne me coupent pas l'appétit. Je n'irai pas toutefois jusqu'à prétendre qu'ils m'en donnent. La nourriture est pour moi une sorte de refuge. Tous les présents se regardaient sans oser faire le premier geste. C'est moi qui le fis en me découpant une tranchette. D'autres m'imitèrent. On entendit le gnaquement des mâchoires. Les hommes se versèrent du vin, se sucèrent les moustaches ou les essuyèrent avec le dos de la main. La *goulade*[1] faisait partie des rites funéraires. Le fromage et le saucisson servis exprimaient

1. Le repas.

les remerciements de la famille et, sans atténuer le chagrin général, le faisaient oublier quelque peu. Une fois repus, les étrangers se levèrent un à un et prirent congé.

Les funérailles étaient prévues pour le surlendemain. Florent irait rejoindre son fils au cimetière Saint-Jean. La grand-mère nourrissait des sentiments religieux poussés. Elle fut donc très chagrinée quand le représentant des Pompes funèbres générales vint l'informer que le curé refusait de recevoir dans son église le corps de Florent parce qu'il résultait d'un suicide.

— Et si je paie un supplément ?
— Même chose.
— Adressez-vous au curé de Saint-Genès.
— Pas la peine. Nous connaissons déjà sa réponse. Ce sera non. Pour le même motif.

Florent n'eut donc droit ni à la bénédiction, ni au curé, ni aux cloches. En compensation, Mélina exigea un corbillard de première classe, avec les caparaçons sur le cheval, les aiguillettes, le bicorne du cocher et tous les accessoires. On aurait dit l'enterrement d'un ministre.

Le métier de médecin est difficile. Le même docteur N... dont la maladresse avait provoqué le décès de mon cousin faillit perdre la vie pour un cas inverse. On lui avait apporté un vieil homme qui en était à ses derniers souffles, rongé par l'emphysème pulmonaire. Ses deux fils, charbonniers à la Muratte, l'avaient descendu à Clermont dans leur camion en même temps qu'un chargement de charbon de bois pour les usines Michelin. Cela s'appelle faire d'une pierre deux coups. Au pied du lit où leur père agonisait, ils exposèrent leurs sentiments au médecin :

— Vous tracassez pas pour le vieux. On voit bien qu'il est foutu. La nuit, dans la chambre où nous couchons tous les trois, il arrêtait pas de râler, de tousser. Y avait pas moyen de fermer l'œil. Alors, vous tracassez pas si son moment est venu. On vous laisse notre adresse pour le cas où.

Les deux frères remontèrent à la Muratte faire cuire leur charbon. Ils s'attendaient tous les jours à recevoir une dépêche funéraire. Rien dans la semaine. Rien la semaine suivante. Est-ce que le médecin avait oublié de les avertir ?

Ils remplirent leur camion d'un autre chargement et reprirent la route de Clermont. Et à l'hôtel-Dieu, que trouvèrent-ils ? Le père sur son lit en train de bavarder avec un autre malade. Ils n'en crurent ni leurs yeux ni leurs oreilles.

— Vous voilà donc ? fit le vieux. Je suis content que vous veniez me chercher. Je commençais à m'ennuyer.

— Celle-là est forte ! Elle est forte, celle-là ! firent les deux gars.

Ils cherchèrent le docteur N..., responsable, pour lui demander des explications.

— Bon Dieu de bon Dieu ! jura l'aîné. On vous amène le vieux quasiment foutu. Et voilà qu'on le retrouve frais comme une rose !

— Oui, je lui applique un nouveau remède qui nous vient d'Amérique et qui coûte un million de francs. Voyez le résultat : il respire normalement.

— Mais bordel de bordel ! jura le cadet. Si on vous l'a amené, c'était pas pour la guérison. C'était pour qu'il casse sa pipe sans histoire, avec votre aide. Si on avait su, on l'aurait laissé crever chez nous. On vous l'a apporté par humanité.

— Et maintenant, demanda l'aîné, qu'est-ce qu'on va en faire ?

— Eh bien ! Vous allez le charger sur votre camion et le remonter à la Muratte.

— J'ai bien envie, fit le cadet en consultant son frère des yeux, de vous foutre un marron sur la gueule. Qu'est-ce que t'en dis, Ernest ?

— Parce que j'ai remis sur pied votre père mourant ?

— Il avait la mort entre les dents, et vous la lui avez enlevée ! Sauf votre respect, vous êtes rien qu'une pauvre andouille. Vous connaissez pas ce qui convient aux malades en fin de vie. Celui-là allait être débarrassé de nos misères, et vous les lui rendez !

— C'est… c'est mon métier.

— Vous croyez peut-être qu'on va vous payer un million ?

— Je vous demande rien.

— Ce marron, questionna le cadet, je le lui mets ou je le lui mets pas ?

— Laisse tomber. C'est un pauvre type. Y a pas d'espérance. Il restera nul jusqu'au bout.

Les deux frères soutinrent leur père sous les aisselles, l'installèrent sur le siège du camion et le remontèrent à la Muratte. La mort est capricieuse comme une chèvre : elle vient quand on ne la veut pas, elle ne vient pas quand on l'appelle.

Cette année-là fut maudite entre toutes. Elle produisit trois décès dans ma famille, celui de Sylvestre, celui de Florent, celui de ma Vespa. Un quatrième, et il nous touchait d'assez près, frappa le pauvre Simon Banière, dit Cacahouète, invité à toutes les noces locales afin de débiter son monologue, « Le chieur de large du Cantal ». Emporté subitement par une crise cardiaque, à soixante-trois ans, lui qui avait fait mourir de rire tant de monde. Bon chrétien, il passa par l'église Saint-Genès avant d'aller s'enterrer aux Limandons. Nous étions tous là pour l'accompagner, mon père, ma mère, ma grand-mère, mes tantes, mes cousines. Le prêtre qui célébra l'office, l'abbé Sirot, un ami d'enfance du défunt, prononça une oraison funèbre dont je me rappelle quelques éléments :

— Nous sommes ici pour dire un dernier adieu à Simon Banière, dit Cacahouète. Il se trouve que lui et moi avons eu, à Château-Gaillard, la même institutrice. Par la suite, nos destins se sont éloignés ; mais tu m'es toujours resté dans le cœur. Ton grand plaisir était de répandre la bonne humeur autour de toi en racontant des blagues. Bientôt, tu comparaîtras devant saint Pierre, portier du paradis. Il te demandera : « Quel est ton nom ? » Tu répondras : « Cacahouète. » Le portier éclatera de rire, et après lui tous les anges feront de même. Car il faut bien supposer que le séjour des Béatitudes éternelles ne doit pas donner souvent l'occasion de se désopiler. Tu débiteras quelques-uns de tes monologues et tous les saints et saintes pisseront dans leurs culottes. Mes bien chers frères, mes bien chères sœurs, remercions notre ami Cacahouète de nous avoir si souvent dilaté la rate. C'est-à-dire aidé à vivre en ce monde difficile...

Jamais je n'ai assisté à un enterrement aussi joyeux. Quelques personnes pleuraient de rire.

SECONDE PARTIE

12

Ces décès successifs me faisaient mal au cœur, à la rate, au foie. Je doutais de tout : de l'Eglise, de la Vierge Toute-Puissante, de Dieu, de l'Eternité. Et même de la moutarde en quoi je voyais un condiment trompeur destiné à couvrir les saveurs lamentables. Le commerce du couscous et des olives ne m'offrait qu'une pauvre diversion. Je me sentis le besoin de respirer. Autrement dit, d'aller voir ailleurs.

Une occasion se présenta lorsqu'une troupe originale, appelée The Lighters, autrement dit « Les Allumeurs de becs de gaz », vint à passer par Thiers. Elle s'installa sur le foirail et commença ses numéros, sous les yeux ébahis de la population. Une partie de ce spectacle était composée de « cascades », de bagnoles qui sautaient d'un tremplin à un autre, se chevauchaient, se détruisaient réciproquement. Par exemple, la 2 CV qui, sous le choc, tombe en multiples morceaux. Copiée sur celle de Bourvil dans le film *Le Corniaud*, lorsque, ensuite, il sort de la sienne le volant dans les mains, disant à Louis de Funès :

« — Après cet accident, ma voiture ira beaucoup moins vite, naturellement. »

Les Allumeurs reconstruisaient leurs châteaux de cartes écroulés.

La seconde partie offrait des jeux classiques de clowneries, d'acrobaties, de jongleries. J'assistai trois fois à leurs prouesses, pressentant qu'elles allaient changer le cours de ma vie. Bravement, je sollicitai un entretien avec le chef de la troupe. Un certain Jimmy. Je le trouvai un matin, hors du spectacle, sur le champ de foire, le buste nu, occupé à faire sa toilette dans un baquet d'eau avec l'aide d'une jeune femme, son épouse ou sa copine. Offrant un signe particulier : ce buste était couvert de tatouages multicolores, depuis la ceinture jusqu'au cou. Une œuvre d'art en vérité, figurant des animaux épouvantables, un crocodile toutes dents dehors, un gorille la gueule ouverte, un boa constrictor enroulé autour d'un enfant, deux taureaux qui s'encornaient. Effrayé par cette ménagerie, je me tins d'abord à distance tandis que la dame essuyait son mec. Il finit par me remarquer, tourna vers moi des yeux injectés de sang, questionna d'une voix de cassis-cognac :

— Tu veux quelque chose ?
— Oui. Vous parler, s'il vous plaît.
— A quel propos ?
— Je cherche du travail. Un travail qui me ferait voyager. Je voudrais en même temps apprendre le métier de clown. Mais si vous m'acceptez, en attendant, je peux aider à transporter le matériel, à faire n'importe quoi.

Jimmy, sans répondre, s'approcha de moi, me tâta les biscoteaux, les épaules, tel un maquignon à la foire tâte les cuisses d'un veau. Puis il s'adressa à sa copine en une langue étrangère qui me sembla de l'espagnol, à laquelle je ne compris rien. Pour finir :

— Reviens ce soir, à six heures. Je serai dans cette caravane.

Il désigna la première d'une ligne de quatre. Je pris congé du tatoué et retournai *Chez Ahmed*. En fin de journée, je fus présent à l'heure et au lieu dits. La caravane servait de bureau et de pièce à coucher et à manger. Un portrait de saint Jacques de Compostelle, barbu comme un sapeur, ajoutait une note de spiritualité à ce fatras de tasses, d'assiettes, de gourdes. Le maître de la troupe, qui avait recouvert son buste d'une chemise rouge, fumait un cigare gros comme un bâton de chaise. Près de lui, un adolescent mongolien regardait la scène de ses yeux obliques, sans souffler mot.

— Assieds-toi, me fit l'homme, me désignant un tabouret.

Il me dévisagea longuement, en m'envoyant des bouffées de fumée dans la figure.

— Tu veux être clown ? Fais-moi une démonstration. De ce que tu sais faire.

Un peu confus de cette demande, je réfléchis et décidai de produire un numéro d'imitations animales. Me mettant à quatre pattes, je me transformai en chien, gémissant, ou en fureur, ou aboyant à la lune. Pour donner plus de véracité à ses dents, imitant ses mâchoires de ma main ouverte, je faisais mine de mordre les pieds de la table, du lit, des chaises. Par un coup d'audace insensé, je m'approchai du mongolien et menaçai ses mollets. Le gamin recula en poussant un cri de frayeur :

— Il me mordrait bien, ce con-là !

Jimmy réagit violemment :

— Touche pas à mon fils, andouille !

Je me redressai, relevant mes pattes antérieures dans la posture du clebs qui demande pardon.

— Fais-nous quelque chose de plus marrant, exigea le maître.

Après le cabot, j'imitai le singe, ses grimaces, ses ricanements, sa façon de se chercher des puces, de les écraser entre ses dents, de les avaler en se frottant le ventre.

Puis le cochon en me fixant au derrière une queue tirebouchonnante, fouillant la terre de ma hure, grognant, couinant, reniflant, me vautrant dans la boue les quatre pieds en l'air. Et même le cochon qu'on sacrifie, il se débat, appelle au secours, pousse une clameur d'assassiné qui monte et qui descend, sinusoïdale, puis progressivement s'affaisse, finit par s'éteindre, il n'en demeure qu'un râle, enfin plus rien du tout. A ces mimétismes, le jeune mongolien voulut bien sourire, puis se fendre la pipe, pousser lui-même des couinements pour imiter l'imitateur.

Mais de nouveau, je le plongeai dans l'effroi en contrefaisant le rugissement du lion, le feulement du tigre, le glapissement du chacal, le hululement de la chouette et du loup. Et ainsi jusqu'au moment où Jimmy leva son poing velu pour dire :

— Ça suffit. Fais-moi quelque chose de différent. Sans parler.

— Le mime ? D'accord. Mais il me manque des accessoires. Un bouchon brûlé. Un chapeau melon. Une badine.

— Qu'est-ce que c'est, une badine ?

— Une canne légère.

Il fouilla dans un placard, en tira le chapeau voulu, un bouchon de liège dont il flamba une extrémité sur son briquet, une canne appropriée. Tout ce matériel semblait m'attendre dans le placard. Sous le nez, je me noircis une moustache hitlérienne ; je me coiffai du melon, fis valser la canne au bout de ma main ; je me mis à marcher en me dandinant, mes pieds formant un angle de quatre-vingt-dix degrés. Charlie Chaplin n'aurait pas mieux fait pour singer Charlot.

Troisièmement : je me coiffai d'un canotier penché sur l'oreille, j'avançai la lèvre inférieure, j'esquissai quelques pas de danse désordonnés, et je fus Maurice Chevalier à s'y méprendre.

Vint le tour de Charles Trenet, le fou chantant, roulant des yeux exorbités, le chapeau sur l'occiput. Pour finir, ce furent des anonymes. La grand-mère qui veut enfiler une aiguille, suce son fil, s'y reprend six ou sept fois. Le pêcheur à la ligne. Le chasseur de papillons.

— Stop ! cria Jimmy. On doit pouvoir faire quelque chose de toi si tu acceptes mes conditions. Pas de salaire pendant six mois. Mais tu seras logé, nourri, soigné si nécessaire. Pendant cette période, tu feras n'importe quel boulot. Même les tâches les plus dures, les plus merdeuses. Et tu seras aux ordres de Biéla.

— Qui est-ce ?

— Biélanovitch, notre clown. Il est polonais, il parle l'allemand, le russe, l'anglais, l'italien, l'espagnol, le polonais, le français. Tu auras beaucoup à apprendre. Il te montrera ses trucs et ses machins. Le jour où il me dira que tu es bon à quelque chose, je te donnerai un salaire. Proportionné. Si tu entres dans notre troupe, tu ne coucheras jamais trois nuits de suite au même endroit.

— C'est ce que je souhaite. Est-ce que je pourrai seulement, de temps en temps, avoir un petit congé pour revoir ma famille ?

— Possible. Congé payé, suivant la loi ? Mais moi je le payerai pas, car chez nous, quand on travaille pas, on reçoit rien. Je te donne cinq minutes de réflexion.

Il alluma un autre cigare et se remit à me souffler dans la figure. Je me retins de tousser. Ma décision était prise depuis longtemps. Il surveillait l'aiguille de son bracelet-montre.

— Je suis d'accord, dis-je avant la fin du délai.

— Quel âge as-tu ?

— Vingt-quatre ans.

— T'es donc majeur. T'as besoin d'aucune autorisation. Tu veux signer ?

— Je signe.

Il tendit son énorme patte, dans laquelle je plaçai la mienne. Il la serra si fort que je faillis crier. Je compris qu'il s'agissait là de la signature exigée. Comparable à la *pache* que vendeurs et acheteurs s'assènent sur nos champs de foire.

— Je dois avertir mes parents.

— Bien entendu. Sois ici demain matin au petit jour. Nous devons lever l'ancre pour Moulins. Salut.

Restait la difficile démarche : informer Albert et Joséphie de mes intentions, les expliquer, les faire accepter.

— Qu'est-ce qui t'attrape, nom de Dieu ? jura mon père. C'est au moment où je vais prendre ma retraite que tu parles de nous quitter ? J'ai toujours voulu que tu prennes ma suite. Sinon, qu'est-ce qu'on va faire de la boutique ?

— Tu la vendras. Les Sidis ne manquent pas à Thiers. Tu trouveras facilement un acheteur. Il conservera l'enseigne : *Chez Ahmed*. Avec vos économies, avec le montant de la vente, avec la retraite des vieux, vous vivrez tranquilles rue de la Paillette. Je ne vous oublierai pas, je viendrai vous voir souvent. Tu m'as parfois cité un proverbe kabyle : « Il faut bien qu'un jour les oisillons quittent leur nid. » Pour moi, le moment est venu. Je ne me sens pas le courage de passer le reste de mon existence dans le couscous.

Ma mère versa un décalitre de larmes. J'essuyai ses joues, je les couvris de baisers, je promis de lui rapporter des souvenirs de chacun de mes voyages. Elle me questionna sur le travail que je ferais dans cette équipe, je lui fournis les détails.

— Tu penses gagner ta vie en faisant le guignol ?

— Beaucoup d'autres le font. Pense aux députés, aux ministres, aux curés.

— Les curés ne sont pas des guignols. Tu es un drôle de chrétien !

— Je ne sais pas ce que je suis, mais je ne demande qu'à être drôle.

Elle comprit mal mon raisonnement. Quand je précisai que mon départ était prévu pour le lendemain, ce furent des larmes nouvelles. Rue de la Paillette, nous avons passé la nuit à préparer mon bagage. Avant le petit jour, mon sac sur l'épaule, je traversai le pont de Seychalles, je crachai encore dans la Durolle, je me hissai jusqu'au foirail – qui porte à présent le nom de place Saint-Exupéry – où la troupe des Allumeurs était en train de faire aussi ses paquets.

— Te voilà, me salua Jimmy. Y a un problème. Toutes nos caravanes sont pleines. Où vais-je t'installer ?

Il farfouilla dans sa chevelure hirsute, y trouva une solution, me la proposa :

— Dans le coffre de ma voiture, provisoirement. Une Mercedes, attention ! Y a de la place. Tu pourras même t'y allonger en levant les genoux. Je ne fermerai pas entièrement le couvercle pour que tu puisses respirer. Et admirer le paysage. Par la suite, on te trouvera un endroit plus confortable. OK ?

— OK. Et si je veux pisser ?

— On fera des arrêts.

« Tout commencement est dur », dit un autre proverbe kabyle. Je m'introduisis dans le coffre, plaçai mon sac en travers pour me servir d'oreiller. Jimmy abaissa le couvercle, le retint entrouvert au moyen d'une corde. Par le bâillement, me tenant assis, je pouvais voir le fût des platanes, la chaussée goudronnée qui filait derrière nous, et respirer le parfum du pot d'échappement. La bagnole prit la tête du convoi. C'était une Mercedes, en effet ; mais elle n'avait plus que le nom de cette marque prestigieuse. Raccommodée, rafistolée, rapetassée, munie de quatre pneumatiques différents, elle roulait en faisant des sauts de cabri à la moindre irrégularité du bitume. Six personnes occupaient les sièges. Six hommes, six poids lourds. Sans compter le mongolien sur les genoux de l'un d'eux. De temps en temps, à travers la cloison, on me criait :

— Ça va, derrière ? Tu suis ?

D'une voix de plus en plus étouffée, je répondais que je suivais, effectivement, tant bien que mal.

Lorsque Jimmy devait klaxonner, son avertisseur produisait un mugissement de vache. J'eus l'impression vague que nous quittions la ville de Thiers par la nationale 106, que nous passions sous le tunnel de la Chaupriade. Nous roulions au milieu d'un beau printemps. L'herbe des prairies était illuminée par ces fleurs que grand-mère Mélina appelait *braia de cocù*, c'est-à-dire « culottes de coucou », parce que la fleur, en effet, serrée par le fond, a la forme des culottes qu'elle portait. Sur les flancs de la colline Saint-Roch, les gamins de la Vidalie allaient en cueillir des bouquets, en chantant :

> *Cocù, cocù danse !*
> *Ta mère est en France !*
> *Ton père est pendu !*
> *Danse, danse, beau cocù !*

Le coucou est un oiseau qui a l'habitude de pondre ses œufs dans le nid d'un autre. D'où le nom qui en découle et qu'on donne aux maris infortunés. Mais pourquoi, me demandais-je dans mon coffre, ce nom de coucou-*cocù* à la primevère des prés ? Sans doute à cause de sa couleur jaune, qui est celle de la trahison. Madame Laval nous racontait que le palais du connétable de Bourbon, sur ordre de François Ier, avait été barbouillé de jaune. Et les polisseurs thiernois en grève contre leurs patrons qualifiaient de « jaunes » les non-grévistes.

Je remuais toutes ces pensées dans ma tête en regardant des tranches de paysage. Puis je ne remuai rien du tout. Puis je ne répondis plus lorsqu'un costaud de la Mercedes cogna du poing pour savoir si j'étais en bonne santé. Comme mon silence se prolongeait,

Jimmy finit par s'inquiéter. Il s'arrêta dans un parking, souleva le couvercle du coffre. Les autres l'entendirent s'écrier : « *Mierda !* », en espagnol. Ils se penchèrent sur moi, constatèrent que j'étais tombé dans les pommes après avoir vomi mon café au lait et mes croissants du matin. Ils me sortirent, m'essuyèrent, m'étendirent sur l'herbe parmi les coucous, déboutonnèrent le col de ma chemise, me glissèrent entre les dents quelques gouttes d'eau-de-vie qu'ils appelaient *aguardiente*. Je finis par tousser, par éternuer, par ouvrir les yeux, par demander où j'étais.

— Entre Gannat et Saint-Pourçain.

Il y eut parmi les costauds une conversation où il me sembla comprendre que j'avais été presque asphyxié par les gaz d'échappement, et qu'en conséquence on ne devait plus me remettre dans le coffre.

— Qu'est-ce qu'on en fait ? demanda l'un des six. On le fout dans la rivière ?

— Ça me semble la meilleure solution, répondit un autre.

— Alors, on y va.

Deux m'empoignèrent par les pieds ; deux autres voulurent me saisir aux épaules. Je me débattis, criant :

— Je suis trop jeune pour mourir !

Ce qui les fit tous éclater de rire, me donner dans l'échine des tapes affectueuses qui auraient assommé un bœuf. On me ramena vers la voiture. Les six occupants se serrèrent, laissant un espace suffisant où je pus loger mes fesses. Le convoi se remit en route.

A Moulins, que je connaissais un peu pour l'avoir visitée avec mon malheureux cousin Sylvestre, nous nous installâmes sur une grande place arborée dite le Cours, avec l'autorisation municipale. Toutefois, arrivés un jour de marché, nous dûmes attendre son terme. Il paraît qu'autrefois sur la porte de Paris, celle qui permettait d'entrer dans la ville en venant du nord, étaient peints trois *G* majuscules, interprétés ainsi : Gueux, Glorieux, Gourmands. Les choses ont bien changé depuis ces temps lointains, de même que les personnes. Dans ce chef-lieu administratif et religieux aux très belles maisons, il m'a paru difficile de trouver la moindre gueuserie. La gloire y a perdu beaucoup de son caquet depuis que le palais du connétable a été barbouillé de jaune. Les Moulinoises venues faire leurs emplettes marchandaient les prix, mais d'une voix si discrète qu'on entendait crier les hirondelles. Pour ce qui est des gourmandises, elles montraient la même modestie : on ne mange rien à Moulins qu'on ne puisse trouver ailleurs, les palets d'or ne sont autre chose que des rondelles de chocolat praliné.

Le marché disparut enfin, laissant le terrain parsemé d'épluchures, de peaux de banane, de salades pourries. Ayant choisi son emplacement, Jimmy me mit entre les mains un balai, un seau, une pelle et me commanda de faire place nette. Voilà comment je commençai officiellement mon apprentissage de godenot.

Le spectacle des Allumeurs comprenait un commencement purement clownesque, gratuit, destiné à attirer et retenir la foule. Mon premier emploi dans cette spécialité consistait, sur une estrade, à recevoir des coups de marteau sur la tête que m'assénait mon maître Biéla. Il s'agissait, naturellement, d'un marteau en caoutchouc qui ne faisait pas trop mal. De plus, mon crâne était protégé par une calotte invisible sous une perruque crocus. Mais rien n'amusait le public comme de voir tel individu en assommer un autre.

Quand je me relevais, une énorme bosse artificielle avait poussé à l'emplacement du coup.

Il faut que je donne une idée de l'enseignement que j'ai reçu de ce maître exceptionnel. Lui-même avait été formé par les plus grands spécialistes en la matière : Charley et Coco, sur patins à roulettes ; François Fratellini, clown blanc qui volait comme un ange ; Adrien Grock, qui faisait rire sans motif, rien qu'avec son : « Moa ? Sans blague ? »

— Il faut d'abord, me fit Biéla, que tu te choisisses un nom professionnel. Tu ne vas pas te présenter comme Henri El Boukhari, tu ferais fuir tout le monde. Les gens aiment les noms simples et rigolos.

Voilà comment je suis redevenu Crocus, que j'étais déjà dans la classe de madame Michaulet.

— A présent, poursuivit mon maître, tu dois savoir toucher de plusieurs instruments. Pas du violon, c'est trop difficile. Mais de la trompette, du concertina, de l'harmonica, de la clarinette.

Il me montra la manière de placer mes doigts et mes lèvres, de souffler, d'aspirer. Le jour, je trimais à transporter le matériel, puis à recevoir au moment de la parade des coups de marteau sur la tête. La nuit, enfermé dans la cabine d'un chauffeur, je me familiarisais avec les instruments, sans connaître une seule note de musique, sans savoir la différence entre un dièse et un bémol. Il n'était pas question que je me laisse aller à des improvisations musicales :

— Tu ne dois jouer que des airs connus du public et faciles à chanter pour qu'il les fredonne avec toi. Pas besoin d'être un virtuose. Ne cherche pas à devenir Mozart.

J'appris donc les airs en vogue, *Ah ! dis chéri, ah ! joue-moi-z-en, C'est-y toi qui t'appelles Emilienne, Le Temps des cerises, Adios muchachos...* Rien que du classique.

Quand le clown passe une frontière, il doit connaître quelques mots de la langue qu'on parle de l'autre côté. Biéla me fit donc baragouiner un peu d'anglais, un peu d'allemand, un peu d'espagnol, un peu d'italien pour traduire nos grandes répliques. Juste l'indispensable.

Autre savoir : les tours de passe-passe. Le chapeau à double fond dont on fait sortir un lapin ou une tourterelle. Le bâton chinois, tantôt raide comme une baguette de tambour, tantôt souple comme une corde. Le plumet qui change de couleur. Le foulard qu'on fait disparaître en le glissant dans un faux pouce, de sorte que la main apparaît vide. La sculpture sur préservatif. Il s'agit en fait d'un tube en mince caoutchouc. On souffle dedans, on obtient un membre long de quatre-vingts centimètres, on noue l'extrémité pour retenir l'air prisonnier ; se servant de cette étrange matière première, au moyen de nœuds successifs, le clown peut produire un caniche, une grenouille, un porcelet. Il jette ensuite ces articles aux enfants.

Les contorsions sont une tout autre affaire. On ne peut bien les pratiquer qu'en commençant très jeune, lorsque les membres se tordent comme de la guimauve. Venu à ce métier dans ma vingt-quatrième année, je ne pus en acquérir que des rudiments. A force d'efforts, je réussis à pratiquer néanmoins la « boule » : elle consiste à se coincer les deux talons derrière la nuque et à rouler ensuite. Je ne pus jamais faire le grand écart de face et dus me satisfaire du grand écart de côté. Au sortir de ces exercices, je sentais mes articulations près de se déchirer.

Après la parade gratuite, venait le spectacle payant. La place dont nous disposions était entourée de palissades. A l'intérieur, les cascadeurs à moto ou dans de vieilles guimbardes s'en donnaient à cœur joie, se heurtaient, se démolissaient, sortaient de ces rencontres miraculeusement indemnes. Le public repartait toujours un peu déçu, car son espoir inavoué était de voir ces accidents provoquer des blessures ou des morts. Si on leur avait demandé de choisir comme au temps des arènes et des gladiateurs, la plupart auraient baissé le pouce. Pour moi, je me contentais de ramasser les morceaux des bagnoles, qu'il fallait ensuite reconstruire à force de ficelles.

Je dormais dans une caravane en compagnie de six autres Allumeurs. Nous faisions notre popote sur un réchaud au gaz butane. Mon meilleur copain, Gaston, était originaire de Pau. Il se présentait en ces termes :

— Je m'appelle Gaston, compatriote du roi Henri IV. Mais ici, appelez-moi seulement Ton. Ça économise le gaz.

Il ressemblait à Charlot par sa petite taille et ses jambes torses, expliquant que sa mère l'avait fait marcher trop tôt. C'était une curiosité que de le voir se dandiner tel un canard. Il se rattrapait au volant des bagnoles à cascades qu'il conduisait comme un fou. Son modèle était le champion italien Nuvolari, dont le nom signifiait « marchand de nuages », et qui s'était envolé jusqu'au ciel au terme d'une course.

13

En compagnie des Allumeurs, j'ai vadrouillé longtemps à travers la France et l'Europe. Toujours me perfectionnant dans mes diverses spécialités. Servant aussi de faire-valoir à Biéla, le clown blanc. Avec mon nez tomate, retenu aux oreilles par un lacet. Grâce à une pile dissimulée, je pouvais le faire luire tel un réverbère. Avec mon chapeau rond aux bords retroussés. Avec ma veste à carreaux, aux manches très larges dans lesquelles je cachais des accessoires. Avec ma culotte bermuda qui couvrait à peine mes genoux. Avec mes souliers de pointure 65. Dans cette tenue, je paraissais sur l'estrade les yeux demi-fermés. Et Biéla de m'interpeller :

— Mon cher Crocus, tu n'as pas l'air bien en forme ce matin. Il faut que je te réveille.

Et il m'assénait le traditionnel coup de marteau, qui déchaînait les rires. Je tombais à la renverse, en remuant mes immenses tatanes. Le clown blanc me tendait la main, me relevait. Notre dialogue commençait :

— Une supposition...
— Un suppositoire.

— Non. Je dis : supposons que je voie un astre dans le ciel. Rond comme une citrouille. Il ne fait pas encore bien jour.

— Et alors ?

— Supposons que je te pose une question : quel est cet astre, le Soleil ou la Lune ? J'attends ta réponse, parce que je sais que tu es un très bon observateur. Le Soleil ou la Lune ?

— Je ne peux pas répondre.

— Pourquoi donc ?

— Parce que je ne suis pas de la région, je ne connais pas bien le paysage.

— Crocus, tu viens de dire une bêtise.

Nouveau coup de marteau sur ma tête. Rires enthousiastes du public. Et ainsi de suite. Après ces pitreries, le clown blanc annonçait les cascades qui allaient suivre, prix des billets, réduction pour les enfants et les militaires.

— Les mirlitaires ?

— Arrête tes imbécillités. Joue-nous plutôt du mirliton.

Je m'exécutais. On entendait déjà ronfler les moteurs. Les Moulinois s'installaient autour de la piste, pour dix francs les places debout, pour quinze les places assises. Le spectacle commençait.

Je restai deux ans sans revoir ma famille. Mais je lui écrivais régulièrement, elle me répondait en poste restante à tel endroit prévu quinze jours à l'avance. Ainsi font les navigateurs. Je naviguais de la Bourgogne à l'Aquitaine, de la Normandie aux Vosges, de l'Espagne à la Belgique. Je sus que mes parents avaient vendu leur boutique *Chez Ahmed*, qu'ils passaient rue de la Paillette une retraite heureuse.

Albert s'occupait à cultiver un jardin, à jouer aux cartes avec monsieur Rouel. Joséphie vaquait aux soins de son ménage. Ils avaient de bonnes relations avec leurs voisins, appliquant un autre proverbe kabyle : « Voisinage est demi-parenté. » Ils attendaient ma venue avec patience.

A présent, Jimmy me versait un salaire honorable dont il retenait la moitié pour mes frais de bouche, de logement, de chauffage. Je plaçais le reste à la Caisse d'épargne la plus proche comme avait fait mon père.

De tous ces périples, il me reste des souvenirs assez flous car je n'avais pas le loisir de faire du tourisme. A Reims, je vis quand même la cathédrale, pas encore remise des canonnades de 14-18. Les caves du champagne, remplies de bouteilles couchées ou mises sur pointe, c'est-à-dire debout pour qu'on pût procéder au dégorgement. Expression qui me sembla empruntée au patois des Margerides :

— *Tènio-te de pouinto !* (Tiens-toi debout !) commandait grand-mère Mélina à son homme Antonin quand elle lui ajustait son pantalon.

Je me demandais comment et pourquoi ce mot avait pu émigrer aussi loin.

Je vis la Bretagne, ses ports, ses rochers, ses pierres plantées qu'on appelle chez nous *peyra levada*. En Normandie, les plages du Débarquement, encore parsemées d'éclats d'obus ; j'en ramassai un pour l'offrir à mon paternel, libérateur de l'Alsace-Lorraine. En Vendée, le mont des Alouettes et ses moulins à vent. Dans le Nord, les géants, ou *goyants*, ainsi Martin et Martine de Cambrai. En Périgord, la grotte de Pech-Merle ornée de peintures pariétales signées au pochoir par la main des artistes. En Provence, le moulin de Fontvieille où Alphonse Daudet n'a pas écrit ses *Lettres de mon moulin*. Si je voulais raconter tout ce que j'ai vu, il me faudrait un cahier de cent pages.

Alors que nous nous trouvions en Picardie, Jimmy m'informa qu'en novembre 1966 les Allumeurs repasseraient par l'Auvergne. Connaissant le goût qu'avait mon père pour toutes sortes de fromages et profitant de la saison fraîche, j'achetai deux maroilles, spécialité nordique : deux pavés carrés, larges d'une main et demie, épais de trois doigts, vêtus d'une croûte rougeâtre. Le marchand les enveloppa d'un papier gras, les coucha dans un carton sur un lit de paille.

— Vous pouvez les conserver ainsi cinq ou six semaines. Ils gagneront un peu de parfum, mais la pâte restera douce. Enlevez la croûte avant de consommer. Je suis sûr que votre père appréciera ces fromages qui font le bonheur de notre région depuis des siècles.

Je les enfermai dans la glacière de la caravane où ils se comportèrent avec beaucoup de discrétion tout le temps que dura notre voyage. L'étape auvergnate était prévue non pas à Thiers, mais à Montferrand, place de la Rodade, pour une durée de quatre jours. Un taxi me transporta avec mes cadeaux jusqu'à la Paillette. Je ne savais pas ce qui m'attendait. A peine sortis de la glacière, les maroilles développèrent ce que le marchand avait appelé « un peu de parfum », avec une telle promptitude et une telle énergie que le chauffeur du taxi s'en inquiéta :

— Qu'est-ce que vous transportez dans cette valise ?

— Des souvenirs. Des cadeaux.

— Quel genre ? Vous êtes sûr que ce n'est pas le cadavre de votre femme coupée en morceaux ?

— Je ne suis pas marié. Il s'agit entre autres de deux fromages du Nord, deux maroilles.

— Je n'ai jamais rien senti qui puait autant.

— On enlève la croûte, la pâte reste douce.

— Excusez-moi de le dire… mais moi je jurerais, si ça n'est pas un macchabée, que c'est de la merde pure.

— Vous voulez que je vous les montre ?

— Surtout pas. Quand je vous aurai déposé, j'aérerai ma voiture.

Ai-je besoin de dire les embrassades qui m'accueillirent rue de la Paillette ? Je dus tout raconter, mon passé, mon présent, mon futur, mon plus-que-parfait. Puis j'ouvris la valise et sortis les divers cadeaux. Une bouteille de champagne Veuve Clicquot pour toute la famille. Ma mère accepta d'en boire une coupe. Pour Albert, un éclat d'obus et un cricri américain, ce petit grillon métallique que les GIs faisaient sonner dans la nuit pour se reconnaître. De la dentelle de Calais pour tante Sidonie. Avant même d'en arriver aux pavés dans leur papier gras, mon père s'écria :

— Mais qu'est-ce qui pue comme ça ?

— C'est des fromages d'Avesnes, des maroilles. Ils ont pris un peu de parfum. Mais je suis sûr que tu les aimeras. Fais-en l'expérience, il faut enlever la croûte.

Il prit un couteau, se ferma les narines avec une pince à linge, se découpa une tranche, se la mit dans la bouche après l'avoir décroûtée. J'observais avec un peu d'inquiétude le mouvement de ses joues, de son gosier. O miracle ! Tout se passa bien. Albert s'offrit une seconde tranche. Avant la troisième, il s'enleva la pince à linge. Pour s'exprimer enfin :

— Ce fromage est richement bon. Tu as bien fait, mon fils, de m'apporter ces deux pavés, je t'en remercie. Je me sens capable d'en manger trois.

Joséphie, à son tour, voulut y goûter. Elle se contenta d'une tranchounette et n'exprima aucune opinion, sauf qu'elle préférait le chèvreton.

Ce même soir, monsieur Rouel, notre propriétaire, vint taper avec mon père la belote quotidienne. Radin comme il avait toujours été (qu'on se rappelle le montant du loyer qu'il disputait à sa femme), il avait un jour laissé tomber par terre ses lunettes. Il les avait ramassées, sans autre dégât qu'un verre fendu en deux parts proprement séparées. Au lieu de recourir à l'opticien de la rue Conchette, il avait procédé lui-même à la réparation en soudant ces moitiés au moyen d'une bande de scotch. Depuis des années, il observait donc le monde dans un demi-brouillard. Certains voisins, pour avoir lu le roman d'Edmond About, l'appelaient « l'homme à la lunette cassée ».

Dès qu'il eut franchi notre porte, il s'écria :

— Pas possible !

— Quoi, pas possible ? demanda ma mère.

— J'en crois pas mon nez.

— Qu'est-ce qu'il vous raconte, votre nez ?

— Il me dit que, pour sûr, y a quelqu'un ici qui a chié dans ses culottes.

— Mais non, c'est les maroilles. Des fromages qu'Henri nous a rapportés du Nord.

— Dans le Nord, ils mangent ça ?

— Faut croire.

— Ils ont un sacré appétit.

Il nous avertit qu'il ne se sentait pas capable de taper le carton dans un tel voisinage. Mon père lui proposa un remède infaillible : la pince à linge. Il s'y résigna.

Malgré mes précautions, l'odeur de mon cadeau nordique se répandit dans tout le quartier de la Paillette. Les conséquences en furent que les visiteurs renoncèrent à entrer chez nous tant que les deux pavés ne furent pas entièrement consommés. C'est dans les circonstances difficiles qu'on reconnaît les amitiés véritables.

En 1966, deux événements changèrent le cours de ma vie. D'abord, Gaston le Béarnais, qui rêvait de finir à la manière du champion Nuvolari, obtint pleinement satisfaction. Nous étions à Limoges, dans un grand parc, près de la gare des Bénédictins. Je ne sais comment il s'y prit ; toujours est-il qu'il s'envola lui aussi vers les nuages. Sa guimbarde prit feu en retombant. On le retira des débris grillé comme une saucisse, il mourut à l'hôpital sans avoir repris connaissance. Mort en champion. Puis-je souhaiter moi-même de mourir en clown ? En me brisant le cou par une pirouette acrobatique ? Gaston fut enterré religieusement, selon ses vœux. Pendant l'office funèbre, nous avons chanté en chœur l'hymne palois *Beau ciel de Pau, quand te reverrai-je ?* Ce décès me procura l'avantage d'avoir une meilleure couchette dans la caravane où nous dormions en commun.

Le second événement fut un autre départ. Biéla, mon maître vénéré, conscient de son grand âge et de sa mauvaise santé, se retira en Suisse dans une maison de repos fondée par Grock pour recevoir les clowns hors d'usage. Je n'ai pas l'intention de m'y retirer un jour pareillement car j'ai pris d'autres dispositions, comme je le raconterai plus loin. Sa démission m'a valu de le remplacer. Comme je n'avais pas d'auxiliaire débutant, j'ai été tantôt le clown blanc avec son chapeau pointu, tantôt l'auguste aux longues chaussures. Plus de coup de marteau sur la tête, à moins que de me l'asséner moi-même, ce qui m'arrivait de temps en temps. Dans ce cas-là, je jouais un double rôle : celui du frappé et celui du frappeur. C'est un exercice facile, que tout bon comédien sait pratiquer. Qu'on se rappelle Fernand Raynaud, cet autre godenot en costume-cravate :

« — Garçon, s'il vous plaît, un café crème et deux croissants.

— Monsieur, je regrette, je n'ai plus de croissants.

— Vous m'embarrassez. Donnez-moi donc un café noir. Avec, bien sûr, deux croissants... »

Je faisais de même, usant des mêmes artifices, changeant de voix, changeant de posture. Il me semble d'ailleurs que la duplicité est la nature profonde de l'homme, qu'il est à la fois ombre et lumière, vérité et mensonge, semeur de joies et semeur d'orages.

Je pris donc la place de mon maître Biéla, appliquant son principe fondamental : toujours faire rire, même quand on parle de la torture, de la maladie, de la mort. Voyez ces exemples empruntés à son répertoire :

— La mort est un examen de sortie quelquefois difficile, mais où tous les candidats sont reçus... Un de mes amis cultivait des patates près d'une ville nommée Auschwitz. La récolte était toujours belle, parce qu'il fumait son jardin avec des cendres que lui fournissait le crématorium municipal. De temps en temps, mon ami pouvait se dire : « Aujourd'hui, ils ont brûlé des diabétiques, ça sent le caramel. »… Un gendre accompagnait au cimetière le cercueil de sa belle-mère. Comme il boitait en marchant, il demanda au cocher du corbillard de prendre place sur le siège, à côté de lui. Refus du cocher. « Ah ! Monsieur ! Faites une exception, acceptez-moi. Sinon, vous allez gâcher tout mon plaisir ! »

Et ainsi de suite. Car plaisanter de la mort, c'est lui enlever un peu de son horreur. Je ne suis jamais allé, cependant, jusqu'à me déguiser en squelette pour démontrer qu'elle est une chose ridicule. Comment Dieu, ce grand inventeur, cet immense artiste qui s'est donné tant de mal pour créer les hommes, les chevaux, les chiens, les poissons, les rouges-gorges, comment a-t-il pu accepter que ces œuvres admirables sorties de ses mains, après un court passage sur terre, disparaissent à jamais, souvent en un clin d'œil ? C'est comme si Léonard de Vinci, après avoir peint la *Joconde* et son fameux sourire, l'avait brûlée de ses propres mains, par un caprice de son esprit. Comment Dieu a-t-il pu admettre l'évaporation de Léonard, de Michel-Ange, de Mozart qui l'ont si magnifiquement illustré ? C'est là un vrai sabotage de sa création. La mort aussi est sa créature et, tant que la chose me sera possible, je ne manquerai point de la brocarder afin que chacun la déteste et la méprise.

Nous avons continué nos vadrouilles. Bien reçus, mal reçus. Applaudis ou lapidés. Certaines fois, la municipalité nous chassait comme des romanichels. En

1968, qui fut l'année de toutes les contestations, fatigué de ces errances, désireux de retoucher terre, je fis mes adieux à Jimmy, je serrai sur mon cœur tous mes anciens compagnons, et je me retirai dans ma ville natale. Riche d'expériences et de souvenirs, pauvre d'économies. Rue de la Paillette, une fois encore, je fus accueilli comme l'enfant prodigue. On ne tua pas le veau gras, mais l'on fit une fête modeste à laquelle furent conviés quelques vrais amis. L'odeur des maroilles s'était depuis longtemps évaporée. Ma mère refusa une certaine Geneviève qu'elle soupçonnait de vouloir lui enlever son mari.

— Je ne veux pas recevoir chez moi cette vieille carabine.

— Hou là là, maman ! Vieille carabine ! Tu vas fort !

— Elle le mérite.

— Qu'est-ce que c'est au juste, une vieille carabine ?

— Une qui vaut peu. Qui n'est pas honnête.

Au terme des festivités, on me pria de chercher un bon travail. Pas facile. La grève était partout. La province suivait l'exemple de Paris, sous l'autorité de Cohn-Bendit et de quelques autres intellos trop bien nourris qui maudissaient la nourriture. Et la société de consommation. Brûlant les voitures des autres qui, quelquefois, se trouvaient être les leurs. Par inadvertance. Criant CRS = SS, eux qui n'avaient vu les camps de concentration qu'à la télé. Transformant la Sorbonne en bordel. Ecrivant sur les murs *Il est interdit d'interdire*, alors que tout leur était permis, et *Sous les pavés la plage*, puisque celle-ci était leur véritable vocation. Sur les portes d'une école, je pus même lire *Il est interdit de ne pas fumer*. Dans les lycées, les potaches se mirent à juger leurs profs, à leur coller des notes de bonne ou de médiocre compétence. Au lieu d'entrer dans les classes, ils tenaient meeting dans les cours de récréation. La CGT, avec quelques jours de retard, s'était lancée dans le mouvement et avait décrété la grève générale. A Thiers aussi, les émouleurs « tombèrent la courroie », les meules cessèrent de tourner. Pour convaincre les « jaunes », des piquets de grève bloquaient l'entrée des usines, généralement unique. Les révolutionnaires parisiens réclamaient de l'imagination et du respect ; les ouvriers de la coutellerie réclamaient de la « pompe aux pommes » et de la « brioche aux grattons ». Les accords de Grenelle leur donnèrent satisfaction en augmentant de trente-cinq pour cent le SMIG horaire qui passa soudain de 2,22 francs à 3 francs tout ronds.

Ces désordres bouleversèrent la coutellerie thiernoise. Plutôt que de payer des salaires aussi exorbitants, les patrons firent le calcul qu'ils pouvaient remplacer vingt émouleurs par une seule machine à émoudre ; vingt polisseuses par une seule machine à polir ; les finisseuses par des bains aux ultrasons dans lesquels les pièces étaient débarrassées de la moindre poussière sans intervention manuelle. Les machines n'imposaient aucune charge sociale, ne pratiquaient aucune grève ; mais elles étaient volumineuses. Les anciennes usines, dont les pieds baignaient dans la Durolle, furent remplacées par de nouveaux bâtiments aux environs de la ville, en terrain plat ou à peine bossué, aux Molles, au Breuil, à Felet, à Escoutoux. Le personnel n'eut pas besoin d'être héritier de traditions séculaires ; il lui suffisait d'appuyer sur un bouton, la machine faisait le travail. De gré ou de force, les vieux émouleurs durent prendre leur retraite, remplacés par de jeunes manœuvres sans passé, parfois même d'origine étrangère.

Tout cela pour dire que j'eus quelque peine à trouver un emploi. J'acceptai n'importe quelle besogne à Thiers ou aux environs. Trois mois, je fus laveur de vitres. Trois autres, découpeur de betteraves. Trois mois encore, raccommodeur de faïence, de porcelaine, de parapluies. Et encore, astiqueur de pare-brises, pompiste, pompier, tondeur de chiens. Ma mère se désespérait :

— Quand est-ce donc que tu vas trouver une besogne sérieuse ? Est-ce que nous devrons te nourrir éternellement ?

C'est alors que le Saint-Esprit descendit sur ma tête, dans les circonstances que je vais raconter, et que, cessant de me mettre au service d'une entreprise, je devins mon propre maître.

— Je m'appelle Crocus, pour vous servir. Célibataire en ce moment. Quand je me marierai, ma femme s'appellera Croquette, mon fils Croquignol, ma fille Croquembouche.

Vint ensuite un récital de mirliton dans lequel je soufflais par le nez, tandis que ma bouche chantait les paroles d'une ballade irlandaise. Celle-ci racontait l'histoire d'une fille nommée Clémentine (en anglais Clémintaïne) qui est partie très loin, abandonnant le brave garçon qui l'aimait :

> *O my darling ! O my darling !*
> *O my darling Clementine !*
> *You are lost and gone for ever,*
> *Dreadful sorry, Clementine* [1]...

— Vous avez vu comme il parle irlandais ? s'extasiait ma mère. Il en sait, des choses !

Cette introduction avait pour but de préparer le numéro suivant. Après avoir recommandé à mon public de faire un silence absolu, de s'arrêter si possible de respirer, je commençai une démonstration de jonglerie. Avec quels objets ? Avec des clémentines ! Vous avez bien entendu : ces fruits de clémentinier, obtenus en Oranie par un moine trappiste, le père Clément [2], en hybridant un bigaradier sur un mandarinier. La conquête puis la perte de l'Algérie après huit ans de guerre n'auront pas été complètement inutiles puisqu'elles auront engendré un fruit nouveau. Quatre clémentines tournaient donc autour de ma tête

---

1. O ma chère Clémentine / Vous êtez loin et perdue pour toujours. / J'en suis terriblement triste.
2. Originaire de Chambon-sur-Dolore (Puy-de-Dôme).

comme des satellites autour de la Terre. Après un moment, elles furent seulement trois, j'en avais fourré une dans ma poche. Puis seulement deux. Puis une seule. Le public se demandait le sens de ces disparitions successives. Le jongleur le plus maladroit du monde peut jeter en l'air et rattraper une seule mandarine. Mais en même temps, je me déplaçais dans la pièce, je me rapprochais de la fenêtre ouverte. Et soudain, la mandarine voltigeuse m'échappa, disparut par la fenêtre, prit le chemin du ciel. Des rires commencèrent à fuser. Je les fis taire, un doigt sur la bouche. Alors, dans le silence revenu, on entendit, venant de dehors, du ciel sans doute, un signal sonore régulièrement répété :

— Bip ! Bip ! Bip !

Attestant que la mandarine avait échappé à l'attraction terrestre et s'était réellement transformée en satellite.

Depuis toujours, les hommes rêvent de quitter la terre comme Cyrano de Bergerac, de prendre place parmi les étoiles. Russes et Américains rivalisent dans cette entreprise. Avec leur Spoutnik – Bip ! Bip ! Bip ! –, les premiers ont obtenu un succès initial, en y enfermant une petite chienne, Laïka. Puis, se désintéressant complètement de son sort, ils ont envoyé Iouri Gagarine. Plus tard, les Américains ont mis le pied sur la Lune. Qu'est devenue la pauvre Laïka ? Vit-elle encore ? Est-elle morte de faim, de soif, d'abandon ? C'est pourquoi j'avais eu l'idée de lui envoyer une clémentine en témoignage d'amitié.

Restait un petit mystère : d'où provenaient ces bips ? Du dehors, pardi. Ma cousine Nini montra comment elle les produisait de la bouche et des doigts. Nous fûmes applaudis comme nous le méritions.

Les Russes ont dressé des monuments à Iouri. Ne devraient-ils pas en faire un à la petite Laïka qui précéda les hommes dans cette envolée ? Cela me met en mémoire l'expérience organisée par les frères Montgolfier à Versailles en 1783, en présence du roi, de la reine, d'une foule de courtisans. Les premiers êtres vivants à quitter le sol en montgolfière furent, ai-je lu quelque part, trois animaux : un mouton, un coq, un canard. Leur machine se posa dans un bois aux environs de Paris. Lorsque les envoyés de Louis XVI vinrent l'examiner, ils trouvèrent le mouton broutant sa provision de foin, le canard endormi le bec sous l'aile et le coq grignotant, faute d'autre nourriture, ses propres puces. Le mouton aéronaute, immédiatement baptisé Montauciel, et ses compagnons furent transportés dans la ménagerie de Marie-Antoinette. Ils y vécurent des jours heureux jusqu'à une vieillesse avancée, entourés de l'admiration et du respect du personnel et de leurs voisins. La pauvre Laïka n'a point connu ces marques de gratitude. Peut-être tourne-t-elle toujours, minuscule poussière, au milieu de l'univers infini.

Un amuseur de mon espèce peut produire seul certains numéros : grimaces, jongleries, acrobaties, imitations. Mais le public préfère voir deux figures, entendre des dialogues plutôt que des monologues. Malheureusement, je n'avais aucun compère à ma disposition. Je décidai de m'en fabriquer un. En la personne d'un autre canard auquel, manquant d'imagination, je donnai le nom de Donald, inventé par Walt Disney. Je l'avais fréquenté dans mon enfance. J'ai d'ailleurs toujours beaucoup aimé le canard, surtout en ragoût avec des champignons. Grand-mère Mélina en élevait dans une mare que grand-père Antonin avait creusée lui-même, à la pioche et à la pelle. J'admirais les évolutions de la cane suivie de ses canetons. De temps en temps, elle plongeait dans l'épaisseur de l'eau verte pour chercher quelque nourriture, on ne voyait plus que son petit derrière pointu. Les canetons l'imitaient de leur mieux. Chez Walt Disney, je m'épris spécialement de Donald dont j'aimais les maladresses, la naïveté, les colères sans effet. Donald devint donc mon partenaire, mon faire-valoir, comme j'avais été celui de Biéla. Avec du carton, des chutes de drap bleu, de la colle, de la ficelle, je confectionnai un canard parlant. Pour le mettre en mouvement, il suffisait d'enfoncer dans sa personne mon avant-bras gauche. Un doigt lui faisait hocher la tête. Deux autres le faisaient claquer du bec. Ainsi font les montreurs de marionnettes.

Le plus difficile était maintenant d'apprendre à ventriloquer. A faire croire au public que, parlant du ventre, je prêtais une voix à mon partenaire. Cet art consiste à ne laisser sortir par la glotte, au cours de l'expiration, qu'une minime quantité d'air ; en même temps, l'on doit garder les lèvres aussi muettes que possible. On ne peut donc s'exprimer qu'avec une voix de faible volume, de préférence en fausset. La tricherie passe mieux si les spectateurs ont les yeux attirés par la mimique du partenaire. Démuni de professeur, je dus travailler des jours et des jours devant la glace de ma chambre, affronter ensuite le jugement de mes père et mère. Joséphie n'encourageait guère mes efforts, me reprochait de n'avoir pas pris leur suite *Chez Ahmed*.

— Vendre du couscous toute une vie, c'est trop triste.

— Triste, le couscous ? protestait Albert. Rien de ce qu'on mange n'est triste. Ce qui est triste, c'est de ne rien avoir à manger.

Naturellement, ils furent mon premier public.

ANTHOLOGIE

Premier tableau

DONALD

Salut, Crocus !

CROCUS

Salut, Donald !

DONALD

Tu as l'air aujourd'hui tout mélanconieux.

CROCUS

On ne dit pas « mélanconieux ». On dit « colique ».

DONALD

Colique ? Tu as la colique ? C'est ce qui te rend triste ?

CROCUS

Non. Je suis triste parce que sans travail.

DONALD

Sans travail ? Tu devrais être content : le travail fatigue.

CROCUS

Il fatigue, peut-être, mais il nourrit. Comment se nourrir sans travailler ?

DONALD

Mange de l'herbe. Mange des épluchures.

CROCUS

J'ai horreur des épluchures. Mais ce qu'il y a de moins gai, c'est qu'on m'a proposé un travail dont je n'ai pas voulu.

DONALD

Quoi, quoi, quoi ? Quel travail ?

CROCUS

Un travail de plongeur. Et je ne sais pas nager.

DONALD

Tu es bête, Crocus. Pour être plongeur, pas besoin de savoir nager. Suffit de savoir lécher. Montre-moi ta langue. *(Crocus sort une langue immense.)* Le travail du plongeur consiste à nettoyer les assiettes sales dans un restaurant. Tu les lèches, et tout est fini.

CROCUS

Donald, tu te moques de moi. Est-ce que tu me prends pour un chien ?

DONALD

Crocus, tu es bête à croquer !

CROCUS

Je ne suis pas de ceux qu'on croque, monsieur !

DONALD

Si je ne peux te croquer vivant, acceptes-tu que je te croque décédé ?

CROCUS

Tu m'exaspères !

DONALD

Calme-toi, mon ami. Je suis certain que tu es composé de bonne chair fraîche et qu'on trouve un grand plaisir lorsqu'on te croque en bouche.

CROCUS

Saleté de canard !

DONALD

Quoi, quoi, quoi ?

CROCUS

Si tu continues, petite mauviette, ordure pourrie, langue de vipère, de te moquer de moi, je vais finir par te dire des gros mots.

DONALD

Est-ce que tu t'entraînes à faire de la politique ?

CROCUS

De la politique ? Quelle idée !

DONALD

Les gros mots, en politique, c'est indispensable.

Deuxième tableau
(Crocus est assis sur un guéridon. Il se lève, cachant de la main son œil droit.)

CROCUS

Aïe ! Aïe ! Aïe ! Pauvre de moi !

DONALD

Qu'est-ce qui se passe, mon cher Crocus ?

CROCUS

Regarde ! *(Il découvre son œil qui apparaît tout bleu.)*

DONALD

Tu as un œil poché.

CROCUS

(Se tâtant la hanche, le genou, le coude :) Aïe ! Aïe ! Aïe ! Misère de moi !

DONALD

Que t'est-il arrivé ? Un accident ?

CROCUS

Une chose incroyable.

DONALD

Raconte.

CROCUS

Hier soir, après le turbin, j'ai voulu me donner un peu de distraction pour me reposer de mon travail.

DONALD

Tu en as donc trouvé un ?

CROCUS

Oui, je suis argenteur-doreur. La dorure coûte plus cher que l'argenture, naturellement.

DONALD

Et qu'est-ce que tu dores ou argentes ?

CROCUS

Je suis argenteur et doreur de culs.

DONALD

Tu te moques de moi, je pense ?

CROCUS

Pas du tout. Les Français adorent les décorations. C'est pourquoi j'ai choisi ce métier artistique.

DONALD

Quels culs dores-tu ?

CROCUS

Il y en a de toutes sortes. Des culs-terreux. Des culs de bouteille. Des culs-de-lampe. Des culs-de-sac. Des culs-de-basse-fosse.

DONALD

Et quel est ton meilleur client ?

CROCUS

C'est le cul politique. Le cul de ministre. Le cul de député. Le cul de président. Les modestes se le font simplement argenter. Les orgueilleux exigent la dorure. Et même en plusieurs couches. C'est une décoration exceptionnelle, plus rare que la Légion d'honneur, mais qu'ils ne montrent que dans leurs relations intimes.

DONALD

De quelle matière première te sers-tu ?

CROCUS

De la feuille d'argent et de la feuille d'or. Mais j'ai aussi un produit bon marché pour les misérables qui veulent quand même être fiers de leur cul.

DONALD

Lequel ?

CROCUS

Le blanc et le jaune d'œuf. Ça n'est pas cher. Mais ça ne dure que trois ou quatre jours.

DONALD

J'en tombe sur le cul. *(Un silence.)* A présent, explique-moi ton œil poché.

CROCUS

Hier soir, comme je te disais, fatigué d'avoir argenté et doré pendant des heures, j'ai quitté mon atelier pour aller faire un petit tour. Je suis entré dans une boîte de nuit. Il y avait un monde fou. On a bu, on a chanté, on a dansé. Beaucoup de mes clients parmi cette société. A quatre heures du matin, c'était plus clairsemé. Tout par un coup, un mec m'a cherché noise. Je le connais bien : Juju, il vient chez moi régulièrement. Il m'a fait des reproches, prétendant que ma dorure au jaune d'œuf, c'est de la camelote. Forcément, pour le prix. En fin de compte, qu'est-ce qu'il m'a fait ? Il m'a cassé la gueule. *(Il se tâte de nouveau.)* Aïe ! Aïe ! Aïe !

DONALD

Quoi, quoi, quoi ? Oh ! que c'est vilain ! Mais tu connais cet individu. Il faut déposer une plainte à la police.

CROCUS

Non, je ne peux pas lui faire ça. C'est un ami. Et je perdrais sa clientèle.

DONALD

Je comprends. Laisse-moi regarder ton œil de près. (*Crocus enlève sa main. Donald l'examine, puis il conclut :*) Sa teinture durera plus de quatre jours. Mais ton histoire me rend gai, parce que j'aime les histoires en couleur. Je n'aime pas les histoires en noir et blanc.

CROCUS

Elle te rend gai ? Eh bien, si tu es gai, ris donc ! (*Il brandit le guéridon. Tous deux rient aux éclats.*)

15

La politique, c'est comme la queue de la vache : ça va et ça vient. Les théoriciens appellent cela l'« alternance ». Au cours des années qui suivirent la révolution de Cohn-Bendit et consorts, la municipalité de Thiers aussi bien que son représentant au Palais-Bourbon appartinrent alternativement à l'opposition socialiste et à la droite pompidolienne. Depuis 1968, la ville aux couteaux n'avait plus d'histoire : c'était un peuple heureux. La situation était favorable à mes clowneries.

J'en eus la démonstration le 14 septembre 1969. Ce jour-là est pour la population thiernoise une sorte de fête nationale. Elle honore en théorie l'« exaltation de la Sainte Croix par l'impératrice Hélène, mère de Constantin ». C'est-à-dire la découverte de la Croix à laquelle le Christ avait été cloué, à la suite de fouilles sur le Calvaire ordonnées par Hélène. Je ne sais pourquoi les anciens papetiers, qui n'étaient pas renommés pour leurs sentiments religieux, ont choisi ce 14 septembre pour célébrer leur frairie. L'événement comportait à l'origine des offices, des processions avec bannières corporatives, le tout suivi de mangeries et beuveries. Les papeteries ne sont plus que souvenir ; mais les couteliers ont relevé le flambeau et institué, le 14 septembre, *lo Féro do Pra*, la Foire au Pré, qui s'étale entre la Durolle et le Breuil. On y voit des bestiaux, des charrettes, des voitures, des tracteurs : voilà pour le commerce. Et aussi des manèges, des cirques, des jeux de massacre, des loteries : voilà pour l'amusement. Sous des tentes, des buvettes, des popotes, de la tripaille : voilà pour la restauration.

Tout cela n'est pas très différent des autres foires connues. Ce qui l'est, c'est la place qu'occupe la Foire au Pré dans le cœur et les esprits. A cette occasion, chaque famille thiernoise invite le cousinage lointain ou rapproché. Si les lits viennent à manquer pour recevoir ces parents, on étend des matelas sur les planchers. Toute l'année qui précède, les enfants font des économies pour pouvoir monter sur les chevaux de bois. Les mères cuisent des platées de guenilles, de *flacogogno*, des pompes aux pommes larges comme des roues de brouette. Le 14 septembre tombe quand il lui plaît, dimanche ou jour de semaine. Mais à Thiers, il est obligatoirement férié. Tout s'arrête de travailler. Les écoles ne fonctionnent pas. Les tribunaux ne jugent point. Les mourants attendent le 15 ou le 16 pour pousser leur dernier soupir.

Dieu, forcément, participe à la fête. Comme c'est un boute-en-train, il envoie généralement, dans la nuit qui précède, un déluge. Le pré devient bourbier, les « foireux » pataugent dans la gadoue. Du moins en était-il ainsi dans mon enfance. A présent, les allées ont été bitumées, Dieu a renoncé à ses averses.

Ayant décidé d'offrir ma première représentation publique à la Foire au Pré, je me munis de planches retraitées et je construisis un parquet de dix mètres sur dix, autorisé par la municipalité, contre paiement d'un droit de place au garde champêtre. Et je m'installai sur cette estrade en compagnie de Donald. Je savais que j'aurais à subir la concurrence des cirques, de leurs chevaux, de leurs écuyères, de leurs fauves. Mais mon spectacle à moi était en principe gratuit. Et je dois dire qu'il attira beaucoup de monde. Je répétai jusqu'à la nuit tombante le sketch des culs dorés et le calembour du guéridon. Donald se montra éblouissant. Nous obtînmes les applaudissements espérés. Après chaque numéro, je présentais mon chapeau au public avec cet avertissement :

— Comme Donald et moi devons nous alimenter, nous vous serions reconnaissants si vous vouliez bien nous aider à vivre. Vous pouvez nous rétribuer en liquide, en chèques, et les dames en nature.

Ce qui soulevait des rires supplémentaires. Les Thiernois sont généreux, ils laissaient tomber dans mon chapeau une pluie de pièces dorées ou argentées.

Au soir de ce 14 septembre, la foule s'était dispersée, les manèges ne tournaient plus, les allées du pré étaient jonchées de papiers gras. Au loin, le soleil commençait à descendre derrière la chaîne des Puys. Une tristesse flottait dans l'air, comme il arrive après toute réjouissance éteinte. Dans un coin de mon parquet, assis sur mon guéridon, j'essayais de compter ma recette inaugurale. Elle s'élevait, je crois, à la valeur de deux kilos de riz. J'étais occupé à ce calcul lorsqu'un dernier spectateur s'approcha. Je lève les yeux et crois rêver en reconnaissant le curé de Saint-Symphorien, l'abbé Sudre, en béret basque et soutane malgré le concile Vatican II qui permet aux prêtres de ne plus se déguiser en femmes.

— Alors, cher collègue, me dit-il. Etes-vous content de votre journée ?

— Assez bonne, mon père, assez bonne.

— Est-ce trop indiscret de vous en demander le montant ?

Je le lui révèle tout crûment, plutôt fier du résultat.

— Vous avez dépassé, me fait-il, ma messe ordinaire du dimanche. Deux kilos de riz, ce n'est pas mal !

Et moi, un peu confus :

— Pourquoi, mon père, m'appelez-vous votre collègue ?

— Parce que nous avons des points communs. Nous nous donnons en spectacle déguisés, moi tout seul, vous avec un complice, devant des foules plus ou moins épaisses, suivant les circonstances. Et nous leur racontons... dois-je le dire ?... des balivernes, les miennes aussi incroyables que les vôtres.

Ce mot me coupa le souffle. Lorsque j'eus repris ma respiration, je demandai ce qu'il entendait par balivernes.

— Etes-vous chrétien ? questionna-t-il.

— Certains jours. De loin en loin.

— Baptisé ?

— Oui, d'après ce que m'en a dit ma mère.

— Vous connaissez donc les balivernes qui se racontent dans les églises : le premier homme, Adam, la première femme, Eve, sans nombril. Leurs enfants, Caïn et Abel, l'un zigouille l'autre. Moïse et son berceau sauvés des eaux. La mer Rouge qui s'ouvre devant les juifs... Que de balivernes ! Ensuite, Jésus né d'une vierge. Il ressuscite les morts, rend la parole aux muets, meurt crucifié, se ressuscite lui-même... Qui peut croire de telles sornettes ? Est-ce que la foule croit les vôtres ?

— Les enfants, peut-être.

— Voilà : nous traitons les adultes comme des enfants. Vous pour rire, moi pour sérieux. Ai-je tort de vous appeler « mon cher collègue » ?

— Ainsi... Ainsi... vous ne croyez pas... vous êtes un prêtre sans foi ?

Il haussa les épaules, affirmant qu'il n'était pas un cas unique. Puis il me tendit la main et me souhaita bonne chance. Sa paume était brûlante comme un fer à repasser. Il s'éloigna. Il ne fut plus qu'une ombre en marche vers Saint-Symphorien. Alors, je discernai... me croirez-vous ? Je vis dépassant sa robe noire une sorte de queue de vache qui traînait sur le sol en soulevant un nuage de poussière. Je vis, je crus, je sus, je fus désabusé. La personne qui venait de s'entretenir avec moi, qui m'avait appelé « cher collègue », était ni plus ni moins que le diable en personne, sous les traits de l'abbé Sudre. Lorsqu'il fut au bout du pré, soudain il disparut, comme une bulle de savon qui explose.

Je rassemblai mon fourbi et regagnai la rue de la Paillette, fort troublé de cette rencontre.

Après ces débuts étincelants, je fis paraître dans *La Gazette de Thiers* un avis publicitaire dont je reproduis ici le texte et la typographie :

> *Le clown* CROCUS
> *se met à la disposition*
> *des particuliers et des communautés*

pour égayer les fêtes amicales ou familiales :
Noël, Pâques, baptêmes, mariages,
enterrements, divorces.
Rires garantis. Prix modérés.
S'adresser à M. Henri El Boukhari
rue de la Paillette, qui fera suivre.
Le rire est le propre de l'homme,
Même quand l'homme est sale. (Victor Hugo)

L'ennui était que je n'avais pas de téléphone, alors que, pour des raisons professionnelles, j'étais souvent hors de chez moi. Mes parents, un peu durs d'oreille, un peu durs aussi de la comprenette, juraient qu'un appareil chez eux n'aurait servi de rien car ils ne savaient pas téléphoner. Mes clients éventuels devaient donc prendre la peine de chercher une feuille de papier et une enveloppe, m'écrire, coller un timbre, ce qui exigeait de grands efforts. Je reçus néanmoins plusieurs propositions ; elles achevèrent de me persuader que j'étais sur la bonne voie.

Naturellement, j'adaptais mes prestations aux circonstances et au public. C'est ainsi que, lors d'une première communion, je ne me faisais pas doreur ni argenteur de culs ; seulement doreur et argenteur de cous, ce qui est moins drôle, mais n'offense pas l'honnêteté. Il arrivait toutefois que le communiant, informé par la rumeur publique de mes dialogues précédents, levât le doigt pour demander une rectification :

— Monsieur Crocus, je crois que vous vous trompez. On m'a dit...

— Mais non, mon cher enfant. Qui peut me connaître mieux que moi ?

— Un copain m'a dit qu'il vous a entendu parler, à la Foire au Pré, de doreur de culs et non pas de doreur de cous.

Les invités éclataient de rire, excepté quelques duègnes suffoquées d'indignation. Donald ajoutait son point de vue :

— Allons, mon cher Crocus, joue franc-jeu comme le demande ce jeune homme. Faisons d'ailleurs un référendum. Que ceux qui désirent le vrai texte lèvent le doigt.

Je devais, démocratiquement, obéir à la majorité des votants.

Autres circonstances. Je fus sollicité par des directeurs d'hôpitaux qui me demandaient d'apporter un peu de réconfort à leurs malades. Ces asiles n'étaient toujours pas « humanisés », je veux dire qu'on y trouvait, comme au Moyen Age, des salles où gisaient dix, douze, quinze personnes, mêlant leurs toux, leurs râles, leurs sanglots, leurs gémissements, chacun ajoutant sa misère à celle des autres. Au milieu de cette auberge de douleurs, je n'avais pas le loisir de tenir avec Donald de longs dialogues. Je paraissais seul, déguisé, sans ma marotte. J'errais de couche en couche, serrant des mains, distribuant des baisers, des caresses, des paroles d'amitié. Ma seule présence, mes grimaces, les illuminations de mon nez électrique suffisaient à provoquer des sourires. J'y ajoutais des jongleries, des tours de passe-passe, les malades m'applaudissaient. Je me rappelle cette cancéreuse, au milieu de dix autres, qui me remercia :

— Revenez quand vous pourrez. Pas trop tard. Peut-être que je ne serai plus là. Examinez ces carcans autour de moi. Tous bons pour la casse !

Comme de vieilles bagnoles. Une autre me recommanda :

— Regardez par la fenêtre. Vous voyez ces vitres bleues ?... C'est là que nous irons toutes, quand nous aurons les pieds froids.

Assez vite, mon public se fatiguait, ne prenait plus garde à mes pitreries. Je devais passer dans la salle suivante. Je sortais de ces rencontres épuisé. Le directeur, dans le meilleur des cas, m'offrait une coupe de champagne. Dans le pire, il se contentait de me débiter un peu de philosophie :

— Faire sourire un mourant, c'est lui aplanir le chemin du paradis. Merci beaucoup, monsieur. Voici votre enveloppe. A la prochaine fois.

Je me promenais dans le jardin attenant, j'avais besoin de respirer. Des vieux, des vieilles, assis sur les bancs, me considéraient d'un air réprobateur, me reprochant à la muette d'être jeune et bien portant. Je les saluais sans obtenir de réponse.

De temps en temps, j'allais au cimetière Saint-Jean rendre visite aussi à mon cousin Sylvestre et à mon oncle Florent, morts par ma faute et par celle de mon scooter. Je me recueillais devant leur caveau, je leur demandais pardon, je versais une larme. Parfois deux. Parfois quatre. J'aurais eu besoin que quelqu'un me dorât le cœur.

Les choses durèrent ainsi huit mois. Puis j'eus envie de changer une fois encore de paysage et je me transportai à Saint-Etienne.

16

Pourquoi Saint-Etienne ? Justement parce que cet oncle Florent m'avait chanté maintes louanges sur le chef-lieu de la Loire où il avait travaillé plusieurs années dans sa jeunesse comme mineur, avant de se consacrer à la coutellerie :

« Je menais la grande vie ! Celui qu'a pas connu Saint-Etienne en 1925, c'est comme s'il avait jamais vécu.

— Qu'est-ce que c'était, la grande vie ?

— Le vin rouge, la colombophilie, le tir à la sarbacane, les fumelles. (Il voulait dire les filles.) La fête de la Sainte-Barbe, les pétards, les illuminations. Y avait de quoi crever. »

(Parenthèse à propos de vin rouge. Je me rappelle la réflexion d'un marchand de vins auvergnats pas toujours recommandables. Lorsque certains s'étaient piqués et se trouvaient plus près du vinaigre que d'un cru consommable, l'homme lâchait cette réflexion :

— Je vais l'envoyer aux Gagas[1].

---

1. Surnom des Stéphanois.

Il savait que les gosiers des mineurs stéphanois, tapissés de charbon, étaient capables d'avaler n'importe quelle bibine.)

Je décidai donc de quitter la ville aux couteaux pour la ville aux fusils. Ayant pris le train, je traversai je ne sais combien de tunnels et débarquai vers les onze heures du matin à la gare de Châteaucreux. Je demandai à un chauffeur de taxi s'il pouvait me trouver une chambre à louer. Il me transporta place Chavanelle où se tenait un marché aux herbes, me présenta à une vieille dame à qui ma figure angélique inspira tout de suite confiance. Elle me posa tout de même quelques questions :

— Quel métier exercez-vous ?
— Clown.
— Comment ça, clown ?

J'ouvris ma valise, lui montrai mon attirail, précisant que je n'étais pas au service d'un cirque, mais clown artisanal et indépendant. Spécialisé dans les fêtes de famille, mariages, baptêmes, divorces, enterrements. Cette liste l'impressionna.

— Dommage que je vous aie pas connu y a deux ans, quand j'ai enterré mon pauvre homme.
— Oui, dommage, je vous aurais un peu consolée.
— Non, parce que je suis inconsolable.
— On dit ça. J'ai déjà consolé beaucoup de monde. Le plus inconsolable était un maçon sicilien qui avait étranglé sa femme avec une ceinture, sans le faire exprès, au retour de son chantier en fin de journée. Il avait eu un très bon avocat, qui avait démontré au jury qu'il s'agissait d'un accident du travail. Mais le maçon était inconsolable. Je lui ai fait le coup de l'œil poché et j'ai réussi à le faire crever de rire.

— Vous avez l'air, en effet, d'être un rigolo. Je loue la chambre avec le frichti, trois fois par jour, matin, midi et soir. Sinon, je la garde.

— Et si je dois sauter le midi pour mon travail ?

— Je vous préparerai un sandwich que vous emporterez. J'espère que vous êtes pas trop pichorgne.

— Pichorgne ?

— Pas trop difficile sur la nourriture.

— Non. Je suis même capable de manger des épluchures.

— Toujours rigolo.

Nous sommes tombés d'accord. Pour atteindre ma chambre, je devais traverser celle de madame Charpin. Ce qui me condamnait à la chasteté. Mais à dire vrai, je ne songeais pas beaucoup aux fariboles. J'avais perdu ma virginité à Thiers, dans un hôtel de passe, rue Traversière, sans grande satisfaction. Deux ou trois autres expériences avaient suivi, aussi décevantes parce que les filles de joie ont toujours les yeux sur leur montre-bracelet et ne vendent pas le sentiment.

C'est une étrange idée qu'a eue le divin Créateur en installant dans son paradis terrestre, où ne poussaient auparavant que des herbes et des arbres, un homme et une femme, c'est-à-dire des êtres à la fois très semblables et très différents. L'un armé de force, l'autre de faiblesse ; l'un buveur de gros rouge, l'autre de thé léger ; l'un amateur de foot, l'autre préférant la dentelle. Leur différence essentielle réside dans les organes génitaux dont ils sont pourvus. De sorte que la reproduction ne peut avoir lieu que s'il y a collaboration entre le masculin et le féminin. Pour la faciliter, Dieu a inventé un sentiment étrange, appelé amour, qui pousse l'homme et la femme l'un vers l'autre et engendre une sorte de ravissement. Ces organes ne sont d'ailleurs pas indispensables à la vie du porteur, comme le sont l'estomac ou les poumons. Il arrive qu'il ne s'en serve jamais. Tel est le sort, en principe, des prêtres et des religieuses. Celui également de braves garçons de la campagne demeurés célibataires parce que leur village manque de filles ou parce que la terre les occupe trop pour qu'ils puissent songer à aimer. Ils ne lisent pas les livres ni les journaux qui en parlent. Quand ils s'y mettent, à soixante ans passés, il est trop tard.

Madame Charpin, ma propriétaire, recevait et lisait *Le Chasseur français*. Non qu'elle fût chasseresse ni pêcheresse, mais parce que son défunt mari y était abonné et qu'interrompre l'abonnement aurait ajouté à leur séparation. Elle me le mit de force dans les mains. Outre des conseils de chasse et de pêche, on y trouvait des articles sur divers sujets. L'un d'eux portait justement sur l'amour. J'y lus des pensées très contradictoires : l'amour est une fumée ; l'amour est un quitte-raison ; l'amour est un grand maître ; le miel est le cantique de l'amour ; l'amour a toujours été la plus grande des affaires. Et celle-ci, très surprenante, d'un certain La Rochefoucauld : *Bien des gens n'auraient pas connu l'amour s'ils n'en avaient entendu parler.* Ce sentiment engendre des complications infinies : rivalités, jalousies, compétitions, drames, guerres. *Le Chasseur français* m'apprit que certains animaux dits hermaphrodites – les escargots par exemple – possèdent en même temps les organes masculins et féminins. Ce privilège simplifie énormément la procréation. Le premier partenaire venu se prête à l'accouplement. Pas besoin de connaître La

Rochefoucauld. Pas besoin d'amour. Pourquoi Dieu n'a-t-il pas créé des humains hermaphrodites comme les escargots ? Notre histoire en eût été merveilleusement simplifiée : plus d'Eve ni d'Adam, plus de Samson et Dalila, plus de guerre de Troie, plus d'enlèvement des Sabines, que sais-je ?

Un ami, professeur de biologie, m'a révélé que le Créateur, au contraire, s'est plu à inventer à l'usage des animaux des organes reproducteurs d'une variété et d'une complication incroyables. Ainsi, cet insecte mâle dont je ne me rappelle plus le nom, qui doit, pour féconder son épouse, la transpercer de son sexe comme d'une lance à travers ses élytres. Ainsi la mante religieuse qui dévore son partenaire lorsqu'il s'occupe de la féconder. Ainsi le crapaud accoucheur que la femelle charge de ses œufs, qu'il garde cinquante jours sur son dos, jusqu'à leur éclosion. Dieu a créé tant d'espèces d'accouplements qu'on peut lui attribuer une sorte d'obsession.

Que l'on pardonne ces idées stupides qui traversent ma tête de clown.

Saint-Etienne est une ville importante traversée par un tramway et une avenue interminable qui la fend en deux moitiés comme une pomme. La plus ancienne ressource des Stéphanois fut celle du charbon. Elle a inspiré le *Germinal* d'Emile Zola, bien qu'il l'ait transposée dans le bassin du Nord. L'existence des mineurs était dure en bas, joyeuse en haut. Menacée sous terre des plus graves dangers, éboulements, accidents, coups de grisou, silicose, ils vivaient à la surface au jour le jour, dilapidant leurs salaires en débauches diverses. C'est ce que mon oncle Florent appelait la « grande vie ». Beaucoup de gueules noires ont quitté d'ailleurs leur besogne pour entrer à l'usine. Dans l'opinion générale, celui de mineur était resté un métier d'esclave et de bête. A preuve ces huées que lançait le public dans le stade Geoffroy-Guichard aux mauvais joueurs de l'ASSE[1] :

— A la mine ! A la mine !

Le charbon avait fait naître l'industrie du métal, d'abord celle des armes, puis celle des bicyclettes, devenue Manufrance dans son dernier avatar. Spécialiste de la vente par correspondance, la maison proposait à la clientèle des milliers d'articles, les plus rares, les plus inattendus, fabriqués ailleurs ou à Saint-Etienne, décrits dans un catalogue que tous les connaisseurs tiennent pour le chef-d'œuvre du genre. On y trouvait par exemple le tire-bouchon automatique, l'aspirateur transformable en machine à traire, le chapeau pointu pouvant servir d'entonnoir, le serre-livres, le serre-joint, le serre-écrou, la cage à musique contenant un oiseau artificiel. Nos ancêtres gaulois connaissaient déjà cette fabuleuse Manu, comme le prouve, dans *Astérix et les Normands*, ce dialogue entre un Celte et son épouse :

« — Chéri, j'ai enfin reçu le catalogue de la Manufacture des Armes et Chars. »

Comment une entreprise aussi ancienne, aussi variée, aussi prospère a-t-elle pu sombrer dans la faillite ? Les critiques parlent d'une organisation vétuste, d'une administration fantaisiste, d'un sens général de l'irresponsabilité. Le rendement était si faible qu'on avait inventé l'expression « un pas de la Manu » pour désigner ce qu'on appelle ailleurs « un train de

---

1. Association sportive Saint-Etienne.

sénateur ». La Manu en était venue à acheter des canons de fusil italiens pour leur ajuster une crosse stéphanoise ; seul le bois restait français.

La troisième importante affaire stéphanoise est l'épicerie à succursales Casino. Un ami italien m'a affirmé que, dans sa langue, ce terme signifie « bordel ». Il a pris un tout autre sens chez les Gagas grâce à la famille Guichard-Perrachon. L'entreprise parfume certains quartiers de leur ville au chocolat ; d'autres au café ; d'autres encore à la cannelle. Il n'y est presque plus nécessaire de se nourrir, il suffit de humer ces arômes.

La population de Saint-Etienne est accueillante, chaleureuse, avec parfois un accent de naïveté. Elle a sous son ciel gris quelque chose d'ensoleillé. Cela s'entend même dans son parler pittoresque, plein de trouvailles ingénieuses, d'exagérations désopilantes. Madame Charpin me racontait comment elle avait amené son beau-père, qui n'entendait plus rien des oreilles, chez un docteur « espécialiste » pour les déboucher.

— A fallu d'abord introduire des gouttes ramollissantes. Après un long moment, ça s'est mis tout par un coup à sortir. Si vous aviez vu ce commerce ! C'est incroyable ce qu'on peut accumonceler dans une oreille. Quand on a été dehors, j'ai dit à mon mari : « Hou la la ! J'ai vu le moment qu'on allait y retrouver la clé de la cave perdue depuis une semaine ! »

Quant à l'accent, il est caractérisé par la perversion de deux voyelles : le *a* final qui devient un *o* ouvert, par exemple « chocolat » se prononce « chocolot » ; et le son *an* ou *en* qui se partage en *é-in* ; « maman » se dit « maméin ». Dans une école qui voulut bien me recevoir, j'entendis réciter :

> *Les loups méingent gloutonneméint.*
> *Un loup donc éteint de frairie,*
> *Se pressot, dit-on, telleméint,*
> *Qu'il éin péinsot perdre la vie...*

A ces détails de prononciation, il faut ajouter le vocabulaire local dans lequel je retrouvais un certain nombre de termes thiernois : un « gros tège » (un gros plein de soupe) ; « c'est affreux ce qu'elle est belle » ; j'ai apporté une « biche » (un pot) de beurre ; j'« arrive que » (j'arrive à l'instant même) ; la maison recevait le jour par un « cafuron » (une petite fenêtre). Cette parenté des mots souligne la parenté des esprits entre le forgeron du couteau et le forgeron du fusil.

Madame Charpin me faisait quotidiennement profiter de son accent lorsque nous étions à table. J'avais l'impression qu'elle prenait un locataire moins pour l'argent que cela lui rapportait que pour avoir l'occasion de parler de son défunt. Inlassablement, elle évoquait son souvenir, ses paroles :

— « Ma belette, faut bien qu'y en ait un de nous deux qui parte le premier. Et ça doit être moi puisque je suis le plus vieux. Tu m'apporteras des fleurs au boulevard des Allongés. » Il cherchait à me faire rire même avec sa mort future. C'était un homme irrésistable. Et actif à ne pas croire, il n'habitait pas en place. La veille de son départ, il a cassé du menu bois pour éclairer mon fourneau. Vous pouvez pas croire comme il me manque. Reprenez un peu de mes riz.

A Thiers aussi, on mange le riz au pluriel. J'étais devenu pour madame Charpin son mur des Lamentations.

Mes activités professionnelles avaient commencé en plein air, sur les places publiques. Affublé de mes oripeaux, je jouais sur ma trompette l'air de Charlie Chaplin que tout le monde connaît : *Deux petits chaussons de satin blanc...* Bientôt, j'étais entouré par un troupeau d'enfants et d'adultes, qui fredonnaient avec moi. Nous leur servions ensuite, Donald et moi-même, une de nos blagues, l'œil poché, les dorures. A moins que je ne fisse disparaître un foulard rouge qui reparaissait bleu. Au milieu du spectacle, je m'interrompais pour faire la quête dans mon chapeau. Le public stéphanois est aussi généreux que le thiernois. C'est Donald qui remerciait.

Parfois un flic se mettait de la partie, nous ordonnait de déguerpir parce que nous gênions la circulation. La foule soutenait notre cause :

— Non, non, ils ne gênent personne. C'est toi qui gênes.

L'agent n'insistait pas, redoutant une émeute. A l'école de police, on lui avait appris que le peuple stéphanois, bon enfant dans sa vie ordinaire, est sujet à la guérilla si on lui marche sur les pieds, comme il l'a montré en 1831, 1834, 1844, 1846, 1869, etc.

Nous étant fait connaître par ces représentations, nous fûmes invités par des familles pour égayer des mariages, des baptêmes, des enterrements. Dans ce dernier cas, mon mirliton obtenait un franc succès car il ne craignait pas d'exécuter la *Marche funèbre*, de Chopin, ou le *Dies irae*, de Thomas de Celano.

Un jour, je fus abordé par un spectateur de belle prestance, porteur d'un ruban rouge à la boutonnière. Il me dit : « Je voudrais vous parler. » Il m'emmena dans une brasserie de la place Jean-Jaurès. Comme il s'agissait d'un entretien sérieux, je me débarrassai de mes accessoires. Nous nous assîmes derrière deux grogs au citron. Puis il parla :

— Ma femme et moi sommes avocats et les parents d'un petit garçon atteint d'une maladie peu courante. Il ne manifeste aucun intérêt pour quoi ni pour qui que ce soit. Il ne regarde rien. Ou bien il a les yeux fixés très longtemps sur un objet quelconque. Il se griffe les bras avec sa fourchette, on a dû les protéger au moyen de pansements. Les baisers de sa mère le laissent indifférent. Malgré ses six ans, il ne parle pas. Il émet un jargon qui ressemble à du langage, mais qui n'a aucune signification pour nous.

— Et qu'en disent les docteurs ?

— Ils nagent. Ils parlent de « repli psychologique sur soi ». De « dissociation des facteurs organiques et des facteurs psychiques ». Ils n'ont pas trouvé le moindre remède.

— Est-ce que votre enfant se nourrit ?

— Oui, on arrive, avec beaucoup de patience, à lui fourrer dans la bouche les aliments nécessaires.

— Est-ce qu'il marche ?

— Tantôt sur deux pieds. Tantôt sur quatre.

— Vous pouvez l'emmener en promenade ?

— De gré ou de force. Certaines fois, il accepte, d'autres il résiste.

— Est-ce qu'il pleure ?

— Non, il n'a pas de sentiment.

— Et que puis-je pour vous ? Je ne suis pas médecin.

— Peut-être le faire rire. Ou sourire. Rien n'est sûr. Mais on peut essayer.

Nous nous sommes donné rendez-vous pour le lendemain au domicile de cette famille, rue Daguerre. Par un malheureux hasard, ma montre était en réparation chez l'horloger. Je me couchai assez tôt, confiant au premier tramway du matin la charge de me réveiller par son grondement et par le tintin de sa sonnette. Je m'enfonçai dans le sommeil du juste, malgré les ronflements de madame Charpin, qui me parvenaient à travers la cloison.

Et voici, broum-broum ! le vacarme du premier tram. Je saute du lit, je m'habille, je me peigne, je saisis le ballot de mes accessoires. Sur la pointe des pieds, je traverse la chambre de la propriétaire. J'arrive place Chavanelle. Dans les rues sombres, pas une âme. « Les âmes sont frileuses en cette saison, me dis-je. Elles restent sous la couette jusqu'à la dernière minute. » J'atteins la grande poste, je consulte son horloge : une heure de la nuit ! Ce que j'avais pris pour le premier tram du matin était le dernier du soir. Il ne me restait plus qu'à regagner mes pénates, qu'à me fourrer dans mon lit encore tiède.

C'est donc plus tard que je me relevai, que j'avalai un bol de soupe et pris le chemin de la lointaine rue Daguerre. L'avocat et l'avocate me reçurent aimablement. J'endossai ma tenue professionnelle, chaussai mes immenses tatanes, vérifiai l'allumage de mon pif, installai Donald sur mon poing gauche et attendis dans le salon la venue du petit malade qu'on me demandait d'améliorer, sinon de guérir. Ne sachant par où commencer. La pièce était remplie de meubles d'un grand luxe. Aux murs, des glaces me renvoyaient mon image absurde. Des tableaux exposaient je ne sais quoi, des taches colorées, un farfouillis de lignes sombres sur fond clair qui m'évoquait un lit de termites, ou une ville incendiée. Dans ce style pour moi incompréhensible qui s'adresse seulement aux élites et porte le nom d'art abstrait. A chacun ses goûts. Personnellement, je me régale de poires crues et de pommes cuites ; le bousier, dont l'opinion vaut bien la mienne, se régale de crottes de lapin.

Au milieu de ces contemplations, une porte s'ouvrit pour laisser entrer un petit garçon, poussé par ses père et mère. Un bel enfant aux yeux noisette, aux cheveux bouclés, au visage triste, au pas incertain. De larges manches couvraient ses avant-bras.

— Nous vous présentons Guillaume, que nous préférons appeler Guigui. Et voici, cher Guigui, nos amis Donald et Crocus venus nous rendre visite.

Mon compère et moi-même exécutâmes des courbettes prononcées, à la d'Artagnan. Pas de réaction.

— Donne la main à Donald, insista la mère.

Le petit ne semblait ni entendre ni voir. Elle dut lui tenir la main pour la placer dans celle de mon compère. L'avocat nous prit à part pour nous chuchoter une recommandation :

— N'essayez pas de lui tenir de longs discours. Si vous pouviez lui faire prononcer un mot de temps en temps, ce serait merveilleux.

Guigui fut installé dans son fauteuil de rotin, parmi une troupe de jouets auxquels il ne prêtait aucune attention. Les yeux tournés en permanence vers un objet indéfini. Peut-être un reflet de lumière dans la vitre. Tandis que les parents se tenaient à l'écart, je confiai à Donald le soin de commencer notre prestation. Ce qu'il fit avec beaucoup de délicatesse en ouvrant et fermant le bec à quelques pouces du nez de Guillaume, si bien que celui-ci était obligé de le voir et d'abandonner son reflet. Après ce premier contact tout fait de clac-clac-clac, Donald osa parler :

— Bonjour, cher ami... Bonjour, cher ami... Bonjour, cher ami...

Aucun effet.

— Je m'appelle Donald. Et toi, quel est ton nom ?... Quel est ton nom ?... Quel est ton nom ?

Les yeux de l'enfant ne bougeaient pas plus que s'ils avaient été de verre. Passant à un autre exercice, je tirai de son étui mon célèbre mirliton, qui permettait de jouer et de parler en même temps. Et ce fut une chansonnette :

Bonjour Guillaume, as-tu bien déjeuné ?
— Mais oui, Madame, j'ai mangé du pâté.
Du pâté d'alouette, Guillaume et Guillaumette...

Je demandai à tous les présents d'applaudir. L'avocate et l'avocat n'y manquèrent point, mon compère applaudit du bec. Toujours rien du côté de Guigui.

Troisième exercice. Débarrassant mon poing gauche de Donald, je me mis à jongler avec des balles multicolores. Accompagnant leur vol d'onomatopées engageantes : youp ! youp ! flic ! flic ! bim ! boum ! tapi ! tapo ! A la fin, je les rassemblai dans mon chapeau et j'en pris deux, une rouge et une bleue, que je plaçai de force dans les mains de l'enfant. Il fut bien obligé de les recevoir, de les regarder. Mais après un moment, il les relâcha, elles churent sur le parquet, bien tristes.

M'étant baissé pour les ramasser, j'eus la surprise chagrinée de le voir en train de mordre son avant-bras gauche à travers la manche, à pleines dents, comme il aurait fait d'un épi de maïs.

— Il cherche, m'expliqua le père, à voix basse, à se rendre compte qu'il existe. Il n'est pas certain de sa propre substance, de sa propre vie.

Prenant son fils dans ses bras, il le tint serré contre sa poitrine, en évitant les dents qui voulaient le mordre aussi.

Je repris Donald sur mon poing et nous eûmes, lui et moi, une dispute onomatopique à laquelle prirent part mon nez électrifié et les oreilles éléphantesques dont je m'étais affublé.

— Couac ! Couac !
— Tapo, tapi, tapa !
— Tangui ! Tango !
— Rapioupiou ! Rapioupiou !...

Le tout aboutissant à des éclats de rire *irrésistables*. Sans le moindre effet, malheureusement, sur l'enfant triste. Je demandai pardon aux parents des piètres résultats obtenus.

— Ça ne fait rien, conclut le père. Revenez quand même.

Il me proposa deux heures, cinq fois par semaine. De sorte que l'avocat et l'avocate devinrent nos principaux employeurs.

17

Heureusement, le mois de décembre nous fournit l'occasion de rencontrer des enfants pas tristes. Nous nous produisîmes autour des sapins publics et des sapins privés. Souvent en compagnie du Père Noël en personne avec qui nous avions d'excellents rapports. Parfois même le remplaçant quand il se trouvait indisponible, il ne pouvait faire face à toutes les demandes. Je me couvrais alors d'un manteau fourré, me collais au menton une barbe blanche d'étoupe, je distribuais jouets et friandises. Ma trompette jouait *O Tannenbaum ! O Tannenbaum !* Ma vielle, *Le roi là-haut est sur son trône.*

Nous allions aussi dans les hospices faire les guignols pour les vieilles personnes. Dans ces circonstances, je changeais de tenue, j'enfilais une longue robe noire, me plantais sur la tête un chapeau pointu d'astrologue, et je me faisais conteur d'histoires. Abreuvant mon public de sorcelleries. Sachant que les vieux ne croient plus au Père Noël, mais qu'ils croient dur comme fer aux sorciers, aux sorcières, aux lutins, aux galipotes, aux chiens noirs, aux loups-garous et aux louves-garelles.

Exemple, le conte de la Salière. Pour l'authentifier, j'avais besoin d'une branche couverte de fleurs blanches, pareille à celle des pommiers au printemps. Je devais la confectionner de mes propres mains avec des corolles de papier que je collais sur des rameaux.

Allons-y pour la Salière. C'est l'histoire d'un pauvre bougre appelé Mardi Gras, parce qu'il n'avait ni père ni mère et que le curé l'avait ramassé ce jour-là, nouveau-né, devant le porche de son église. Cet abbé aurait voulu en faire un prêtre comme lui ; mais le garçon n'avait pas beaucoup d'esprit, ni dans la tête, ni dans les mains. Devenu adulte, il choisit la profession de mendiant. Il allait de paroisse en paroisse, où ses pieds le portaient. Un soir, il se trouva dans Saint-Etienne, qui n'était encore qu'un gros village de paysans et de forgerons sur les rives du Furan. A l'heure de la messe de minuit, il entra dans l'église et se tint au fond, dans la demi-obscurité, honteux de ses guenilles et de sa crasse au milieu de tous ces gens bien habillés. Le curé fit un sermon sur la charité et l'obligation qu'ont tous les chrétiens de s'entraider comme les doigts de la main. Au moment de la communion, Mardi Gras osa quand même sortir de l'ombre et recevoir sur la langue le corps du Christ.

Après la troisième messe, la foule se dispersa dans la campagne blanche de givre. Chacun se dirigea vers le festin qui l'attendait, vers la dinde aux marrons ou le coq au vin. Sans parler de la suite. Notre garçon erra longtemps au milieu de la nuit fleurie d'étoiles, allant d'une maison à l'autre, mais n'osant frapper, humant les bonnes odeurs qui s'en échappaient. C'est ainsi qu'il colla son nez à la fenêtre des Gibelin, ferblantiers à Saint-Etienne. Il vit toute une tablée en train de s'empiffrer pieusement. Or la petite Etiennette le remarqua, le reconnut à travers la vitre, s'écria :

— C'est Mardi Gras, que nous avons vu à la messe de minuit ! Oh maman ! Il faut le recevoir, comme nous a conseillé monsieur le curé en parlant des cinq doigts de la main.

La mère ne pouvait refuser. Elle ouvrit la porte, recommanda au mendiant :

— Essuie bien tes groles [1] sur le paillasson.

Elle le fit asseoir au bout de la table :

— Prends patience.

Quand tout le monde se fut repu, chacun regagna sa chacunière. Etiennette et ses deux frères montèrent se coucher après avoir disposé leurs chaussures sous la cheminée. Mardi Gras reçut une grosse assiettée de restes, viandes, légumes, desserts, et il se cala bien les côtes.

— Où couches-tu ? demanda la ferblantière.

— Dans une cabane, du côté de Valbenoîte.

— C'est bien loin. Voudrais-tu finir la nuit ici, dans le foin ?

— Je vous en aurais beaucoup de reconnaissance. Puis-je encore demander une faveur ?

— Laquelle ?

— Est-ce que je pourrais, moi aussi, mettre mes groles sous la cheminée, comme vos enfants ?

— Pourquoi pas ? fit-elle en éclatant de rire.

Elle le conduisit ensuite dans l'écurie où il passa la nuit tranquillement, à côté d'un âne. Pendant ce temps, la ferblantière garnissait les souliers de ses gamins. Et rien n'y manquait, ni la poupée, ni la

---

1. Godasses.

toupie, ni les oranges. Quand elle en vint aux groles de Mardi Gras, elle se trouva bien embarrassée, n'ayant rien prévu pour elles. Elle regarda les alentours, cherchant ce qu'elle pourrait bien y introduire. Rien sur la table que des miettes et des croûtons. Un seul objet attira ses regards : une salière, remplie de poudre blanche. La mère la saisit et la fourra dans une des godasses, songeant à la surprise du mendiant qui peut-être la croirait remplie de sucre en poudre, ce qui provoquerait bien des rires. Elle alla se coucher.

Au petit matin, les coqs chantèrent, l'âne se réveilla et souffla dans les oreilles de son compagnon, disant :

— Lève-toi. Va voir ce que le petit Jésus a déposé dans tes groles.

Mardi Gras se mit d'abord sur ses genoux, puis sur ses jambes, se frotta les yeux, brossa de la main les brindilles de foin accrochées à ses haillons et passa dans la salle à manger. Les enfants des ferblantiers y étaient déjà, tout joyeux de ce qu'ils avaient trouvé.

— Toi aussi tu as quelque chose ! l'avisèrent-ils, déjà riant sous cape.

Et lui de s'émerveiller :

— Une salière ! Ça tombe bien, j'en avais pas !

Hilarité générale. Lui baisa ce cadeau, le mit dans sa poche. Puis il remercia tout le monde et sortit de la maison, se dirigeant vers Valbenoîte. Il devait pour cela traverser un verger, les pommiers blancs de givre ressemblaient à des candélabres. Soudain le prit une étrange idée, comme il ne peut en naître que dans des cervelles folles. Il sortit la salière et, s'approchant d'un arbre, se mit à saupoudrer les branches basses. Sous l'effet du gel, le givre fondit. Encouragé par ce résultat, Mardi Gras se hissa de branche en branche et saupoudra de même tout le pommier. Il eut juste assez de sel. Redescendu sur terre, il constata avec émerveillement que l'arbre dégivré s'était couvert de fleurs. Et il en fut de même chaque hiver qui suivit ; tant qu'il fut pommier vivant, il fleurit hors de saison, en souvenir de Mardi Gras et de sa salière.

A ce moment de mon récit, je sortais la branche que j'avais fleurie de papier, et tous les vieux, toutes les vieilles applaudissaient à se briser les paumes.

Les choses n'allaient pas aussi bien dans les maisons dites « de retraite » où végétaient de pauvres personnes totalement invalides du cerveau, qui ne comprenaient rien à mes récits. Je me contentais de les amuser par mes grimaces, par mes jongleries, par mes récitals de mirliton ou de trompette. La musique les touchait, elle pénétrait dans les anfractuosités de leur cervelle où demeurait quelque poussière de mémoire. Je voyais leurs lèvres remuer, à la recherche des paroles perdues.

Mes résultats n'étaient pas meilleurs chez les avocats de la rue Daguerre. Malgré nos contorsions, nous n'arrivions pas à arracher le petit Guillaume à sa tristesse, à son mutisme, à son envie de se mordre les bras. Après deux mois d'efforts, je jugeai plus honnête de renoncer. Lorsque je l'embrassai avant de partir, il reçut mes bisous avec indifférence.

— Revenez nous voir de temps en temps, me dit la mère. Nous aussi avons besoin de vos services, de votre bonne humeur, de votre mirliton.

Je promis.

Ces insuccès m'ont amené à des réflexions fort désobligeantes pour le divin Créateur. Je suis persuadé de son existence, de son intelligence infinie, car les choses n'ont pu se faire toutes seules. La moindre violette, le moindre grillon démontrent ses prodigieuses capacités. Mais je ne crois pas à sa bonté, prêchée par les apôtres, prêchée par Jésus lui-même. Infiniment bon, infiniment miséricordieux ce Créateur responsable de la tristesse du petit Guillaume, des déchéances mentales que j'ai vues dans les « maisons de retraite » ? Pour quel motif ? Pour les punir de quels péchés ? Et les inondations ! Et les tremblements de terre ! Et les épidémies ! Où est, dans tout ça, l'amour du Créateur pour ses créatures ? J'en arrive à penser que la prétendue bonté, extensible à ses représentants, la Vierge, le Christ, est une invention des prêtres de toutes sortes. Je l'ai déjà dit à propos de ce menteur de saint Bernard.

A présent que j'approche du terme de ma vie, je vois le Créateur pareil à un grand chef d'entreprise : il a inventé les lois physiques, chimiques, biologiques, astronomiques qui règlent les mouvements du monde, il leur a dit pour finir :

— Et maintenant, débrouillez-vous. Appliquez mes lois ou bien violez-les. Je vous donne votre libre arbitre.

Je le considère par exemple assez proche de monsieur Michelin — mais monsieur Michelin existe, personne n'ose affirmer que ses pneumatiques se sont faits tout seuls — qui en crée de toutes sortes, de toutes dimensions, pour tous usages. Il les lance dans l'univers sans avoir aucun sentiment pour eux, ni amour, ni détestation. Indifférent à leur destin pourvu qu'ils appliquent les lois de la physique, du caoutchouc et des finances. A chacun sa matière première. A chacun sa clientèle.

Au cours de mes sommeils ou de mes insomnies, il m'arrive d'avoir des conversations directes avec le souverain Créateur.

— Pourquoi, Seigneur, vous désintéressez-vous des pauves hommes que vous avez créés ?

— Je ne m'en désintéresse pas, proteste-t-il. Mais entre monsieur Michelin et moi, existe une notable différence : il a des concurrents, moi je n'en ai pas. En conséquence, il met tous ses soins à fabriquer des articles sans défaut, sinon il perd une partie de sa clientèle. Il y parvient presque toujours. Moi, depuis des milliards de siècles, j'ai tant de choses à créer, à modifier, à perfectionner, qu'il peut m'arriver, par étourderie ou par fatigue, de commettre des erreurs. Voilà pourquoi m'échappent ces terribles maladies que tu me reproches. Mais je connais l'intelligence et l'obstination de mes créatures humaines : à force de recherches – car je les ai faites à mon image – elles auront raison de ces maux abominables.

— Seigneur, entre monsieur Michelin et vous, je vois une autre différence. Lorsque ses pneus sont usés jusqu'à la corde, il autorise leur rechapage, ce qui leur confère une seconde vie. Puis-je croire, Seigneur, que vous n'autorisez pas une seconde vie à vos créatures humaines ?

— Qu'en sais-tu ?

— C'est vrai, je n'en sais rien.

— Penses-tu que je doive révéler tous mes secrets ?

— Pourquoi le feriez-vous ? Je ne suis qu'un grain de poussière dans votre univers infini.

Nos entretiens n'aboutissent à aucune conclusion précise. J'en sors troublé plus que jamais par le mystère du monde.

18

Heureusement, Saint-Etienne m'a fourni des occasions de réconfort. Par exemple, je décide un jour de me produire dans le train omnibus qui va de Châteaucreux à Lyon-Perrache. Je me munis donc d'un billet pour moi tout seul, parce que Donald a moins de cinq ans : il voyage gratis. Une fois en route, nous endossons nos costumes dans les W.-C. Et nous voilà occupés à gagner la sympathie des autres usagers avec nos grimaces, nos dialogues, nos musiques. Tout le monde, Stéphanois, Ricamandois, Lyonnais, rigole à pleine panse. Je fais la quête de temps en temps. Aux arrêts, nous changeons de voiture.

A la Grand-Croix, je vois monter une paysanne avec un panier à chaque bras. Elle va proposer ses œufs, ses fromages, ses choux à ses clients de Rive-de-Gier ou de Givors. Elle nous regarde et s'amuse bien. Et moi de chuchoter à l'oreille de Donald :

— Parions que je lui fais rater sa descente !

— Tu ne vas pas... Cette pauvre femme ! Un peu de retenue, voyons !

Me voici à l'œuvre, avec sa complicité involontaire, adressant la parole à la dame aux paniers :

— Vous allez vendre vos œufs, madame ?

— Oui, à Rive-de-Gier, comme je fais tous les samedis.

— Si je vous proposais de les acheter ?

— Ça serait une bonne idée. J'ai aussi de la légume.

— Quelle sorte d'œufs avez-vous ?

— Des œufs de poule, naturellement.

— Ce qui nous intéresserait, fait Donald, ça serait des œufs de canard.

— Vous voulez dire des œufs de cane ?

— Non, non. Des œufs de canard. A la rigueur, des œufs de coq.

Et nous voici baratinant, baratinant. Le train s'arrête, puis repart.

— Où qu'on est-y ? demande la dame.

— On vient de passer Rive-de-Gier.

— Mais c'est là que je voulais descendre !

— Y a pas de dommage. Vous descendrez à la prochaine.

— J'y manquerai pas. J'y manquerai pas. C'est votre faute, vous m'avez trop fait clanquer[1].

Changeons de tactique. Je fais des tours de passe-passe. Le coup du foulard qui change de couleur, le coup de l'as de cœur qui voyage, le coup du bâton chinois. La paysanne ne nous quitte pas des yeux. Jamais elle n'a rien vu de pareil. Le train s'arrête de nouveau, elle ne s'en aperçoit pas.

— Mais où donc qu'on est ?

— On vient de passer Givors.

---

1. Bavarder.

— C'est là que je voulais descendre. Vous l'avez fait par exprès de me retenir !

— Vous descendrez à Grigny, c'est pas grave.

J'ai gagné mon pari. Tout le monde se tient le ventre. Avant l'arrêt suivant, je crie :

— Grigny ! Grigny ! Œufs de coq ! Œufs de canard !

Toutes ces farces étaient le fruit de mon instinct et de ma stupidité naturelle. Mais c'est à Saint-Etienne que je suis devenu intelligent. Du moins, je veux le croire. Je dois cette élévation à une découverte que je fis dans la rue d'Arcole, non loin de l'hôtel de ville. Il s'agissait d'une boutique de livres anciens. Jamais je ne m'étais encore permis d'entrer dans une librairie, dans une de ces maisons où l'on vend le savoir sous toutes ses formes, neuf ou d'occasion. J'y fus encouragé par un écriteau manuscrit qui disait : *Si tu franchis cette porte, tu ressortiras moins bête.* Au-dessous, deux figures à l'encre de Chine, l'une renfrognée, coiffée d'un bonnet d'âne ; l'autre souriante, coiffée d'un chapeau gibus. Je compris le sens de ces symboles. Dans la vitrine, étaient exposés des bouquins d'auteurs dont j'ignorais les ouvrages : Montaigne, Pascal, Montesquieu, Rousseau. Je me sentis comme le renard devant des raisins mûrs. J'eus l'audace d'entrer.

Le bouquiniste était un vieil homme dont la tête chauve s'ornait d'une couronne blanche. Il avait l'air de s'ennuyer derrière son comptoir. Tout joyeux, il vint à moi, me tendit les bras comme pour m'embrasser. Nous nous serrâmes les mains. Et lui de s'écrier, avec un peu de cérémonie :

— Soyez le bienvenu. Je vous attendais.

— Vraiment ?
— Vous êtes mon premier visiteur de la matinée.
— J'ai lu votre écriteau. Je voudrais devenir moins bête.
— Vous y parviendrez si vous suivez mes conseils.

Il me posa ensuite des questions sur mes origines, mes études, mon travail. Il me complimenta d'avoir choisi la clownerie, c'est une profession très estimable, mais difficile. Elle eut dans le passé de glorieux représentants, Auriol, Mazurier, Grimaldi, Footit et Chocolat, l'illustre Grock. Mon bonhomme avait l'air de tout savoir. Si nous avions parlé épiceries, il m'aurait cité les plus célèbres épiciers du XVIIe et du XVIIIe siècle. Je racontai, en les résumant, quelques-uns de mes monologues. Il me fit la grâce de rire comme un bossu en se tapant sur le ventre, qu'il avait assez proéminent sous son gilet à trois boutons de nacre.

— Et alors ? me fit-il soudain.
— Mes monologues ne montent pas très haut. Je voudrais les élever, ne pas me contenter de débiter des foutaises à l'usage des imbéciles.
— Faire rire les gens n'est jamais une foutaise. Cela les aide à supporter leurs misères. La preuve est faite, d'ailleurs, que le rire a des effets bénéfiques sur la santé. Prenez les diabétiques : ils voient leurs douleurs diminuer s'ils ont l'occasion de se dilater la rate. Notre corps est capable de fabriquer ce dont il a besoin pour lutter contre ce qui le tourmente. Il faut mettre au travail le médecin naturel qui est en nous pour fabriquer des endorphines.
— Qu'est-ce que c'est ?
— Des hormones antidouleur.
— Vous savez tout !

— Presque tout. Sauf qu'avec ce que j'ignore, on pourrait faire de belles bibliothèques.

Poursuivant son interrogatoire, il comprit que je n'étais pas trop porté sur les sciences ni les mathématiques ; qu'il fallait plutôt exploiter mon goût pour les lettres.

— Vous avez raison. De nos jours, les sciences, c'est pour gagner de l'argent ; les lettres, c'est pour le bonheur. Je vais vous fournir la nourriture qui convient à votre esprit.

Il gravit les degrés d'un escabeau, atteignit un rayon, se chargea les bras de bouquins un peu poussiéreux. De quoi s'agissait-il ? Tout simplement de la collection Lagarde et Michard, aux éditions Bordas. Classes de cinquième, de quatrième, de troisième.

— Quand vous aurez avalé tout ce foin, revenez, je vous fournirai d'autre nourriture.

Il me fit un prix global pour l'ensemble, assez dérisoire. Y ajouta par-dessus le marché, comme une paysanne ajoute une pomme à son quarteron, un résumé des *Pensées* de Pascal. Je ressortis de sa boutique, comme l'avait promis son écriteau, moins bête qu'en y entrant.

Dès lors, à Saint-Etienne, je n'eus plus un moment de disponible. Entre deux prestations dans les hôpitaux ou les familles, je dévorais ces auteurs dont je n'avais jusqu'alors connu que le nom. Je ne les citerai pas, ils sont trop nombreux. Un seul, Jules Michelet, parce qu'il me fit découvrir une odeur de l'Auvergne que j'avais flairée à Membrun et sur les Margerides : *Pays froid, sous un ciel déjà méridional, où l'on gèle sur les laves. Dans les montagnes, la population reste l'hiver presque toujours blottie dans les étables, entourée d'une chaude et lourde atmosphère. Vin grossier, fromage amer, comme l'herbe rude d'où il vient. Les Auvergnats vendent leurs laves, leurs pierres ponces, leurs pierreries communes, leurs fruits communs qui descendent l'Allier par bateaux. Le rouge, la couleur barbare par excellence, est celle qu'ils préfèrent ; ils aiment le gros vin rouge, le bétail rouge. Plus laborieux qu'industrieux, ils labourent encore avec la petite charrue du Midi qui égratigne à peine le sol. Ils ont beau émigrer tous les ans des montagnes, ils rapportent quelque argent, mais peu d'idées. Et pourtant il y a une force réelle dans les hommes de cette race, une sève amère, acerbe peut-être, mais vivace comme l'herbe du Cantal.*

J'y reconnus l'araire de mon grand-père Antonin, les vaches de Salers, les migrations de mon oncle Florent et de moi-même.

La plus douce compensation reçue de Saint-Etienne me vint d'une connaissance que je fis à cette époque : celle d'une dentellière espagnole prénommée Pilar. Nous nous rencontrâmes à un arbre de Noël donné dans une école catholique. Elle accompagnait son petit garçon, Joseph, dit Pépito. Il reçut de mes mains un jeu de patience auquel il ne comprit rien. Pilar nous invita, mon canard et moi, à venir le lui expliquer à domicile. Elle habitait rue de la Charité, pas très loin de Chavanelle. Après l'expérience malheureuse de Guillaume, nous nous fîmes un peu prier. Je cédai néanmoins à la volonté de Donald qui semblait intéressé parce que la señora était jolie.

Rien n'est plus simple qu'un jeu de patience – qu'on appelle aujourd'hui plutôt puzzle –, il y faut simplement du temps et de l'observation. On doit mettre à leur bonne place cinquante ou cent éléments d'un tableau morcelé. Une fois reconstruit, il représente une carte de France ou l'œuvre d'un grand peintre. Pilar me fit des confidences marquées d'un léger accent ibérique :

— Quand j'étais fillette, je me proposais d'épouser un jour un toréador. Nous avons foui l'Espagne à cause de la guerre civile. Savez-vous ce qui ensouite m'est arrivé ? J'ai épousé un toueur de vaches, aux abattoirs. Ce qui n'est pas la même chose que touer un taureau dans l'arène. Un mariage imposé par ma famille parce qu'il nous assourait le bifteck quotidien. A présent, mon mari s'est élevé dans le métier de la viande. Il ne toue plous. Il bat la campagne pour acheter des animaux qu'il vend ensouite aux bouchers de Saint-Etienne. Pendant ses absences, il a l'habitoude de me téléphoner souvent, sous prétexte de me raconter ses voyages. En réalité, pour vérifier si je souis bien à notre domicile, parce qu'il est très jaloux. Nous formons un drôle de ménage.

Elle se consolait de son désenchantement en fabriquant des éventails de dentelle. Elle manœuvrait les siens, les ouvrant, les refermant avec une telle agilité qu'un prestidigitateur n'aurait pas fait mieux. Elle se désolait de n'avoir pas beaucoup de clientes à Saint-Etienne :

— Mais comment les femmes d'ici peuvent-elles vivre sans éventail ?

Je fréquentai Pilar et son fils régulièrement. Accueilli chaque fois avec beaucoup d'intérêt. L'intérêt devint chaleur. La chaleur devint embrasement. J'ai oublié les étapes suivies par ce feu. Toujours est-il qu'un certain mercredi, alors que

Pépito participait chez un copain de La Ricamarie à un repas d'anniversaire, nous nous sommes trouvés, la dentellière et moi, au premier étage, en train de faire la sieste dans le même lit, pour nous reposer de nos ébats. Sommeillant dans les bras l'un de l'autre. Oubliant le ciel et la terre.

Tout par un coup, sonnerie du téléphone. Réveillé en sursaut, je ne sais plus où je suis ; je veux, en tenue d'Adam, sauter du lit, si adroitement que je me casse la gueule sur le plancher où j'atterris sur les genoux. Réveillée de même, Pilar, en tenue d'Eve, saute aussi, m'enjambe, enfile un peignoir, court vers l'appareil. Pendant ce temps, je me relève tout piteux, me réfugie dans la chaleur des draps. J'entends au loin la voix de ma dentellière. Elle revient, se reblottit contre moi, m'explique tout essoufflée :

— C'était mon père politique.
— Quoi ? Quoi ? Père politique ?
— Excouse-moi. En espagnol, on dit *padre político*, pour beau-père.
— Pourquoi politique ? Ça n'a pas de sens.
— Et beau-père, ça a un sens ? Crois-tou que le mien soit beau ? Loui aussi voulait contrôler si j'étais bien à mon domicile.

Nous avons ri comme des crocodiles de cette intrusion de la politique dans notre lit.

La suite n'alla pas très loin. Ce jeu de saute-mouton n'eut aucune conséquence, sauf que, pendant quinze jours, j'eus les rotules bleues. Je renonçai à entretenir avec la dentellière des amours aussi difficiles.

Autre stéphanoiserie. A Pélussin, gros village au pied du mont Pilat, j'eus l'occasion de rendre une visite à une maison où étaient réunis, sous la protection d'un saint Vital qui avait le renom d'être fou, une vingtaine d'enfants handicapés, affligés de maladies diverses. Les uns parlaient trop, d'autres pas assez. Ainsi, ce cas d'un garçon qui peinait à s'exprimer en français mais qui, s'accompagnant sur la guitare, chantait un air portugais en vogue sans en comprendre une seule parole. Un second marchait sur les mains et n'arrivait pas à marcher sur les jambes. Un troisième riait tout le temps, sauf quand il se mettait à pleurer, pour de mystérieuses raisons.

Donald et moi avons joué nos rôles avec sérieux, tantôt muets, tantôt chantants, laissant entendre que nous aussi avions un grain de folie dans la tête. Nous avons obtenu d'assez bons résultats. Trois jours de suite, nous avons donné notre spectacle. Hébergés dans un hôtel dont les fenêtres s'ouvraient sur la place. Or un soir, comme nous quittions Saint-Vital, nous fûmes rattrapés par un petit pensionnaire prénommé Lucas.

— Je voudrais vous parler.

Nous avons cherché un banc tranquille. Il m'a chuchoté dans l'oreille sa terrible confidence :

— J'ai tué mon père.

Inutile de dire qu'il m'a coupé le souffle. J'ai enfin osé demander :

— Pourquoi ?
— Parce que je le déteste.

D'abord, j'ai pensé que Lucas commettait une faute de temps, comme disait mon institutrice de la Vidalie, qu'il aurait dû dire « parce que je le détestais ». Puis je me suis corrigé de cette correction : on peut détester un mort.

— Pourquoi le détestais-tu ?

— Parce qu'il se soûlait, parce qu'il me cognait, parce qu'il battait ma mère.

— Et comment as-tu fait pour le tuer ?

— Je lui ai pété le crâne, avec son fusil de chasse, qui est accroché au mur de la cuisine.

— Les gendarmes ne sont pas venus t'arrêter ?

— Ils ne savent pas que c'est moi. Ils croient qu'il s'est suicidé.

— Tu es content de ce que tu as fait ?

— Très content.

— Et pourquoi me racontes-tu ça ?

— Parce qu'il fallait que je le dise à quelqu'un. Ça me... ça me...

— Ça te soulage ?

— Oui, ça me soulage.

— Est-ce que tu veux que j'aille le répéter à la police ?

Lucas hésita longtemps avant de demander :

— Est-ce qu'on me mettra en prison ?

— Peut-être pas, à cause de ton jeune âge.

— Je vais y réfléchir.

Le lendemain, je rencontrai le directeur de Saint-Vital. Discrètement, je l'interrogeai sur la famille de Lucas.

— Il lui a été enlevé par la justice qui nous l'a confié. Le père est un violent, un ivrogne invétéré, il ne vient jamais le voir.

— Il vit toujours ?

— Que trop. La mère se montre de temps en temps.

Je ne me sentis pas le droit de révéler les confidences du petit garçon qui rêvait seulement d'assassiner son père. Mais que pouvais-je faire, pigeon voyageur, pour cet oisillon sans nid ? Je me suis contenté, les rares fois que je l'ai rencontré encore, de poser ma main sur son crâne, en signe d'amitié. Comme dit le cher Poil de Carotte, tout le monde n'a pas la chance d'être orphelin.

Autre histoire, celle de Benoît, dit Brindille, à cause de sa petitesse. Onze ans. Un peu dans les mêmes circonstances que Lucas, il me coinça à la sortie du réfectoire.

— Faut que je vous dise quelque chose, monsieur Crocus.

— Je t'écoute.

Et lui, cherchant ses mots :

— J'ai... j'ai... j'ai...

— Quoi donc ?

— J'ai fait l'amour.

Je faillis tomber sur le derrière. Pour demander enfin :

— Quand ?... Avec qui ?

— Dimanche dernier. Avec Rosette, la fille du facteur. Nous nous connaissons depuis longtemps.

— C'est une chose qui ne me regarde pas.

— J'aimerais savoir ce que vous en pensez.

— Si tu l'aimes, il n'y a pas grand mal.

— Je crois que je l'aime.

— Raconte-moi exactement les gestes que vous avez faits.

— Nous étions dans la cave. Je l'ai prise dans mes bras. Et je l'ai embrassée.

— Sur la bouche ? Comme au cinéma ?

— Oh non ! Elle aurait pas voulu... Sur la joue.
— Sur la joue ? Très bien. Et ensuite ?
— Sur les deux joues. Très fort.

Long silence. Il fouille dans sa mémoire. Je l'aide un peu :

— Vous avez fait autre chose ?

Il secoue la tête. Il n'a plus rien à me révéler. Je le complimente :

— Brindille, tu es un bon petit garçon. Continue d'aimer Rosette. Quand vous serez grands, elle deviendra ta femme et toi son mari. Vous serez très heureux ensemble.

19

Comme promis je revins embrasser ma famille et voir si Saint-Roch n'avait pas changé de place.

Fouaillée par la concurrence européenne et asiatique, Thiers modifiait sa production d'année en année. Même si quelques obstinés continuaient de fignoler longuement, amoureusement des couteaux à l'ancienne, compliqués, bons à tout faire, la ville lançait des articles fabriqués mécaniquement et qui n'avaient qu'un seul usage. Le couteau à cake ne valait pas un clou pour trancher le pain. Le couteau du saucisson capitulait devant l'andouille. Le couteau à huîtres était vendu avec un gant qui protégeait la main de l'écailleur. Tout était nouveau dans leur substance : l'acier inoxydable, maintenant, remplaçait partout l'acier ordinaire sensible au jus de citron. Le bois des manches était imprégné de résines qui le protégeaient de la lessive du lave-vaisselle. Le plastique imitait parfaitement l'ébène ou l'ivoire. Le laguiole de poche inspirait des laguioles de table, non pliants, des fourchettes laguioles, des cuillères laguioles. Et aussi des laguioles camelotes, manchés d'aluminium, attachés en panoplies sur des présentoirs tournants, un pompon au bout de la queue, le pompon faisait vendre le couteau. Fidèle à sa tradition, Thiers produisait le meilleur et le pire.

Les couteliers exploitaient aussi des inventions venues de l'Amérique. Le couteau électrique et sa double lame auto-affûtante. Le couteau automatique à l'usage des voyous : on appuie sur un bouton, la lame jaillit du manche, prête à percer. Ils avaient l'exclusivité de la baïonnette du fusil clairon, ainsi nommé à cause de sa forme. Baïonnette noircie chimiquement, afin de ne pas luire dans l'obscurité. Il n'était guère de fabrication qui ne dût aux ci-devant couteliers quelques accessoires : boulons de voiture, manilles et mousquetons pour la navigation de plaisance. Chaînes de tronçonneuse. Rouages d'horlogerie. Robinets pétroliers. La coutellerie proprement dite ne représentait plus que le tiers des activités de la nébuleuse thiernoise.

Mais que pouvait-elle bien faire d'un clown ventriloque ?

— Tu devrais te chercher une femme, me serinait ma mère. Elle t'empêcherait de vagabonder. Pierre qui roule n'amasse pas mousse. A trente-quatre ans, tu as bien l'âge d'y penser. On ne peut pas vivre seul toute son existence.

Pour la première fois, ce sentiment me traversa la tête : j'eus envie d'être deux. Un plus une. J'avais Donald près de moi, mais il n'était qu'un reflet de moi-même. Un plus zéro fait toujours un. Comment faire pour me doubler ?

L'idée me vint d'aller consulter mon cousin Sylvestre à Saint-Jean. Un cimetière de riches. Rien que des résidences à perpétuité. En forme de chapelles, ornées de stèles, de statues, de couronnes, le tout fait de cette lave grise qu'on appelle ici pierre de Volvic. Au milieu, un socle cylindrique érigé par les soins de monsieur Cerisier, maire, en 1874. La plus illustre tombe est assurément celle des Guitard-Pinon, qui fournirent des « maîtres » à ces communautés agricoles que Michelet appelle des « couvents d'hommes mariés », si nombreuses autour de Thiers pendant dix siècles que, pratiquement, chaque village vivait sous ce régime.

Au fond du cimetière, au-delà de la pierre, une pente herbeuse avait reçu quelques tombes pauvresses. Celle des Néron était du nombre. C'est là que sommeillaient Sylvestre et Florent, en attendant une possible résurrection. J'y déposai un bouquet de lilas blanc.

— Toujours ici ? dis-je à mon cousin. Pas encore dégringolé dans la Durolle ?

— Je t'attendais.

— Tu sais que je suis un pigeon voyageur. Je ne te promets pas de venir un jour dormir près de toi.

— Rien ne presse. Tu vas bien ?

— Aussi bien que possible. Ma mère voudrait que je me marie. Pour ça, il me faut une femme.

— Dans tes voyages, tu n'en as pas rencontré une ?

— Aucune qui me convienne. Toi qui connais beaucoup de monde, pourrais-tu pas me conseiller, me diriger ?

— Va-t'en *Chez Dupont*, à Pont-du-Château. Y a bal tous les dimanches. Prends l'autobus départemental de 14 h 12. Pour revenir, tu as l'autobus de 19 heures pétantes. Tu y rencontreras des filles de toutes sortes.

Sylvestre était, je ne sais comment, merveilleusement renseigné. Nous devisâmes de choses et d'autres.

Avant mon départ, il me suggéra aussi d'aller faire un tour au fond du cimetière, côté Moutier, pour y admirer trois mausolées de porphyre. Au milieu des façades, trois portes de chêne semblaient ouvrir sur des appartements. La dimension de ces monuments était considérable. Sur la façade centrale, un quatrain gravé :

> *Viento negro, luna blanca,*
> *Noche de todos los santos.*
> *Frío. Las campanas todas*
> *De la tierra están doblando* [1].

A droite, le nom d'un occupant, Antonio Larra, 1920-1970, accompagné de son portrait et de cette promesse *Jamais nous t'oubliron*. Un visage sec, avec des pommettes saillantes, des moustaches en crocs. Je revins interroger Sylvestre :

— Qui sont ces Espagnols ?
— Des Gitans.
— Un seul habite les trois résidences. Mais on pourrait y loger tout le quartier de Saint-Jean.
— C'est que les mausolées servent à recevoir autre chose que des cercueils. Ces Gitans sont des trafiquants de drogue. Ils mettent leur marchandise à l'abri dans ces constructions où la police n'a pas le droit de pénétrer sans être accusée de violation de sépulture.
— Tu devrais en informer les autorités municipales.

---

1. « Vent noir, lune blanche. / Nuit de tous les saints. / Froid. Toutes les cloches / de la terre sonnent le glas. » Le lecteur curieux ne trouvera pas ces mausolées dans le cimetière Saint-Jean, mais dans celui d'une autre paroisse de l'arrondissement de Thiers que je ne veux pas nommer.

— J'ai cessé de m'occuper des problèmes terrestres. Toi, tu n'es pas un problème. Tu es une solution. Une fille sérieuse t'attend à Pont-du-Château. Va la découvrir.

J'ai quitté mon cousin et suis parti avec cette pensée derrière le front. Me demandant comment je faisais pour entendre si bien les paroles d'un mort, alors que je comprenais mal celles des vivants. Sans me fournir de réponse.

Chez Dupont était un ancien dancing devenu discothèque. Le fondateur de la maison, Emile Dupont, y avait son portrait encadré, son accordéon Maugein sur les genoux, près de son maître Frédo Gardoni. Pendant des années, il avait occupé seul l'estrade, faisant gambiller garçons et filles sur des airs dont seuls les nonagénaires se souvenaient aujourd'hui. Lui-même avait atteint un âge si avancé que, de figure, on aurait pu le prendre pour une momie ; mais ses doigts restaient d'une incroyable agilité. Il s'était enfin décidé à dételer, laissant sa place à son fils et à son petit-fils. Prévoyant son décès, il avait exigé que son accordéon fût enterré avec lui, sachant que ses successeurs emploieraient une autre sorte de musique.

Ayant vendu les débris de ma Vespa et acheté une bicyclette, je me rendis le dimanche suivant à Ponduche. Manquant d'entraînement, je mis deux petites heures pour l'atteindre. La maison comprenait un large parking avec une sorte de râtelier pour retenir les deux-roues. J'y enchaînai ma bécane. Une musique assourdissante s'échappait de la salle. Je pénétrai dans cet enfer. Près de la porte, un avertissement : *Entrée gratuite. Consommation obligatoire valable deux heures.*

L'espace comprenait un rectangle parqueté sur lequel les danseurs se trémoussaient. Les garçons en blue-jean. Les filles en bermuda. Ou en robe noire leur tombant aux chevilles. Quelques-unes décolletées, comme disait ma mère, « jusqu'au Fils ». *Au nom du Père, et du Fils...* Les femmes d'aujourd'hui n'obéissent plus aux oukazes de la mode parisienne et s'habillent comme il leur plaît. Tout autour, des tables recevaient les consommateurs. Au fond, le bar. En face, la machine à musique gouvernée par un disc-jockey. Le vacarme était si fort qu'il rendait toute conversation impossible. Sauf à lire le mouvement des lèvres. Les couples, d'ailleurs, ne semblaient pas dans le besoin de se parler, étroitement enlacés, ou au contraire jouant l'un contre l'autre un duel de gesticulations.

Ne sachant que faire de mes membres, je me dirigeai vers le bar. Après s'être occupé de plusieurs autres personnes, le serveur me considéra. Ses lèvres prononcèrent :

— Seul ?
— Oui, répondirent les miennes.
— Tu veux de la compagnie ?
— Pourquoi pas ?
— Quelle consommation ?
— Bière Heineken.
— Trente francs.

Il me remit un ticket portant le prix et l'heure. Je suivis mon plateau confié à une nana. Elle m'installa à un guéridon déjà occupé par un client solitaire, qui voulait bien de mon voisinage.

Je cherche dans ma mémoire des mots qui traduiraient la sono : vacarme, tintamarre, chambard, bousin, tonitruance. Aucun n'est assez fort. Peut-on appeler musique ce bastringue anglo-saxon ? Oh ! comme j'aurais aimé entendre les trilles d'Emile Dupont sur son piano à bretelles : *Perles de cristal, Les Triolets, Tourbillon musette, Riviera valse.* Comment dénicher une fille convenable dans ce bataclan ?

Soudain, la tempête s'interrompt, me laissant une rumeur dans les oreilles. Le parquet se vide, les couples regagnent leurs tables, je peux adresser quelques mots à mon voisin. Il porte une boucle à l'oreille gauche. Il a les bras nus couverts de tatouages. Il me répond par de rares syllabes :

— Tu aimes cette musique ?
— J'adore.
— Tu viens peut-être chercher une nana ?
— Non. M'en fous.
— Alors quoi ?
— Je suis homo.
— Pardon ?
— Pédé.
— Ah ! bien !
— Je tiens compagnie à mon copain, le di-djé.
— Le… ?
— Le disc-jockey.
— C'est la première fois que je viens ici. Je suis pas au courant.
— Je le surveille. Je suis jaloux.
— Je comprends.

Je compris surtout que mon cousin Sylvestre ne m'avait pas orienté vers le bon endroit pour trouver une fille convenable. A moins qu'elle ne fût perdue dans ce bastringue comme une aiguille dans un char de foin. Je n'avais pas la vue assez perçante pour la distinguer. Comme un trèfle à quatre feuilles dans un champ de trèfle ordinaire. Ma mère avait ce don magique de découvrir le trèfle à quatre au milieu de mille trèfles à trois. A peine y jetait-elle un coup d'œil : elle se baissait et le cueillait immanquablement. De retour à la maison, elle l'introduisait dans mes livres pour me porter bonheur. Si bien qu'à l'heure où je trace ces lignes, alors qu'elle est montée au pays du bonheur éternel, je les retrouve tout séchés entre mes pages.

Négligeant les deux heures auxquelles me donnait droit mon Heineken, je sortis de l'enfer, enfourchai ma bécane et regagnai la ville aux couteaux.

Au cimetière Saint-Jean, je fis des reproches à mon cousin Sylvestre, pour m'avoir mal orienté.

— Excuse-moi, me répondit-il. J'ai pu me tromper.

— Je croyais que les morts ne se trompent jamais.

— Le souverain Créateur lui-même se trompe de temps en temps. Pourquoi pas nous ?

Et maintenant, que me conseilles-tu ?

— D'aller chercher à Maringues.

Le lundi suivant, je me rendis donc dans la ville aux pelletiers. Pendant des siècles, le tannage des peaux lui a fourni sa pestilence et sa fortune. A cause de la puanteur qu'elles dégageaient lorsqu'elles arrivaient, encore saigneuses, couvertes de mouches. Les tanneries envoyaient leurs déjections dans la Morge, tranformée en cloaque. Mais cette besogne fournissait du train à soixante entreprises, du pain à six cents ouvriers. Jusqu'au début du siècle dernier, la rivière était ainsi bordée de bâtiments aux grands balcons de bois et aux greniers-séchoirs remplis d'une joyeuse animation. Il en reste un seul que la municipalité s'efforce de restaurer et de convertir en musée.

En 1974, Maringues était devenue une commune sans odeur et sans grande ambition. Elle accrochait ses ruelles à une butte servant de socle à son église. Des corneilles graillaient sur les marronniers. De ce sommet, la vue est belle vers la chaîne des Puys et la hauteur de Montgacon qui porte une Vierge protectrice des moissons. Les Maringuois ont renom d'urbanité et de gentillesse. Dans les cafés, où les paysans s'abreuvent affaires faites, on n'entend pas un mot plus haut que l'autre. Les commerçants sont tout sourire. Les chiens y font bon ménage avec les chats. J'appréciai spécialement la Maison de la Presse, que j'aurais appelée volontiers Maison de la Tolérance si Paul Claudel n'avait donné un sens infâme à cette expression. Même après le départ du grand-père auvergnat et incroyant, on y trouvait encore une grand-mère danoise et protestante, une fille française et catholique, un gendre libanais et musulman qui ne craignait pas de manger de l'andouille. Le client le plus assidu, monsieur Roger Hérault, après avoir livré au Viêt-Nam des combats fabuleux, s'était retiré ici et fait sacristain. Maringues est un havre de paix et de modeste bonheur.

Somnolente six jours par semaine, la ville se réveille les lundis de foire ou de marché. Invité à venir amuser de mes pitreries les pensionnaires de l'hôpital-hospice, j'avais réussi à leur arracher quelques éclats de rire. A leur faire oublier leurs maladies, leur décrépitude. Suivant le conseil de Pascal dont le bouquiniste stéphanois m'avait fourni les *Pensées*, je pratiquais le « divertissement ». « Les hommes n'ayant pu guérir la mort, la misère, l'ignorance, ils se sont avisés, pour se rendre heureux, de n'y point penser. »

Ma tâche terminée, je me suis promené dans la ville. J'ai franchi le pont sur la Morge et craché dans la rivière, me disant que ma salive, faute de moi, allait faire un long voyage par l'Allier, la Loire, jusqu'à la mer où finit tout ce qui flotte. Puis, empruntant la rue Bouillon, toute en escalier, je suis arrivé à la halle. Vaste rectangle marqué d'une inscription murale : *Centenaire de la Révolution, 1789. Réunion des états généraux, 5 mai. Prise de la Bastille, 14 juillet. Déclaration des droits de l'homme et du citoyen, 26 août.* Destinée à rafraîchir la mémoire des Maringuois. Errant parmi tout ce monde, je remarque une marchande en train de proposer des escargots contenus dans des corbeilles d'osier. Pas jeune jeune, mais plus jeune que moi qui vais sur mes trente-cinq balais. Et jolie. Coiffée d'un bob qui lui couvre les oreilles et la nuque. Des mèches sombres s'en échappent. Dessous, deux yeux pareils à des marguerites noires. Un nez si bien retroussé que, lorsqu'il pleut, l'eau du ciel doit tomber dedans. Je n'ai pas le temps de considérer le reste, ce sera une autre fois, parce qu'elle me demande :

— Vous aimez les escargots ?

— Les escargots ? J'en rêve la nuit. Ils m'ont inspiré une poésie.

— Vous êtes poète ?

— Par moments, comme tout le monde.

Et aussitôt, je me mets à débiter de mémoire le poème couronné jadis par madame Laval :

> *Ma maison est très confortable,*
> *Toute en rondeurs, sans escalier.*

> *On n'y voit ni lampe, ni table,*
> *Aucun genre de mobilier...*

Et j'arrive à la conclusion :

> *Jamais ne serai sans toiture,*
> *Puisque je suis un escargot.*

Pendant mes récitations, une petite foule s'est amassée autour de moi. Au dernier octosyllabe, elle m'applaudit. La vendeuse tape des mains plus que les autres. Avec un sourire si éblouissant qu'il pourrait faire tomber du ciel des alouettes sans l'obstacle du plafond. Elle me fait confirmer :
— C'est de vous ?
— Je l'ai écrit l'année de mon certificat d'études.
— Est-ce que vous pourriez m'en donner une copie ? Je m'en ferais un écriteau publicitaire. Savez-vous comment s'appelle ma boutique à Vendègre ? *La Maison de l'Escargot.*

Je demande si elle a un papier, un stylo. Elle fouille dans un cabas, en tire le nécessaire. Je m'éloigne de la halle, je trouve un muret ensoleillé où je m'assois, j'écris sur mes genoux. Je reviens vers la halle, je tends ma copie à la dame au bob. Elle me donne en compensation un petit panier d'osier où bavent plusieurs douzaines de gastéropodes.
— Le nom de l'auteur ? demande-t-elle.
— Crocus, comme la fleur.
— Combien vous dois-je ?
— Trois bises.
— Pfu ! Pfu ! Pfu !
Elle me tend une carte :

Maison de l'Escargot
Alexine Gouzon-Chevalier
Hélicicultrice
63350 Vendègre

— Si vous m'y autorisez, reprend-elle, je commanderai des bristols où l'on pourra lire votre texte. Vous ferez de la pub à mes escargots. Ils feront de la pub à vos poèmes. Est-ce qu'on vous trouve dans les librairies ? A la Maison de la Presse ?

— Je n'ai jamais écrit d'autre texte que celui-là.

— Dommage. Vous devriez.

— J'ai choisi une autre carrière. Je suis clown.

— Par exemple ! Clown pour de bon ?

— Pour de bon. Mais pas dans un cirque. Je travaille tout seul. Clown artisanal.

Des clients arrivent et nous séparent. Je m'éloigne. J'accroche le panier au guidon de ma bécane. A Thiers, ma mère semble embarrassée de ce cadeau.

— Mets le panier dans l'évier, je m'en occuperai demain.

La nuit suivante, j'ai peine à m'endormir. J'examine, comme disent les couteliers quand ils réfléchissent. Il me semble que quelque chose d'important se prépare au-dessus de ma tête sans que je comprenne quoi. Quand je réussis à somnoler, il est deux heures du matin.

Je suis réveillé par des exclamations de Joséphie. Je descends dans la cuisine.

— Regarde !

Les escargots ont soulevé le couvercle de leur panier, mal retenu, se sont évadés, ont envahi toute la pièce. Il y en a au plafond, sur les meubles, aux murs.

Nous leur faisons la chasse. Nous les remettons en cage. Alors commence leur supplice. Ils doivent dégorger leur bave. Je passe sur les détails. Nous nous sommes régalés du résultat final. Même mon père qui les consommait pour la première fois.

Le lundi suivant, je retourne à Maringues, muni de mon attirail clownesque. Avec un beau talent de plume, Alexine a recopié sur un carton blanc, à l'encre verte, mon poème signé *Crocus*. Les passants s'approchent, lisent le texte, achètent des escargots. Ce n'est pas tout. Je revêts ma défroque, je chausse mes godasses pointure 65, je me coiffe de mon chapeau à la relevette, je branche mon nez électrique. Dans cette tenue, après un petit air de trompette, je débite la plus stupide des chansons qui soient au monde :

> *Si les hommes étaient des escargots,*
> *Ils pourraient baver sur la salade.*
> *Si les hommes étaient des escargots,*
> *Oh ! que ça s'rait rigolo !*

On m'applaudit, on fredonne avec moi. Inspiré par Alexine, j'ose ensuite tenir un discours politique :

— Vous avez vu des chèvres, des vaches, des chiens, des chats se battre pour des motifs de territoire. Jamais des escargots. Toute leur vie, ils nous donnent des leçons de pacifisme. Au lieu de mettre sur leurs drapeaux des lions, des aigles, des croix, des épées, les nations devraient représenter des escargots.

Résultat : tous les paniers d'Alexine furent enlevés en moins d'une heure.

— Venez me voir à Vendègre, m'invita-t-elle. Je vous montrerai mon installation. Je vous expliquerai mon travail. J'habite en face de la croix et du lavoir.

— Pourquoi vous appelez-vous Alexine ?
— Mon parrain s'appelait Alexis.
— Madame ou Mademoiselle ?
— Dites-moi Alexine. Là-bas, tout le monde me connaît.

Trois jours plus tard, ma bécane m'y transporta. Je traversai la Dore à Puy-Guillaume, l'Allier à Limons. A Luzillat, je tournai à droite. Après un magnifique pigeonnier, j'atteignis Vendègre, blotti entre ces collines qui bordent la Limagne et portent le nom de varennes. Couvertes autrefois de vignes qui produisaient un si mauvais vin qu'il fallait se mettre à trois pour le boire : Jeannot ouvrait la bouche, Pierrot lui présentait la tasse, Paulot le retenait par-derrière de ses deux mains pour l'empêcher de reculer. Si le troisième manquait, on devait adosser le buveur contre un mur. Le « pouzin », aussi violet que l'encre des écoles, avait toutefois cette vertu qu'il résistait aux parasites. Même le phylloxéra l'avait pris en dégoût, si bien que ses plants furent exemptés. Je trouvai sans peine *La Maison de l'Escargot*.

Alexine me reçut. Elle s'était vêtue joliment, avait déposé son bob, ses cheveux ruisselaient sur ses épaules en une cascade sombre. Elle me présenta une vieille femme :

— Emilienne Gouzon, ma belle-mère, qui m'aide dans mes travaux.
— Votre belle-mère ?
— Oui, nous sommes veuves toutes deux. Mon beau-père est parti il y a dix ans, d'une maladie incurable. Mon mari, Laurent Gouzon, a été victime d'une crise cardiaque. Nous n'avons pas eu d'enfant. Fille de l'Assistance, je n'ai pas d'autre famille qu'Emilienne,

mes escargots et mon chien Larbi. Un épagneul inoffensif qui fait semblant de nous protéger de ses abois. Je l'ai enfermé à l'occasion de votre venue.

Alors est venue la grande découverte, celle de l'escargotière. D'abord la salle de naissance des gros gris dont le nom latin, *Helix aspersa*, signifie « escargot très répandu ». Les Romains étaient friands de ces bestioles qu'ils élevaient dans des parcs, *cochleariae*, entourés d'un périmètre de cendre. Quant au vocable « escargot », nous le tenons, semble-t-il, du provençal *escargol*, qui a sans doute un lien avec escagasser, esquinter, écraser. Alexine me fournit tous ces précieux détails.

Hermaphrodite, c'est-à-dire pourvu d'un organe mâle et d'un organe femelle, l'escargot a besoin quand même d'un partenaire pour se reproduire. Durée de l'accouplement : une douzaine d'heures. Après trois semaines, éclosion des bébés, minuscules perles blanches. On les nourrit avec des farines. Dès qu'ils atteignent un centimètre de longueur, on les transporte dans un terrain où poussent librement carottes, trèfles, pissenlits, plants de colza. Une clôture de planches goudronnées empêche les évasions. Une toiture les protège des merles, pies, moineaux et autres rapaces. Tout le long du parc, des abris les gardent du soleil. Dans cet enclos, ils se promènent et se nourrissent librement, chacun précédé de ses quatre cornes : les deux plus courtes lui servent à tâter le terrain ; les deux plus longues se terminent en principe par des yeux mais si rudimentaires et si myopes qu'ils ne lui sont d'aucun usage. Sourds et aveugles, ils n'ont aucune idée des problèmes innombrables qui assaillent les foules humaines. Alexine et Emilienne les vendaient tels quels dès qu'ils avaient atteint leur sixième mois. Mais elles en faisaient aussi des pâtés et des conserves.

Nous fîmes quelques pas dans Vendègre et aux environs. Nous arrêtant souvent. Pour contempler par exemple l'*Hôtel des Sources*, sur la route de Montgacon, dont le propriétaire élevait aussi quelques moutons. Sans doute pour permettre à ses pensionnaires insomniaques de les compter et de retrouver le sommeil. L'escargot, lui, n'a aucun problème d'insomnie. A l'entrée de l'hiver, il bouche l'entrée de sa maison avec un opercule et s'endort jusqu'au printemps.

Négligeant mon métier de clown, je me mis à fréquenter Vendègre assidûment. Emilienne me recevait correctement, quoique avec un peu de méfiance, se demandant ce que je venais faire au juste chez elle. Alexine, mystérieuse dans ses gestes et ses propos, semblait vouloir me gagner à l'héliciculture, tout en laissant entre elle et moi une distance. Jusqu'à un certain jour : comme nous étions tous deux penchés sur une cagette remplie de perles blanches, nos fronts se sont touchés en faisant poum ! Nous avons ensemble éclaté de rire. Affolé par ses dents éblouissantes, par ses joues empourprées, je voulus me jeter sur sa bouche. Sans pouvoir l'atteindre : elle mit sa main entre elle et moi.

— C'est un peu tôt, expliqua-t-elle. Je ne sais pas si nous avons raison.

De sorte que nos relations, longtemps encore, demeurèrent purement escargotines. Elle acceptait des bises fraternelles, sur les joues, rien d'autre. Il est vrai qu'empêtré dans ma timidité, je n'avais prononcé aucun mot d'amour. Elle me faisait patienter en m'abreuvant de proverbes :

— Tout vient à point à qui sait attendre. Prends patience, cheval, l'herbe pousse. Quand Dieu créa le temps, il en fit une grande quantité.

Je souriais pour laisser croire qu'il était bon de mettre du temps entre nous en guise d'épreuve. Je songeais aussi à Laurent Gouzon, son défunt mari, me disant que, peut-être, elle voulait rester fidèle à sa mémoire.

Un après-midi, venant de Thiers, je la trouvai assise à une certaine hauteur sur le socle de la croix de granit qui se dresse en face de sa maison. Comme j'étais en nage, je me baignai la figure et les mains dans l'eau du lavoir. Elle me regardait en souriant, déjà bronzée par le soleil du mois de mai. Au lieu de l'embrasser comme d'habitude, je m'agenouillai dans l'herbe et je fis, moi qui ne croyais guère, moi le mal baptisé, mais sachant qu'elle fréquentait régulièrement la messe, je fis un signe de croix. Puis je prononçai les mots qu'elle attendait sans doute :

— Alexine, je vous aime. Si vous voulez être ma femme, je le promets au pied de ce crucifix, je vous aimerai toujours.

Au lieu de sauter à terre pour me rejoindre, elle demeura sur son socle et nous eûmes, moi toujours agenouillé dans le chiendent, une conversation sérieuse :

— Vous savez que je suis veuve.
— Vous me l'avez dit.

— Cela signifie que je garderai longtemps encore le souvenir de mon mari défunt. Mort d'une crise cardiaque à trente-six ans.

— J'essaierai, non pas de vous le faire oublier, mais de vous consoler de son absence. Je ne trouverai pas choquant que vous pensiez à lui quand il vous plaira, content de ma seule et fragile supériorité, celle d'un vivant sur un mort.

Elle descendit enfin de son piédestal. Elle s'approcha de moi, me donna un baiser appuyé, mais pas étourdissant.

— Laissez-moi réfléchir encore un peu, dit-elle.

Plusieurs jours s'écoulèrent. Plusieurs nuits. Laurent m'empêchait de dormir. Chaque fois que, venant de Thiers, je mettais pied à terre devant *La Maison de l'Escargot*, mes yeux cherchaient ceux d'Alexine et attendaient un clignement de paupières en guise de oui. L'herbe poussait pour nourrir le cheval. Le temps s'écoulait, inépuisable. A chacune de mes arrivées, à chacun de mes départs, l'héliciculatrice m'honorait d'un léger baiser sur la bouche. Un jour, elle me fit cette proposition :

— Si tu veux bien, dorénavant, je te dirai tu. Le tutoiement rapproche deux personnes, deux amis. Ce n'est pas un engagement formel.

Il en fut ainsi. Dans cette incertitude, je n'abandonnais pas mes clowneries que j'exerçais ailleurs, auprès de mon ancienne clientèle. Pour les enrichir, je retournai à un art que j'avais pratiqué en compagnie des Allumeurs, celui de l'imitation. Le public adore voir une personne changer de nature, ce qui explique le succès du Carnaval, où le manant devient évêque. Je me refis chien, chat, cochon, rossignol. Cela amusait les enfants. A l'usage des adultes, j'imitai des hommes connus, acteurs, politiciens, chanteurs, anciens dictateurs.

Un jour, j'inventai et fabriquai un véhicule inédit, que j'appelai mon dingo-vélo. Avec l'aide d'un mécanicien, je le munis d'une roue avant décentrée qui me faisait sauter sur ma selle comme sur la bosse d'un dromadaire. Je l'équipai en outre d'un canon installé au milieu du guidon qui projetait des rafales de confettis.

Alexine ne se décidait pas à formuler une réponse nette. Lors des fêtes de la Toussaint 1974, je lui demandai de l'accompagner jusqu'au cimetière de Limons où dormait son défunt. Elle s'étonna de ce désir :

— Pourquoi ?

— Parce que je veux lui parler. J'ai coutume de parler aux morts. A Thiers, au cimetière Saint-Jean, je rends visite à plusieurs personnes que j'ai aimées, je m'entretiens avec elles, je leur demande des conseils.

Elle sourit, haussa une épaule, me donna son accord. Elle se munit d'un pot de chrysanthèmes, et nous voilà partis. Plutôt silencieux. Riches de nos méditations. Nous nous sommes recueillis devant la tombe de Laurent Gouzon, 1935-1971. Elle a déposé ses fleurs. Nous avons arraché de mauvaises herbes. Après ce cérémonial, je lui ai demandé de s'éloigner quelque peu, car je voulais parler seul à seul au défunt.

Elle est revenue quand je lui ai fait signe.

— Eh bien ! Que t'a-t-il dit ?

— Je lui ai demandé l'autorisation de t'épouser. Il me l'a accordée sans hésitation en me citant une phrase de l'Evangile que je ne connaissais pas : « Il faut laisser les morts enterrer les morts. »

— Qu'est-ce que ça signifie ?

— Je ne sais pas. Mais je suis sûr de la phrase.

— Est-ce qu'il t'a donné d'autres raisons ?

— Oui. Que nous sommes, toi et moi, faits l'un pour l'autre.

— Il t'a dit ça ?

— Il l'a dit.

— Comment veux-tu que je croie de tels discours ?

— Justement, il a prévu ton incrédulité. Il m'a donné, il te donne une preuve de notre entretien en me fournissant un détail que tu es seule à connaître avec lui. « Embrasse pour moi, quand tu auras l'occasion, m'a-t-il recommandé, l'orgelet qu'elle a sous le sein gauche. »

Alexine resta stupéfaite de cette révélation. Cet orgelet existait bien, gros comme un noyau de cerise, invisible sous le corsage. Elle tourna vers moi des yeux ébahis, se demandant qui elle avait devant elle, un sorcier, un magicien, un habitant de la lune. Je profitai de sa stupeur pour renouveler ma demande :

— Alexine Gouzon, née Chevalier, je vous aime. Voulez-vous être ma femme ?

— Oui, je le veux.

Elle jeta ses bras autour de mon cou. Nous nous confondîmes dans le même bonheur, la même salive, le même embrasement. Soudain, elle déboutonna son corsage, me montra l'orgelet sous le bonnet gauche de son soutien-gorge, je l'entourai de mes lèvres comme il m'avait été recommandé.

— N'en parlons pas encore à ma belle-mère. Je souhaite que notre amour reste un secret pendant un certain temps.

Ainsi fut fait. Nous nous cachions derrière les murs, derrière les arbres, derrière les haies, comme des gamins en école buissonnière. Délice du fruit encore défendu. Jusqu'au jour où, en présence d'Emilienne, je commis un lapsus :

— Si tu veux, je sortirai les cendres du four.

— Vous lui dites tu, maintenant ? s'étonna la vieille femme.

Je restai un moment interdit. Alexine, toute pourpre, caressait Larbi. Je repris la parole :

— Je profite de l'occasion pour vous demander la main de votre fille.

— Ce n'est pas ma fille, c'est ma bru.

— Je vous la demande quand même. Elle n'a ni père ni mère à qui je puisse la demander.

— Si c'est comme ça... Si c'est comme ça...

A présent, de loin, Alexine souriait.

Quand je communiquai chez moi cette résolution, mes parents applaudirent :

— A trente-quatre ans, commenta Albert, il était temps que tu y penses.

— J'espère que ta femme te fera manger autre chose que des escargots, dit Joséphie.

Le mariage eut lieu à Luzillat, civil d'abord, puis religieux, comme l'avait exigé Emilienne. Festin à Vendègre, à l'*Hôtel des Sources*. Plusieurs invités m'avaient demandé de me produire dans mes clowneries. Je m'y refusai pour ne pas transformer en mascarade une cérémonie très sérieuse. Le soir venu, confiant le soin des escargots à Emilienne, Alexine et moi avons pris le train à Clermont pour notre voyage nuptial. Il nous a transportés à Paris que nous ne connaissions ni l'un ni l'autre. En troisième classe pour raison d'économie. Arrivés au petit jour gare de Lyon, nous fûmes accostés par un individu coiffé d'un képi portant la mention *CONSEILLER TOURISTIQUE.*

— Je suppose, nous dit-il, que vous n'avez pas retenu de chambre d'hôtel ?

— En effet.

— Vous êtes auvergnats ?

— Comment le savez-vous ?

— J'ai le flair. Je vous propose un hôtel tout confort qui est à deux pas d'ici : *Hôtel du Puy-de-Dôme.*

— Pourquoi pas ?

— Je vous y conduis si vous me promettez dix francs. Dix francs nouveaux.

Ce détail pour le cas où nous aurions été de ces ploucs qui comptaient encore en anciens francs. Je donnai mon accord. Il nous conduisit. Voyant nos têtes d'Auvergnats, le patron nous reçut amicalement. Notre nuit de noces se déroula en plein jour, à la seule ombre des rideaux.

Les heures qui ont suivi, nous nous sommes promenés par les rues et les boulevards. Tour Eiffel, Arc de Triomphe, musée du Louvre, concerts dans le métro par de véritables virtuoses. Nous nous tenions par la main pour ne pas nous perdre. Un soir, nous sommes entrés dans un théâtre qui donnait une pièce d'Albert Camus, *Caligula*. Installés au premier rang du balcon, nous pouvions nous accouder sur la rambarde. Comme auparavant nous avions avalé une choucroute alsacienne, j'avais profité de l'obscurité pour baisser la fermeture Eclair de mon pantalon et mettre mon ventre à son aise. Or voici qu'au milieu du spectacle, se dirigeant sans doute vers les toilettes, une dame vient de ma droite, se prépare à passer devant moi. D'instinct, je remonte le curseur de ma fermeture, si adroitement qu'il coince la jupe de la dame, qui ne peut aller plus loin. Rien n'est aussi difficile à libérer qu'un bout d'étoffe pris dans une fermeture Eclair. Malgré mes efforts, je n'arrive pas à dégager celui-là, tandis que derrière la dame le mari fait une crise de jalousie :

— Veux-tu me dire, s'il te plaît, ce que ta jupe fait dans la braguette de ce monsieur ?

Et elle :

— Si ma jupe est déchirée, vous devrez me rembourser le prix de la réparation.

— Naturellement, madame.

A force de travail, j'obtiens enfin sa libération. Ce drame a bien duré cinq minutes. La jupe n'avait pas souffert. Voilà tout le souvenir que m'a laissé la pièce de Camus, hormis cette pensée profonde : « Gouverner, c'est voler, mais il y a la manière. »

Le lendemain, changement de spectacle : nous avons osé prendre place à une table du *Café de Flore*. Près de l'église Saint-Germain-des-Prés, cet établissement doit son nom à une statue de la déesse des Fleurs qui trônait jadis en son milieu, maintenant disparue. Là est né, dans les années quarante, le mouvement philosophico-littéraire dit existentialisme, pour lequel ma femme et moi éprouvions beaucoup de respect sans y avoir jamais rien compris. Il eut pour pape Jean-Paul Sartre, pour papesse Simone de Beauvoir, pour grande prêtresse Juliette Gréco. Tout homme de plume parisien y avait ses assises régulières parce que le *Café de*

Flore était un temple de la renommée ; et le susdit y prenait des poses, jouait de la pipe, écrivait des notes sur son calepin, avec l'espoir qu'un journaliste traînât ses bottes et son appareil de photo à proximité. Avec émotion, nous avons posé nos fesses là où Jean-Paul et Simone avaient posé les leurs.

Au jardin des Tuileries, nous avons vu des enfants jouer autour du bassin, comme dans une poésie de Victor Hugo. Et assisté à un spectacle de marionnettes qui m'a passionné, parce que les marionnettistes sont des confrères, d'origine lyonnaise. J'ai retenu les répliques suivantes.

GUIGNOL

Je t'ai cherché dans l'annulaire des téléphones, et je t'ai pas trouvé.

GNAFRON

Tu aurais mieux fait de me chercher dans l'auriculaire. J'étais occupé à lire. Je ne t'ai pas entendu.

GUIGNOL

Toi, tu lisais un livre ? Tu m'étonnes beaucoup. Tu es capable de lire ?

GNAFRON

Entendons-nous : je ne lis que les dialogues. Le reste ne m'intéresse pas. Pourquoi m'as-tu cherché ? Que me veux-tu ?

GUIGNOL

Pour te dire que j'ai pris une grande décision. J'en ai marre de vivre comme je vis. Alors, je m'en vais. Je quitte tout.

GNAFRON

Tu quittes tout ? Quoi, tout ?

GUIGNOL

Je quitte la France et l'étranger.

GNAFRON

Tu quittes même l'étranger ? C'est grand, l'étranger.

GUIGNOL

Oui, l'étranger aussi.

GNAFRON

Et tu vas où ?

GUIGNOL

En Auvergne.

GNAFRON

Répète un peu.

GUIGNOL

Je vais en Auvergne. L'Auvergne, ça n'est ni la France, ni l'étranger.

GNAFRON

Et alors, qu'est-ce que c'est ?

GUIGNOL

L'Auvergne, c'est l'Auvergne. Point final.

GNAFRON

C'est de quel côté ?

GUIGNOL

Par là. *(Ses deux mains désignent des directions opposées.)*

GNAFRON

Tu es bien sûr ?

GUIGNOL

Sûr et certain.

GNAFRON

Et qu'est-ce qu'elle a, l'Auvergne ?

GUIGNOL

C'est un pays comme y en a pas d'autre…

Après quatre jours, nous avons repris le train Paris-Vendègre. Pendant un mois, il nous a fallu ensuite raconter à nos deux familles ce que nous avions vu, entendu, bu, mangé. Je terminais chacune de mes conférences par la même conclusion : « Paris est vraiment une ville différente de Thiers. »

20

J'avais réalisé mon rêve : j'étais devenu deux.
Dès lors, mon existence changea de visage. D'abord, je cessai d'habiter la Paillette, pour m'installer définitivement à Vendègre. La maison d'Emilienne était assez vaste pour recevoir trois personnes, un chien, un chat et deux cent mille escargots. J'appris à connaître ma nouvelle famille dans tous ses détails. En commençant par ma femme, cet « animal à fourrure dont la peau est très recherchée », comme la définit Jules Renard. Mon auteur préféré, car je me sens très proche de lui, ne serait-ce que par la couleur de mes cheveux et de son Poil de Carotte. Je n'avais pas une grande expérience des femmes, si bien que je découvrais la mienne un peu chaque jour, chaque nuit, chaque heure, chaque minute, de même que Christophe Colomb devait découvrir l'Amérique. Elle m'apprit ce qu'est le bonheur de deux âmes qui n'en font qu'une, pareilles à deux sources qui mêlent leurs eaux. Je m'abreuvais en elle, elle éteignait toutes mes soifs, elle était mon puits de délices. Ou bien je la comparais à un violoncelle sur lequel je faisais des gammes, avec beaucoup

de couacs. Je l'appelais ma colombe, ma tourterelle, ma mésange bleue, mon paradisier, elle répondait : « Finis de me donner des noms d'oiseaux. »

Nous avons communié très vite dans un même amour de la Limagne et de ses varennes, de Luzillat et de ses pigeonniers, de Vendègre et de ses escargots. Elle m'a enseigné les mœurs, les besoins, les ressources de nos petits pensionnaires. En hiver, ils n'ont pas nécessité de se ratatiner dans leur coquille. Nous chauffons leur résidence, nous pouvons servir la clientèle en toutes saisons.

L'été, à l'usage des touristes, nous organisons sur une piste humide des courses avec ou sans obstacles. De loin en loin, un concours de littérature escargotine, celui qui peut dire l'auteur des textes proposés en gagne une douzaine :

Dans une terre grasse et pleine d'escargots,
Je veux creuser moi-même une fosse profonde,
Où je puisse à loisir étaler mes vieux os
Et dormir dans l'oubli comme un requin dans l'onde[1].

Dans la ville bâtie en escargot sur son plateau, à peine ouverte vers la mer, une torpeur morte régnait[2].

Casanier dans la saison des rhumes, son cou de girafe rentré, l'escargot bout comme un nez plein. Il se promène dans les beaux jours, mais il ne sait marcher que sur la langue[3].

---

1. Baudelaire.
2. Albert Camus.
3. Jules Renard.

Escargot :
Minime ruban métrique
Avec quoi Dieu mesure la campagne[1].

On va jusqu'à lire l'histoire des trois chasseurs d'escargots qui s'étaient promis d'en rapporter un cent chacun afin de les manger ensemble à l'*Hôtel des Sources*. Pas de chance ! Les deux premiers ne trouvent rien. Le troisième arrive enfin, avec un seul, et annonce : « J'en avais trouvé deux. Mais le second m'a échappé[2] ! »

La fréquentation des escargots vaut bien celle des hommes. Plus difficile a été la fréquentation d'Emilienne, ma quasi-belle-mère, car, si j'ai bien compris, elle aurait voulu garder Alexine et ses deux cent mille élèves pour elle seule et se trouvait fort camuse de devoir les partager. Mes activités clownesques ne lui plaisaient qu'à moitié, malgré le temps que je consacrais au jardin et aux gastéropodes. Je réussis à la conquérir en accomplissant un miracle. Purement et simplement. Près de Vendègre, au village de Charnat, vivaient une nièce et un neveu d'Emilienne, employés à la verrerie de Puy-Guillaume. Leur fils, Petit-Paul, âgé de quatre ans, était atteint de cette maladie déroutante que j'avais eu l'occasion d'affronter chez les avocats de Saint-Etienne, sans succès. Je proposai de m'occuper de l'enfant, avec la complicité de Donald.

— Pourquoi pas ? Si vous ne lui faites pas de bien, vous ne lui ferez pas de mal.

1. Jorge Carrera Andrade.
2. D'après Henri Pourrat.

Petit-Paul offrait un cas particulier : il avait l'air de comprendre ce qu'on lui disait, mais il n'ouvrait pas la bouche. Le plus qu'on en pouvait tirer était des hochements de tête pour dire oui, pour dire non. Revêtus de nos fripes professionnelles, nous entrâmes dans la chambre du gamin, remplie de jouets inutiles. Moi, mon chapeau à la main et m'écriant : « Bonjour ! Bonjour Petit-Paul ! » Donald claquant du bec avec frénésie. Assis sur son fauteuil de rotin à l'autre bout de la pièce, l'enfant fut bien obligé de nous voir. Ses yeux papillotèrent, ses lèvres demeurèrent soudées.

Après nos onomatopées, nous passâmes à des manœuvres désopilantes.

— Tu ne m'as rien donné à manger aujourd'hui ! s'écria mon canard.

Et il fit mine de vouloir me dévorer le nez, les oreilles, les mains. Comment raconter nos grimaces, nos contorsions, nos pirouettes ? Petit-Paul restait de marbre. En vain, je me mis les talons derrière la nuque. En vain, je pratiquai la cabriole, la pirouette fouettée.

Alors, j'eus recours à l'astuce suprême. Usant d'une fine tuyauterie qui gravissait mon échine, se faufilait sous mon chapeau et était capable, alimentée par une petite poire, de déverser deux filets d'eau claire à la racine de mes yeux, je me mis à pleurer à gros bouillons. Secoué de sanglots et de gémissements. La bouche tordue par la douleur. Comme je penchais la tête en avant, les larmes feintes ruisselaient sur mes joues, colorées par le maquillage, et formaient une flaque sur le parquet. Le miracle se produisit. Devant ce grotesque chagrin, Petit-Paul n'en crut d'abord ni ses yeux ni ses oreilles ; puis il éclata de rire. Ses mains se mirent à applaudir. Ma souffrance simulée lui procurait un plaisir extrême. Les parents, au fond de la pièce, s'en montrèrent émerveillés. Allez comprendre ce qui se passe dans une cervelle malade.

Ayant épuisé ma réserve d'eau, j'arrêtai notre prestation. Pour encourager le jeune patient, je me mis, de ma seule main droite disponible, à m'applaudir sur mon genou. Et tous de rire comme des crocodiles. J'osai enfin lui adresser la parole :

— Tu es content ? (Il approuva de la tête.) Tu veux qu'on revienne, Donald et moi ? (Même jeu.) Si tu le veux pour de bon, il faut me le dire avec ta bouche. (Même jeu.) Non, pas avec la tête. Dis-moi « oui » avec la bouche. (Même jeu.) Tu ne m'as pas compris. Si tu ne dis pas « oui », on ne reviendra pas. (Même jeu.) C'est d'accord, Petit-Paul. Je te dis adieu. On ne reviendra pas.

— Oui.

Il prononça le mot. Le mot divin, le mot de tous les accords, le mot de l'amour, le mot du bonheur, le mot du salut éternel.

— Répète un peu, je n'ai pas bien entendu.
— Oui.
— Encore une fois.
— Oui.

Le père et la mère pleuraient de vraies larmes, incolores. Ils m'ont embrassé, m'ont remercié, m'ont prié de revenir. Grâce à ce miracle, je suis entré dans le cœur d'Emilienne.

Mon bouquiniste de Saint-Etienne affirmait que trois liqueurs seulement ne tachent jamais : la pluie, le champagne et les larmes. Ce n'est pas toujours vrai pour les larmes de godenot.

Dans le cœur d'Alexine, j'étais déjà. Il n'a fallu que quelques semaines pour qu'elle me demande une faveur incroyable :

— Je voudrais remplacer Donald. Tu n'aurais plus besoin de faire le ventriloque, je serais ta seconde voix.

Ai-je besoin de dire que cette proposition me remplit d'une joie infinie ? Mon canard s'opposa tant qu'il put, proférant d'innombrables : « Quoi ? Quoi ? Quoi ? » Pour le consoler, nous lui trouvâmes dans notre chambre une place d'honneur et tous les matins Alexine l'embrassait sur le bec. Mais n'importe qui ne se transforme pas instantanément en clownesse. Nous dûmes d'abord convenir ensemble de son apparence. Promue clown blanc, coiffée d'un chapeau pointu, le visage enfariné, revêtue d'une simple robe à fleurs pourvue d'une large collerette, elle ne devait jamais tomber dans l'excessif, mais souligner au contraire le ridicule de mes attitudes et de mes reparties. Nous fîmes enfin choix d'un nom de travail, et puisque j'étais Crocus, elle devint Croquette. Lors de nos escapades, toute l'escargotière reposait sur le dos d'Emilienne.

A deux, notre succès fut doublé. En Provence, nous débitions des galéjades. En Belgique, des carabistouilles. A Lyon, des guignoleries. En Bourbonnais, des sornettes. En Auvergne, des simpletés.

ANTHOLOGIE

Premier tableau

CROQUETTE
Crocus, où étais-tu ?

CROCUS

J'étais chez moi, pardi. Je me reposais.

CROQUETTE

Combien d'heures par jour te reposes-tu ?

CROCUS

Vingt heures quand je suis fatigué. Trente heures quand je ne le suis pas.

CROQUETTE

Tu te reposes plus longtemps quand tu n'as pas de fatigue ?

CROCUS

Oui, parce que je me repose pour la fatigue à venir.

CROQUETTE

Il était bien convenu que nous devions nous rencontrer à huit heures. Regarde ma montre : tu as sept minutes de retard.

CROCUS

Je l'ai fait exprès, parce que le sept me porte bonheur. Sais-tu que je suis né le sept du mois de juillet qui est le septième mois de l'année ? Un dimanche, qui est le septième jour de la semaine. C'est pourquoi j'habite un immeuble très haut, au septième étage. Autant que je peux, je fais tout par sept. Sept repas chaque jour. A table, je bois sept verres de vin. Et septéra.

CROQUETTE

Et ça te réussit toujours ?

CROCUS

Une seule fois je me suis trompé. Je m'intéresse aux courses de chevaux. La semaine dernière, j'ai joué sept francs sur le numéro sept.

CROQUETTE

Et alors ?

CROCUS

Il est arrivé septième.

CROQUETTE

La fortune est inconstante.

CROCUS

Comme la femme. (*Il joue et chantonne sur son mirliton l'air de* Rigoletto : La donna è mobile Qual piuma al vento. Muta d'accento E di pensiero.)

CROQUETTE

Pourquoi joues-tu cet air ?

CROCUS

Parce que la femme varie comme la plume au vent.

CROQUETTE

Tu as connu beaucoup de femmes, Crocus ?

CROCUS

Sept, naturellement.

CROQUETTE

Lesquelles ?

CROCUS

Ma mère. Ma grand-mère. Mon arrière-grand-mère. Ma sœur aînée. Ma sœur cadette. Ma première institutrice. Ma seconde institutrice. Voilà les sept femmes que j'ai connues.

CROQUETTE

Laquelle as-tu préférée ?

CROCUS

Toutes me cognaient dessus comme sur un tambour. Ma préférée, c'est mon arrière-grand-mère, parce qu'elle tapait moins fort.

Second tableau
(Crocus et Croquette paraissent déguisés, lui en cigale, porteur d'une guitare, elle en fourmi : assise sur une chaise, des lunettes sur le nez, elle tricote. Crocus frappe à sa porte :)

CROCUS

Toc, toc, toc !
(Croquette reste immobile et silencieuse. Il répète :)
Toc, toc, toc !... Y a personne ?

CROQUETTE

Qui frappe à ma porte ?

CROCUS

Moi.

CROQUETTE

Qui, moi ?

CROCUS

Une vieille amie.

CROQUETTE

Je n'ai pas d'amie.

CROCUS

Mais si, mais si. Rappelez-vous, chère voisine. Je suis Cigale et vous êtes Fourmi. Il y a bien longtemps, je suis venue déjà, le ventre creux, la tête vide. Vous avez d'abord refusé de me recevoir, me reprochant mon étourderie et ma paresse. Ayez pitié d'une bête stupide qui n'a d'autre recours, chaque jour que Dieu fait, que de danser devant le buffet. Vous avez fini par céder à mes prières et ne m'avez pas laissée mourir de faim et de froid. Les fourmis ont une réputation d'Auvergnates, qu'elles ne méritent point. Mais aujourd'hui, pas une croûte dans ma cuisine, puisque je n'ai pas cessé de chanter tout l'été.

CROQUETTE

Vous n'avez donc pas profité de ma leçon ?

CROCUS

Il faut bien que quelqu'un chante, sinon l'été serait plus triste que l'hiver.

CROQUETTE

Les choses ont bien changé depuis ce temps-là. Figurez-vous que ma maison n'a pas d'autre habitante que moi-même.

CROCUS

Comment cela ? Vous étiez des milliers ! Toutes occupées à faire des provisions.

CROQUETTE

Les lois sociales ne sont plus les mêmes. Avez-vous entendu parler des quarante heures, des trente-cinq heures, des trente heures ?

CROCUS

Où sont vos ouvrières ?

CROQUETTE

Tout le monde est parti !

CROCUS

Parti ? Où donc ?

CROQUETTE

Aux sports d'hiver, pardi ! Dans les Alpes ! Dans les Pyrénées ! En vacances sur la Côte d'Azur ! Aux Antilles ! Au Portugal peut-être ! Car voyez-vous, ma chère, en ce siècle maudit, les fourmis, c'est fini. Fini, fini ! Il n'y a plus que des cigales.

(Elles dansent devant le buffet.)

21

Partagé entre le soin des escargots et les activités artistiques, je n'oubliais point ma bonne ville de Thiers où j'avais fait mes premiers pas, inventé mon premier calembour, découvert ma vocation de godenot. J'allais souvent y rendre visite à mes parents qui vieillissaient sans se presser, dans une cité qui n'avait aucun conflit politique ni social. Les Thiernois sont trop sceptiques pour s'échauffer la bile aux luttes électorales. Ils savent ce que valent promesses de candidats et serments d'ivrognes, ils ne vont pas pour si peu s'offrir une attaque d'apoplexie. C'est pourquoi les avatars des partis suscitent chez eux le minimum d'agitation, le maximum d'éclats de rire.

Exemple : le scrutin législatif de mars 1978. Comme dans la plupart des communes françaises, on y vit la droite affronter la gauche diversifiée. La singularité de la rencontre fut la présence réelle d'une franc-tireuse, Arlette Laguiller, représentante du mouvement gauchiste « Lutte ouvrière ». Candidate aux antérieures élections présidentielles, elle avait obtenu à Thiers cinq pour cent des voix exprimées. Le double de sa moyenne nationale. En conséquence, son journal décerna à la capitale de la coutellerie française le titre *honoris causa* de « capitale du gauchisme ». Si bien que, quatre ans plus tard, Arlette prit la peine de lui accorder une visite personnelle. Le corps électoral écouta poliment sa propagande ; il trouva cette candidate gentille, mais un peu ennuyeuse, un peu rabâcheuse. Un peu maigrichonne aussi, le Crédit lyonnais où elle avait un emploi n'attache pas ses employés avec des saucisses. On lui offrit pour s'épaissir quelques guenilles qu'elle grignota avec effort. A l'entendre, elle semblait vouloir tout avaler, et deux guenilles l'étouffaient. On remplit son sac à main de canifs, de coupe-ongles, de ciseaux à broder. Car à Thiers, on vous donne un couteau comme ailleurs on vous donne le bonjour.

Le soir du vote, elle obtint presque dix pour cent des suffrages ! Elle en pleura de bonheur :

— Camarades travailleurs ! Grâce à vous, la révolution prolétarienne vient aujourd'hui d'accomplir un pas décisif. C'est un peu comme le premier pas de l'homme sur la Lune. En accordant dix pour cent de ses voix à « Lutte ouvrière », votre cité prouve qu'elle a atteint un remarquable degré de maturité révolutionnaire. Elle sera donnée en exemple aux autres villes travailleuses. La France entière saura qu'il existe ici un noyau de combattants au cœur pur, aux idées intransigeantes. Vive la révolution sociale ! A bas le capitalisme soi-disant libéral !

Pendant qu'elle les haranguait, ses électeurs sortaient leur mouchoir et, faisant mine de se moucher, se cachaient la figure pour pouvoir rire sans impolitesse. Ils se moquaient bien de la révolution sociale. Ils se sentaient heureux seulement qu'on fît connaître au monde entier que la capitale de la coutellerie française était aussi la capitale de la moquerie.

Les Thiernois se moquaient les uns des autres. Les conseillers municipaux se moquaient de leur maire. La ville basse se moquait de la haute. Les pauvres se moquaient des riches. Les ivrognes se moquaient des vertueux. Les ouailles se moquaient de leurs curés. Ils se seraient moqués de Jésus-Christ s'ils l'avaient vu, portant sa croix, gravir la rue Durolle ou la rue du Bourg :

— Oh ! Voyez celui-là ! D'où sort-il avec ses cheveux roux ? Et où porte-t-il ces morceaux de bois ?

Quitte, s'ils le voyaient s'écrouler sous leur poids, à se précipiter pour l'aider à se relever.

Depuis ma naissance, la moquerie thiernoise pénétrait mes fibres. Toutefois, ma rencontre avec les escargots d'Alexine m'avait pourvu d'une double personnalité. Dans ma tenue de clown, je m'abandonnais à mon goût pour la satire. En revanche, à Vendègre, les gastéropodes devenaient les maîtres du jeu. Tout leur était dû, le confort, la bonne nourriture, les soins médicaux, le respect. Il n'était pas question que personne se moquât de leur lenteur, de leur mutisme, de leur bissexualité, de leur bave, de leurs cornes.

Mes journées s'y déroulaient bien remplies. Je cultivais le jardin, j'alimentais le four, j'incinérais les escargots décédés, je caressais Larbi qui, de même qu'autrefois Caramel, s'était follement attaché à ma personne : il me léchait le visage, les mains, les chaussures. J'accompagnais ma patronne aux marchés de la région. Emilienne m'avait accepté ; mais elle ne pouvait se retenir d'évoquer souvent les qualités exceptionnelles de son fils défunt, de me diminuer d'autant, moi qui avais le tort de vivre. Alexine se montrait tendre et intéressée par nos nuits ; même si, de loin en loin, au cours de son sommeil, il lui arrivait de prononcer le prénom de Laurent. Lapsus nocturne qui se fit de plus en plus rare. Autre désagrément, lorsqu'elle se couchait avant moi, il m'arrivait de la trouver en train de lire. Dans ces circonstances, je n'avais pas le droit de la déranger, je devais l'abandonner aux humeurs de tel ou tel rival, Jean Giraudoux, Pierre Louÿs ou Tartempion. Moi, je ne lisais plus, à cause d'une tache dans mon œil gauche, d'un point noir sur la rétine, qui se promenait sur les pages. L'ophtalmo me rassurait : « Ce n'est rien, c'est une mouche volante. On ne peut pas l'attraper. » En conséquence, je me tournais sur le flanc droit et tâchais de m'endormir.

Toutes ces petitesses s'évanouirent au printemps de l'année 1980 lorsque ma femme m'apprit qu'elle attendait un heureux événement.

— Enfin ! s'écria Emilienne. Je n'espérais plus être grand-mère !

Sans se rendre compte qu'elle n'aurait aucun lien de parenté avec l'enfant à naître. On est grand-père ou grand-mère par le cœur plus que par l'état civil. De mon côté, je m'examinai dans un miroir et constatai que ma mine changeait, que mon visage assumait peu à peu les traits de la paternité.

La grossesse d'Alexine se déroula dans de bonnes conditions. Les fatigues lui furent épargnées. Plus question de revêtir la défroque de la clownesse blanche. Chaque matin, je posais une main sur son ventre, m'écriant :

— Oh ! le méchant ou la méchante, qui donne des coups de pied à sa maman !

J'aurais souhaité un fils. Ce fut une fille, qui nous vint le 26 décembre, comme un cadeau du petit Jésus, à la maternité de Riom. Je les vis, dans la salle d'accouchement, encore reliées l'une à l'autre par le cordon ombilical.

— Est-ce que tu aimeras quand même notre fille ?
— Peux-tu en douter ? Elle sera le second amour de ma vie, après toi.

Elle était en attendant horrible à voir, toute plissée, on aurait dit ma grand-mère Mélina. C'est moi qui lui donnai son premier biberon, d'eau sucrée. Par la suite, Alexine l'allaita, ses joues se remplirent, les rides s'effacèrent. Après une longue discussion, nous décidâmes de lui donner un nom de fleur, et ce fut Violette. Cette enfant m'éloigna beaucoup des escargots. Je la prenais dans mes bras et nous allions ensemble nous promener autour de Vendègre. Avant de partir, je proposais :

— On va faire bloumbloum ?

Car mes galoches martelaient la chaussée en produisant ce bruit. Elle n'eut bientôt plus besoin d'onomatopées, de ces mots raccourcis que l'on propose aux nourrissons. Elle apprit très vite à parler correctement.

— On en fera une professeuse ! prédisait grand-mère Emilienne.

Le fait est qu'à deux ans, elle s'exprimait comme une personne adulte.

Elle grandit. Elle eut beaucoup de cheveux, qu'elle tenait de moi, elle fut rousse comme l'automne, elle qui était le printemps. Elle avait le menton de sa mère, avec une fossette au milieu. Le nez pointu de son arrière-grand-mère de Membrun. Les yeux verts de son grand-père kabyle. Sitôt qu'elle sut réfléchir et compter, on l'entendit se plaindre en versant des larmes grosses comme des noisettes :

— J'ai les cheveux de papa, les yeux de pépé, le nez de mémé, le menton de maman. J'ai rien à moi !

Je la rassurais :

— Mais si, mais si ! Tu as toutes sortes de choses à toi : tes galoches, ton tablier, ton ruban, ton mouchoir, ta culotte.

Je séchais ses larmes sous mes baisers. Elle eut de ces « mots d'enfant » dont on peut, selon la définition cruciverbiste, composer des ana. Un jour que je lui expliquais le nom et l'usage de nos doigts (« L'annulaire qui porte l'anneau, l'auriculaire qui gratte l'oreille…), elle me définit l'index en ces termes : « Celui qui sert à dire chut ! »

Encore une définition, de l'épouvantail : « Un monsieur en bois qui porte un oiseau sur sa casquette. »

Elle avait fait, en récidive, je ne sais plus quelle bêtise. Et moi de la menacer :

— Si je t'attrape, gare à tes fesses, petite… petite ce que je pense !

Et elle de crier :

— Maman ! Papa pense un gros mot !

Une autre fois, après un enterrement familial, nous dûmes évoquer le grave problème de la vie et de la mort. En simplifiant :

— Quand une personne meurt, son corps se repose dans la terre. Mais son âme – ce quelque chose qu'il y avait en elle, qui parlait, qui riait, qui aimait, qui pleurait, ce quelque chose qui ne s'abîme pas, contre quoi le temps ne peut rien – quitte ce corps et va s'établir dans un jardin, qui est de l'autre côté du ciel, qu'on appelle le paradis. Elle y trouve d'autres âmes, et elles continuent de vivre ensemble, en riant, en parlant, en pleurant, en aimant, en pensant à nous qui sommes restés en bas.

Et voici comment Violette s'exempta de cette séparation :

— C'est l'âge qui fait mourir. Si l'on vous demande le mien, répondez : « Cette petite n'a pas d'âge. »

A six ans, elle fut inscrite à l'école de Luzillat, où elle fit de brillantes études, notamment sur le calcul des périmètres. Mais nous ayant vus, Alexine et moi, dans nos prestations clownesques, elle exigea, sous le pseudonyme de Croquembouche, de faire partie de notre équipe. Déguisée et maquillée, jolie à croquer, elle gagna tout de suite la faveur des publics. Ses rôles furent d'abord muets ; peu à peu, ils devinrent parlants.

ANTHOLOGIE

Premier tableau

(Crocus paraît, coiffé d'un chapeau gibus. Il porte sous chaque bras un jambon d'Auvergne enveloppé dans du papier d'aluminium.)

CROQUETTE

Tu t'es mis en grande tenue, cher Crocus. Est-ce que tu es devenu ministre ?

CROCUS

Pas du tout. Je me suis mis en élégance parce que je pars en voyage.

CROQUETTE
En voyage, vraiment ? Et où vas-tu ?
CROCUS
Je suis en route pour Paris. Quand on va dans la capitale, on doit faire un effort d'habillement. Sinon, l'on m'y prendrait pour un Auvergnat.
CROQUETTE
Mais tu es un Auvergnat !
CROCUS
Chut ! Il ne faut pas le dire !
CROQUETTE
Pourquoi ?
CROCUS
Parce que les Auvergnats ont une mauvaise réputation.
CROQUETTE
Quelle réputation ?
CROCUS
D'être un peu auvergnats sur les bords. Voilà pourquoi je me suis déguisé. Et j'ai pris une autre précaution.
(Il se retourne et l'on voit un écriteau qu'il s'est accroché dans l'échine, avec cette mention : JE NE SUIS PAS AUVERGNAT.)
CROQUETTE
J'espère qu'on te croira. Es-tu déjà allé à Paris ?
CROCUS
Non, c'est la première fois. Je ne voulais pas mourir sans avoir vu la tour Eiffel. Alors, j'ai écrit à mon cousin Chabichou pour lui demander s'il voulait bien me recevoir un jour ou deux. Le temps de voir la tour Eiffel. Aussitôt après, je reviendrai.

CROQUETTE

Et qu'a répondu le cousin Chabichou ?

CROCUS

Qu'il était d'accord. L'ennui, c'est que nous ne nous connaissons pas.

CROQUETTE

Comment ! Tu ne connais pas ton cousin ?

CROCUS

Nous ne sommes pas réellement cousins. Chabichou est le cousin d'un cousin d'une de mes cousines. On ne s'est jamais vus. Alors, quand j'arriverai à la gare, comment ferons-nous pour nous reconnaître ?

CROQUETTE

En effet, cela demande réflexion.

CROCUS

Heureusement, Chabichou a des idées plein la tête. Voici ce qu'il m'a proposé : « Tu n'as qu'à te munir d'un jambon sec sous chaque bras. Par ce moyen, quand tu arriveras, je te reconnaîtrai sans peine. »

CROQUETTE

C'est très ingénieux en effet. Mais ces jambons doivent être bien lourds !

CROCUS

Pas du tout, ils sont très légers. Ce ne sont pas des jambons pour être mangés, mais seulement pour qu'on se reconnaisse. Je les ai fabriqués moi-même, en carton. Moi aussi je suis ingénieux.

CROQUETTE

Tu es un Auvergnat exceptionnel.

CROCUS

Oui, j'ai été instruit chez les pères.

CROQUETTE

Quels pères ?

CROCUS

Les pères… limpinpins.
(Il jongle avec les jambons.)

Second tableau

(Crocus, Croquette, Croquembouche, un âne artificiel composé d'une peau d'âne sur deux porteurs. Crocus le tient par la bride et le promène gentiment. Croquembouche est à califourchon sur la bête.)

CROQUETTE

Nous avons eu une bonne idée d'acheter un âne. Il transporte notre matériel, il promène Croquembouche, il ne coûte pas très cher à nourrir, il nous fait de la musique.

L'ANE

Hi ! han !… Hi ! han !… Hi ! han !…

CROCUS

Il nous pose pourtant un problème de géométrie.

CROQUETTE

Le pont-aux-ânes ?

CROCUS

Ecoute-moi sérieusement. Lorsque je le considère, je me demande quelle partie de sa personne est ta propriété, et quelle partie est la mienne, puisque nous le possédons en commun.

CROQUETTE

Pourquoi cette question ?

CROCUS

Si par malheur, par accident, il venait à se briser une patte, qui donc paierait les soins du vétérinaire, toi, Croquette, ou moi, Crocus ?

CROQUETTE

Est-ce qu'il n'appartient pas tout entier à chacun de nous ?

CROQUETTE

Ce n'est pas possible, géométriquement.

L'ANE

Hi ! han !... Hi ! han !... Hi ! han !...

CROQUETTE

Quelle conséquence en tires-tu ?

CROCUS

Je propose que chacun choisisse sa moitié. De la sorte, nous éviterons toute dispute. Et nous saurons, en cas d'accident ou de maladie, lequel de nous deux devra mettre la main à la poche.

CROQUETTE

Voilà une idée bien géométrique, en effet.

CROCUS

A présent, par galanterie, chère Croquette, je te permets de choisir ta moitié. Ton choix sera aussi le mien.

(Croquette fait le tour de l'âne, le palpe à droite, à gauche, devant, derrière. Elle réfléchit profondément.)

CROQUETTE

Tu seras d'accord avec moi ?

CROCUS

(levant une main :)

Promis-juré !

CROQUETTE

Eh bien ! le voici. Je décide de prendre la moitié de derrière, et je te laisse la moitié de devant. Ainsi, chaque jour, tu devras nourrir et abreuver cette bête. En compensation, c'est à moi que reviendra le crottin.

L'ANE

Hi ! han !... Hi ! han !... Hi ! han !...

Troisième tableau

(Crocus joue de la trompette. Croquette et Croquembouche jonglent près de lui.)

CROCUS
(s'arrêtant de jouer :)

Notre spectacle s'achève. Il ne reste plus qu'une formalité. *(Il regarde silencieusement le public, qui ne réagit pas.)* Une formalité, dis-je. *(Même jeu.)* Je vois qu'il nous faut mettre les points sur les *i* et les accents circonflexes sur les *o*. Il était une fois un...

CROQUETTE et CROQUEMBOUCHE
(levant un doigt :)

Nain !

CROCUS

Qui n'était pas trop hi...

CROQUETTE et CROQUEMBOUCHE
(levant deux doigts :)

Deux !

CROCUS

Même s'il avait le nez un peu é...

CROQUETTE et CROQUEMBOUCHE
(levant trois doigts :)

Troit !

CROCUS

Il se dit : pour vivre heureux, faut que je m'é...

CROQUETTE et CROQUEMBOUCHE
(levant quatre doigts :)

Carte !

CROCUS

Comme un trèfle au milieu d'un champ d'ab...

CROQUETTE et CROQUEMBOUCHE
(levant cinq doigts :)

Sinthe !

CROCUS

Ou d'une prairie couverte de nar...

CROQUETTE et CROQUEMBOUCHE
(levant six doigts :)

Cisses !

CROCUS

Par ce moyen je remplirai ma cas...

CROQUETTE et CROQUEMBOUCHE
(levant sept doigts :)

Sette !

CROCUS

Le soir, je rentrerai pour voir si ma soupe est...

CROQUETTE et CROQUEMBOUCHE
(levant huit doigts :)

Cuite !

CROCUS

Je la consommerai, suivie d'un n...

CROQUETTE et CROQUEMBOUCHE
(levant neuf doigts :)

Œuf !

CROCUS

Je ne demande plus rien, pourvu qu'on nous applau...

ENSEMBLE
(levant dix doigts :)

Disse !

Si j'étais fonctionnaire, ou salarié d'entreprise, je serais, depuis plusieurs années, un heureux retraité.

Occupant ses derniers jours à faire des parties de pétanque à l'ombre des marronniers, à regarder le soir à la télévision les interminables séries américaines. Sans doute, ma femme et moi épuiserions-nous nos économies à faire de longs voyages qui nous feraient connaître les mœurs des Antillais. Les escargots peuvent se passer de nous, puisque Violette-Croquembouche se prépare à prendre notre suite. Les gros gris assureront son avenir, pour peu qu'elle élargisse l'exploitation. Avec l'aide éventuelle d'un mari ou d'un héléciculteur. Seulement voilà : je ne me résigne pas à les abandonner, car ils m'ont permis d'accomplir entièrement ma vocation, qui n'est pas l'élevage des bêtes à cornes, mais celle du chapeau à la relevette. Dieu sait ce qu'il fait. Il m'a créé et mis au monde pour que je devienne et reste un clown. Les escargots sont seulement mon violon d'Ingres. Anastasie, ma chère conscience, m'approuve chaque matin.

Au hasard de mes lectures, je suis tombé un jour sur une opinion de Molière, le docteur absolu, le maître inégalable de tous les godenots : « C'est une étrange entreprise que celle de faire rire les honnêtes gens. » Qu'entend-il au juste par « honnêtes gens » ? M'étant renseigné auprès de spécialistes, je crois savoir que cette expression désignait, dans son théâtre, non point le parterre un peu trop libre, trop enclin à la grosse gaudriole ; pas davantage les gens de cour qui, sur la scène par privilège, un peu trop figés entouraient et jugeaient les acteurs ; ses « honnêtes gens » étaient à mi-distance entre ces deux catégories, faits de bourgeois éduqués, d'un esprit ouvert, aptes à recevoir la critique et à l'applaudir. Depuis Molière, les mœurs ont changé. Les paysans sont devenus propriétaires de leurs fermes ; les manouvriers sont à présent ingénieurs ; les ignorants ont appris à lire et à entendre.

Mais il est une espèce de public dont Molière jamais ne se soucia : les infirmes, ceux qui souffrent de maladie ou de solitude, les incurables, les trop vieux, les enfants qui regardent le monde sans le comprendre. Voilà mon public, voilà mes « honnêtes gens ». Comme je suis vieux moi-même, tout en restant un incorrigible gamin, nous nous entendons parfaitement.

De temps à autre, je regarde le ciel. J'y vois la lune où vivent, parmi des philosophes et des prophètes innombrables, des godenots qui mangent par le nez au lieu de se servir de leur bouche. Je me dis qu'un jour – je ne suis pas pressé – je monterai là-haut moi aussi, au milieu des soleils et des planètes. Nous nous nourrirons exclusivement de choux décédés de leur mort naturelle. Après quoi, nous nous livrerons aux meilleurs numéros de nos répertoires. Et nous nous désopilerons tellement que nous en péterons des étoiles.

Ceyrat, 2004-2005

Heurs et malheurs d'un médecin de campagne

L'écureuil des vignes
Jean Anglade

Auvergne, XIXe siècle. Enfant, Sylvain est « écureuil » dans l'atelier de carrier de son père : il actionne la roue à soulever les pierres. Mais un tout autre destin l'attend : celui de médecin de campagne. Ses études achevées, il s'installe à Saint-Gervais, bourgade de paysans superstitieux, ignorant l'hygiène et le plus souvent misérables. Aussi démuni que ses patients, il devient, à force de persévérance et de générosité, aimé et respecté de tous. Mais cette vie va être bouleversée en profondeur : une belle Parisienne est de passage dans la région...

(Pocket n° 12682)

Il y a toujours un Pocket à découvrir

Le charme des veillées d'antan

Avec le temps...
Jean Anglade

Approchez-vous, formez un cercle et écoutez... D'abord, les aventures de cet enfant aveugle qui grandit en ignorant son infirmité, celles du soldat passant une merveilleuse journée, sans se douter qu'il est aux portes de la mort, ou encore le récit pittoresque du voleur qui sera finalement récompensé. Sans oublier cette histoire édifiante, l'affaire Calas, relatant les infortunes de ce protestant accusé d'avoir assassiné son fils qui désirait se convertir au catholicisme. Autant de contes, d'Auvergne et d'ailleurs, d'hier et d'aujourd'hui, que Jean Anglade nous rapporte avec humour et poésie.

(Pocket n° 12943)

Il y a toujours un Pocket à découvrir

Révolution russe en Creuse

Y'a pas de bon Dieu
Jean Anglade

Enfant abandonnée, Jeannette n'a pas été épargnée par la vie. Recueillie par un curé de Corrèze, elle a eu une jeunesse pieuse et s'est mariée, sans amour, avec un coiffeur de la Creuse. Puis la guerre est arrivée... et avec elle des troupes russes, venues en renfort en 1917. Pour tous les villageois de La Courtine, c'est la peur, mais pour Jeannette, c'est enfin le bonheur : elle rencontre Grogori Globa, un soldat russe pour lequel elle est prête à tout abandonner : travail, famille et... patrie !

(Pocket n° 4361)

Faites de nouvelles découvertes sur
www.pocket.fr

- Des 1ers chapitres à télécharger
- Les dernières parutions
- Toute l'actualité des auteurs
- Des jeux-concours

POCKET

Il y a toujours un **Pocket** à découvrir

Achevé d'imprimer sur les presses de

BUSSIÈRE
GROUPE CPI

*à Saint-Amand-Montrond (Cher)
en décembre 2007*

POCKET - 12, avenue d'Italie - 75627 Paris Cedex 13

— N° d'imp. : 72055. —
Dépôt légal : janvier 2008.

Imprimé en France